最樂編

〔明〕魏大中 輯　〔明〕崇禎刊本

江蘇大學出版社
JIANGSU UNIVERSITY PRESS
鎮江

下

最樂編卷之四

魏塘廓園魏大中孔時正
鴛湖門人高道淳禾菽輯

愛物

老子曰射飛逐走發蟄驚棲縱暴殺傷非理烹宰如斯等罪司命隨其輕重奪其紀筭筭盡則死死有餘責殃及子孫飲食紳言

曹武惠王彬宋名將勳業無比嘗曰吾爲將殺

人多矣然未嘗以私喜怒輒戮一人其所居堂室敝壞子弟請修葺公曰時方大冬墻壁瓦石之間百虫所蟄不可傷其生其仁心愛物蓋如此 日益編

蘇東坡云余少不喜殺生時未斷也近年始能不殺猪羊然性嗜蟹蛤故不免殺自去年得罪下獄始意不免旣而得脫遂自此不殺一物有餉蟹蛤者放之江中雖無活理然猶庶

幾萬一即使不活亦愈于煎烹也非有所求覬但已親經患難不異鷄鴨在庖厨不復以口腹之故使有生之類受無量怖苦爾猶恨未能忘味食自死物也　厚德錄

蘇東坡買十鳥中有四活即放之常買魚以水養之活者便放黄魯直作頌曰我肉衆生肉名殊體不殊元同一種性只是别形軀苦惱從他受肥甘爲我需莫教閻老判自揣看何

如坡愀然曰我猶未免食肉安知不被閻老之責乎東坡竄海上以亡母遺留簪珥盡買放生適侍妾朝雲見其子衣衿有蝨動以指爪隕之坡曰聖人言近取諸身遠取諸物我遠取諸物以放之汝近取諸身以殺之耶妾曰奈囓我何曰是汝氣體感召而生不可罪彼捨而放之可也今人殺害禽魚之命豈禽魚囓人耶妾悟罕茹腥物食蔬而已

宋錢塘張奎就溪剖魚魚跳躍奎撲捉傷指痛曰我傷指尚不可忍魚遭烹割其毒何如遂盡放去後不復殺生 好生錄

韓忠獻公判相州州寒食出祀庖人驅羊欲殺之羊奔出公前跪鳴若有所訴公親書一牌曰長生羊繫於頸上不得殺嗣不復用羊 好生錄

永州張居士始業屠牲強直不欺割肉與人惟心計多寡一刀則已不肯屑屑錙銖增損稱

張一刀每月宰豬聽隣寺曉鐘聲發爲度一日忽無聲詰宰走問寺僧何以故僧曰昨夜夢十一人跪階下乞命但謂不鳴鐘則度死矣以是罷鳴鐘張歸見所欲宰豬下十一子感悟輪迴因果遂棄屠皈依佛法 好生錄

北地張通判嘗語其僚趙司刑曰余少時夜夢故人朱君邀食犬羹且云犬即我也吾生時埋白金五百兩於所居柱下以兒幼未與言

既入鬼錄乃乞作家犬日臥此地以防竊發今十年矣兒且長堪以領付故作妖態求死煩公往告之張寤亟起則朱氏兒之邀食犬者已在途矣張謂且勿食問犬平日所臥處視之滑澤成窠便索鋤發土得一石版版起而白金見焉正符五百之數舉以授兒因細述夢中鬼語然犬羹方熟時張猶未至兒已先嘗一臠矣悔恨無及乃大慟修佛懺法以

皮裹肉埋之於墳中　警世錄

佛言五戒以殺戒爲首佛言十業以殺業爲首楞伽經云若能悉捨不食是眞修行堪受一切人天供養若於食肉未能盡斷且以漸次方便除去殺心先不食四等肉一者曾見殺則不食二者曾聞殺則不食三者人爲我殺則不食四者家無事殺則不食如是而戒既不廢常食且於衆生無殺害意一身既戒

則一家必不殺一家不殺則一鄉必漸效之
其爲功利不可限量佛語無虛理又明白仁
人君子幸垂聽而無忽也　縣令俞偉撰
鱗甲羽毛諸品類衆生與佛心無二只爲當初
錯用心致使今生頭角異水中遊林裡戲何
恐將來充日計湏臾活捉在砧床口不能言
眼還覷或搥撞或刀刺牽入鑊湯眞可畏推
毛拔羽刮皮鱗剖背剜心猶吐氣美君喉誇

好味勸子勸妻同啖嗜只知恣性縱無明不懼陰司毫髮記命纔終冤業至面對閻王曾敢諱從頭一一報無差爐炭鑊湯何處避勸賢豪須戒忌莫把衆生當容易貪他一臠臠還他古聖留言終不僞戒殺念佛兼放生決到西方上品會

佛印戒殺文

世人食肉咸謂理所應然乃恣意殺生廣積冤業相習成俗不自覺知昔人有言可爲痛哭

流涕長太息者是也討其迷執畧有七條開列如左餘可例推云一曰生日不宜殺生哀哀父母生我劬勞已身始誕之辰乃我母垂亡之日也是日也正宜戒殺持齋廣行善事庶使先亡考妣早獲超昇見在椿萱增延福壽何得頓忘母難殺害生靈上貽累於親下不利於已此舉世習行而不覺其非可爲痛哭流涕長太息者一也二曰生子不宜殺生

凡人無子則悲有子則喜不思一切禽畜亦各愛其子慶我子生令他子死於心安乎夫嬰孩始生不爲積福而反殺生造業亦太愚矣此舉世習行而不覺其非可爲痛哭流涕長太息者二也三曰祭先不宜殺生亡者忌辰及春秋祭掃俱當戒殺以資冥福殺生以祭徒增業耳夫八珍羅于前安能起九泉之遺骨而使之食乎無益而有害智者不爲矣

此舉世習行而不覺其非可爲痛哭流涕長
太息者三也四曰婚禮不宜殺生世間婚禮
自問名納采以至成婚殺生不知其幾夫婚
者生人之始也生之始而行殺理旣逆矣又
婚禮吉禮也吉日而用凶事不亦慘乎此舉
世習行而不覺其非可爲痛哭流涕長太息
者四也五曰燕客不宜殺生良辰美景賢主
佳賓蔬食菜羹不妨精致何須廣殺生命窮

極肥甘笙歌饜飫于盃盤孚割宽號于砧几

嗟乎有人心者能不悲乎此舉世習行而不

覺其非可爲痛哭流涕長太息者五也六曰

祈禳不宜殺生世人有疾殺牲祀神以祈福

祐不思巳之祀神欲免死而求生也殺他命

而延我命逆天悖理莫甚于此矣夫正直者

爲神神其有私乎命不可延而殺業具在種

種淫祀亦復類是此舉世習行而不覺其非

可爲痛哭流涕長太息者六也七曰營生不宜殺生世人爲衣食故或畋獵或漁捕或屠宰牛羊猪犬等以資生計而我觀不作此業者亦衣亦食未必其凍餒而死也殺生營生神理所殛以殺昌裕百無一人種地獄之深因受來生之惡報莫斯爲甚矣何若而不别求生計乎此舉世習行而不覺其非可爲痛哭流涕長太息者七也 蓮池戒殺文

葢聞世間至重者生命天下最慘者殺傷是故
逢擒則奔蟻虱猶知避死將雨而徙螻蟻尚
且貪生何乃網于山罟于淵多方掩取曲而
鈎直而矢百計搜羅使其膽落魂飛毋離子
散或囚籠檻則如處囹圄或被刀砧則同臨
剮戮憐兒之鹿舐瘡痕而寸斷柔腸畏死之
猿望弓影而雙垂悲淚恃我強而淩彼弱理
恐非宜食他肉而補己身心將安恐由是昊

天垂憫古聖行仁解網著于成湯畜魚典于
子產聖哉流水潤枯槁以囊泉悲矣釋迦代
危亡而割肉天台智者鑿放生之池大樹仙
人護棲身之鳥贖魚蝦而得度壽禪師之遺
愛猶存救龍子而傳方孫眞人之慈風未泯
一活蟻也沙彌易短命爲長年書生易甲名
爲上第一放龜也毛寶以臨危而脫難孔愉
以微職而封侯屈師縱鯉于元村壽增一紀

隋侯濟蛇于齊野珠報千金拯邑溺之蠅酒
匠之死刑免矣捨將烹之鱉廚婢之篤疾瘳
焉貿死命于屠家張提刑魂超天界易餘生
于釣艇李景文毒解丹砂孫良嗣解矰繳之
危卜塋而羽虫交助潘縣令設江湖之禁去
任而水族悲號信老免愚民之牲禳符甘雨
曹溪守獵人之網道播神州雀解啣環報恩
狐能臨井授術乃至殘軀得命垂白璧以聞

經難地求生現黃衣而入夢施皆有報事匪
無徵載在簡編昭乎耳目普願隨所見物發
慈悲心捐不堅財行方便事或恩周多命則
大積陰功若惠及一虫亦何非善事苟日增
而月累自行廣而福崇慈滿人寰名通天府
蕩空寃障多祉萃于今生培積善根餘慶及
于他世 蓮池放生文
每見產難之家殺生保救是以油救火其火愈

梵經云宿無寃債者頃刻生下不覺不知若是寃家不即分解使娘痛苦難當寃尤重者毋子不得保全皆殺業所感也勸懷妊者預謹齋戒并作諸善事必得毋子雙全畜生尚不可殺况恐淹死兒女乎　一葦集

發心持齋者多殺生買肉以關素開素古云昨日方設齋今日宰六畜一度造天堂百度造地獄其是之謂乎　一葦集

道流作醮事竟必謝將大者殺羊豕小者具三
牲其說曰酬將之護壇場也不爾且得罪夫
將其他吾不能知只如雲長公之大義天植
王元帥之赤心忠良彼豈以區區口腹故反
加禍于修功德之齋家也有是理乎敢以告
夫明理之士君子 竹飔二筆
杭俗歲暮祀神大則刲羊蒸豚次則用豬首鷄
魚之屬予未出家時持不殺戒乃易以蔬果

家人雖三尺童子無不愕然以爲必不可亐爇香秉燭高聲白神云某奉戒不殺殺生以祭不惟某之過亦非神之福然此意某一人獨斷其餘皆欲用牲倘神不悅凡有殃咎宜加于身若濫無辜非所謂聰明正直者家人猶爲于危之終歲合宅無恙遂爲例 竹牕隨筆

天地生物以供人食如種種穀種種果種種蔬菜種種水陸珍味而人又以智巧餅之餌之

◎

鹽之酢之烹之炮之可謂千足萬足何苦復將同有血氣同有子母同有知覺覺痛覺痒覺生覺死之物而殺食之豈理也哉尋常說只要心好不在齋素嗟乎戮其身而啖其肉天下之言凶心慘心毒心惡心孰甚焉好心當在何處予昔作戒殺放生文勸世而頗有翻刻此文不下一二十本善哉斯世何幸猶有如是仁人君子在也 竹窗隨筆

樂天

程子曰達理則樂天而不競內充則退讓而不矜　薛文清公

若胸中無物殊覺寬平快樂　薛文清公

人有以自樂則窮通爲一　薛文清公

薛文清曰酒色之類使人志氣昏亂荒耗傷生敗德莫此爲甚俗以爲樂余不知果何樂也惟心清欲寡則氣平體胖樂可知矣　飲食紳言

世人求享福只有一要語曰循天理以結天心
衡門瘖言

一生做人要訣被孟子一句道盡曰君子行法以俟命而已矣 衡門瘖言

世人信占卜小術以爲已有富貴之命一切不修人事恣縱妄爲偃然僥倖所獲蓋有不遂所欲而反罹咎者多矣命其果可恃乎惟君子則不然凡有恐懼修省惟義是守而貧賤

富貴一聽于自然命盖有所不計也薛文清公

龍舒曰人皆可以爲君子而不肯爲君子不須爲小人而必欲爲小人若誠信恭敬溫和方正推賢揚善隨宜利物凡此類皆君子事也爲亦不難人不肯爲何哉若欺詐傲慢麤暴謟曲說短揚惡縱意害物凡此類皆小人事也爲有何益人必爲之何哉爲君子則人喜之神祐之禍患不生福祿可永所得多矣雖

有時而失命也非因君子而失使不爲君子亦失矣命有定分故也爲小人則人怨之神怒之禍患將至福壽以促所失多矣雖有時而得命也非因小人而得使不爲小人亦得矣命有定分故也不知命無以爲君子所謂君子贏得爲君子小人枉了爲小人　一葦集

予在湖南一日由行午飲農家見其壁上有詩四絕意甚警策第不知作者爲誰或曰晦翁

詩也其一曰鵲噪未爲吉鴉鳴豈是凶人間凶與吉不在鳥音中其二曰耕牛無宿草倉鼠有餘糧萬事分已定浮生空自忙其三曰翠死因毛貴龜亡爲殼靈不如無用物安樂過平生其四曰雀啄復四顧燕寢無二心量大福亦大機深禍亦深　緑雪亭雜言

蘇東坡詩曰蝸涎不滿殼聊足以自濡升高不知疲竟作粘壁枯邵康節詩曰安分身無辱

知幾心自閒雖居人世上却是出人間此語可爲知進不知退者之戒 自警編

樂處酣歌時光容易過苦處奔波早晚偏難度世界號娑婆苦樂平分破佩玉鳴珂生辰不似他戴笠披蓑安閒不羨他別人騎馬我騎騾更有徒行箇日月疾如梭天地旋如磨也非故意相催促

覆轍翻舟那個曾回首大劍長弓不那個曾丢手無數世間愁憑着人承

受拜將封侯是英雄釣鈎按簿持籌是愚夫
枷杻休題能向死前休更笑千年後步步使
機謀也要天公湊行年五十曾參透　皁帽
絲縧一第猶難料紫綬緋袍一品猶嫌小量
盡海波濤人心難忖着翠養翎毛爲誰頭上
好豕養脂膏爲誰腸內飽千尋鳥道上雲霄
何必多經到平地好逍遙高處多顛倒世人
只是回頭少　畫棟雕梁推收紙半張綠鬢

紅粧消除泪幾行此事本尋常謾說多魔障百草芬芳須防秋降霜萬木萎黃須逢春再陽假如傀儡一登場多少悲歡狀旁人費忖量兀自生惆悵不知刊定傳奇上　南陌東疇是兒孫馬牛趨舞秦謳是歡喜寃讐萬事總悠悠勞生何所求一簇眉頭笑前又笑後三寸舌頭說強又說醜饒君一日可千秋空落得多僝僽靑山喑裏遊玄牝空中守羲皇

一夢君知否　麋鹿山邊終日防弦箭鷄鵝簷前終歲愁猫犬身在畏途間頃刻憂機變恩愛纏綿多戚侶恨緣涕淚流連多因歡喜緣白駒過隙難留轉何苦又加鞭靈臺一寸間簇起氷和炭任教世事如電閃　鐵鎖重關財寶終須散玉液金丹遲速難違限但放此心寬萬事從天斷不坐蒲團西方掉臂還不戴蓮冠南華合眼看人間苦海黑漫漫送

盡聽明漢儀來粥與餉唯要床和簟此外不

須多繾綣　百甕黃虀須了今生事一縷紅

絲須是前生繫人事有推移總是天安置智

似靈龜何嘗脫死期巧似蜘蛛何嘗不恐饑

命通若在四更時夜半猶憔悴千年薦福碑

九日滕王記勸君且等時辰至　你會使乖

別人也不呆你要錢財前生須帶來我命非

我排自有天公在時該運該人來還你債時

衰運衰你被他人責常言作善可消災怕沒
福難擔戴對境且開懷見惟何須惟一任桑
田變滄海 王荆石詞
一生都是命安排求甚麽今日不知明日事愁
甚麽不禮爹娘禮甚尊敬甚麽弟兄姊妹皆
同氣爭甚麽兒孫自有兒孫福憂甚麽奴僕
也是爹娘生凌甚麽當官若不行方便做甚
麽公門裏面好修行兇甚麽刀筆殺人終自

殺刀甚麼舉頭三尺有神明欺甚麼文章自
古無憑據誇甚麼榮華富貴眼前花傲甚麼
他家富貴前生定妬甚麼前世不修今受苦
怨甚麼豈可人無得運時急甚麼人世難逢
開口笑苦甚麼補破遮寒暖即休擺甚麼纔
過三寸成何物饞甚麼死後一文將不去慳
甚麼前人田地後人收占甚麼得便宜處失
便宜貪甚麼聰明反被聰明悞巧甚麼虛言

折盡平生福謊甚麼是非到底自分明辯甚
麼墻裡催君骨髓枯淫甚麼鬬賭之人沒下
稍要甚麼治家勤儉勝求人奢甚麼人爭閑
氣一場空惱甚麼惡人自有惡人磨憎甚麼
寃寃相報幾時休結甚麼人生何處不相逢
狠甚麼世事真如一局棋笑甚麼誰人保得
常無事誚甚麼穴在人心不在山謀甚麼欺
人是禍饒人福卜甚麼一日無常萬事休忙

甚麽警世良言

居之安平爲福萬事分定要知足麄衣布襪山水間放浪形骸無拘束好展卷愛種竹花木數株喜清目滌煩襟遠塵俗静理絲桐下指熟渴烹茶饑煮粥雅淡交遊論心腹中則正滿則覆推已及人人信服不妄動不問卜衣食隨緣何碌碌遇飲酒一歌曲歡會無多歌再續常警省念無欲世事茫茫如轉軸七十

◎

人生古來稀百歲光陰真迅速對山青依水
綠造物同遊何所惡及時勉勵樂餘年一日

淸閒一日福　眞素齋録

得歲月延歲月得歡悅且歡悅萬事乘除總在
天何必愁腸千萬結放心寬莫膽窄古今興
廢言不徹金谷繁華眼裏塵淮陰事業鋒頭
血陶潛籬畔菊花黃范蠡湖邊蘆花白臨潼
會上膽氣雄丹陽縣裏簫聲絕時來頑鐵有

光輝運去良金無艷色逍遥且學聖賢心到此方知滋味別麄衣澹飯足家常養得浮生一世拙　弇州山人歌

詩僧晦庵者有一詞云擾擾浮生待足何時足據現在隨家豐儉便堪龜縮得意濃時休進步須防世事多反覆枉教人白了少年頭空碌碌誰不願黄金屋誰不願千鍾粟筭五行不是這般題目枉使心機閒計較兒孫自有

兒孫福又何須採藥蓬萊但寡慾 鶴林玉露

唐解元寅撰勸世歌云人生七十古來少前除少年後除老中間光景不多時更有炎凉與煩惱過了中秋月不明過了清明花不好花前月下且高歌急須滿把金尊倒朝裏官多做不盡世上錢多賺不了官大錢多憂轉多落得自家頭白蚤請君簡點眼前人一年幾度埋芳草草裏高低多少墳可憐一半無人

歸此歌淺而雅暢于衆志適于衆耳令人讀之覺名利心一時灰燼 驚座新書

得失榮枯總是天機鬭用盡也徒然人心不足蛇吞象世事到頭螳捕蟬無藥可醫卿相病有錢難買子孫賢家常守分隨緣過便是逍遙快活仙 吳真人詩

何處是仙鄉仙鄉不離房眼前無俗事心下自清涼靜處乾坤大閒中日月長若能安分得

都勝別思量　擊壤集

心安茅屋穩性定菜根香世事靜方見人情淡始長　明心寶鑑

無求到處人情好不飲從他酒價高　明心寶鑑

不作風波于世上自無氷炭在胸中　堯夫詩句

宦情太濃歸時過不得生趣太濃死時過不得甚矣有味于淡也　長者言

人有一字不識而多詩意一偈不叅而多禪意

一勺不濡而多酒意一石不曉而多畫意淡

宕故也　嚴棲幽事

顏蠋嘗言有處窮方其藥四味無事以當貴早寢以當富安步以當車晚食以當肉　小牕清紀

丁鴻問于龍門子曰君子何以處貧也龍門子曰安之曰安之未能也請問其次曰恐之曰恐之之道奈何曰茅茨土階視如華榱飛翬之麗柴車羸乘視如文茵飛黃之良垢表敝

屣視如繡裳朱舄之華藜羹糗飯視如五鼎八珍之美醜妻惡妾視如毛嬙西施之艷則羨念不生矣是恐之之道也恐之久則自然矣能自然則安矣虞丹子在傍鬨之啞然笑曰吾處貧四十年矣居之以道德乘之以仁義被之以禮樂飽之以忠信友之以廉潔雖凍餒瀕死者數四未嘗啓齒一言蓋矐然若有晉楚之富不知所謂貧也是何也心無愧

◎

怍也苟有一毫外慕之念則愧怍生矣愧怍生縱富貧也况實貧乎哉夫子盡以是告之而徒陳說彼區區者不亦謬乎　龍門子

原憲居魯環堵之室茨以生草蓬戶不完桑以爲樞而甕牖二室褐以爲塞上漏下濕匡坐而彈琴子貢相衛結駟連騎排藜藿入窮閻巷不容軒來見原憲憲韋冠縰履杖藜而應門子貢曰嘻先生何病也憲應之曰憲聞之

無財謂之貧學道而不能行謂之病若憲貧也非病也夫希世而行比周而友學以爲人教以爲己仁義之慝車馬之飾憲不忍爲也子貢逡巡而有慙色終身恥其言之過也高士傳

嚴君平隱居不仕常賣卜于成都市日得百錢以自給則閉肆下簾以著書爲事蜀有富人羅沖者問曰君何以不仕君平曰無以自發

冲爲君平具車馬衣糧君平曰吾病爾非不足也我有餘而子不足柰何以不足奉有餘冲曰吾有萬金子無擔石何謂有餘君平曰不然吾嘗宿子家見子晝夜汲汲無有足時今我以卜爲業不下床而錢自至猶餘數百塵埃厚寸不知所用此非我有餘而子不足耶冲大慙君平嘆曰益我貨者損我神榮我名者殺我身故不仕也時人服之 尚論編

道德經曰知足不辱知止不殆可以長久墨子曰非無安居也無安心也非無足財也無足心也世之人衣不過被體衣千金之裘猶以爲不足不知鶉衣緼袍者固自若食不過滿腹羅萬錢之珍猶以爲不足不知簞食瓢飲者固自樂室不過蔽風雨峻宇雕墻猶以爲不足不知繩樞甕牖者固自安器不過適用玉杯象箸猶以爲不足不知汚尊抔飲者固

自適惟其不足是以心之放僻意之奔馳無
所不至以有限之年濟無厭之欲何時足耶
歲月易邁狂迷不復死而後已悲夫　病餘錄
凡人憂在衣食之內者憂有時而釋憂在衣食
之外者憂無時而已故人欲免憂當思知止

衡門寤言

膠西先生趙叔明飲不擇酒常云薄薄酒勝茶
湯醜醜婦勝空房坡翁廣之云薄薄酒勝茶

湯粗粗布勝無裳醜妻惡妾勝空房又云薄薄酒飲兩鍾粗粗布着兩重粗薄雖異飽煖同醜妻惡妾壽乃公　東坡集

杜少陵詩云莫笑田家老瓦盆自從盛酒長兒孫傾銀注玉驚人眼共醉終同臥竹根蓋言以瓦盆盛酒與傾銀壺注玉盃同一醉也尚何分別之有由是推之蹇驢布韈與金鞍駿馬同一遊也松床莞蓆與繡幃玉枕同一寢

也知此則貧富貴賤可以一視矣 晝永編
平爲福從來有是言愈玩愈覺有見若必享富
貴而後爲福則外甚矣 衡門寤言
白沙先生詩云吾儕生分薄於福敢求全此名
儒守分之言吾人不可不詳味 衡門錄
得意而喜失意而怒便被順逆差遣何曾作得
主馬牛爲人穿着鼻孔要行則行要止則止
不知世上一切差遣得我者皆是穿我鼻孔

者也自朝至暮自少至老其不爲馬牛者幾何哀哉 長者言

乘舟而遇逆風見揚帆者不無妒念彼自處順于我何關我自處逆于彼何與究竟思之都是自生煩惱天下事大率類此 長者言

見彼如意極快之事不當羨慕世事皆有倚伏如意處常有大不如意之變事難纖述理可盡思以此對治自然甘處 省身集要

人生世間自有知識以來即有憂患不如意事小兒叫號皆有不平自幼至少自壯至老如意之事常少不如意之事常多雖大富貴人天下仰羨之若神仙而其不如意處亦與貧賤者無異特所憂患事異耳故謂之缺陷世界以人生世間無足心滿意者能達此理而順受之則可少安矣蟾心編

大凡人遭困厄失意時當反覆回思不然便齟

辭不堪矣唐王叡作解昭君怨詞云莫怨工人醜畫身莫嫌明主遣和親當時若不嫁胡虜祇是宮中一舞人會此意可以處窮矣黄山谷云余謫處宜州半載官司謂余不當居關城中乃抱被出宿于城南余所僦舍雖上雨旁風無所蓋障市聲喧憒人不堪其憂余以爲家本農桑使不入仕途則田中廬舍自當如是亦可不堪其憂邪山谷之見可謂達

矣 新知錄

凡人謀事雖日用至微者亦須齟齬而難成或幾成而敗既敗而復成然後其成也永久平寧無復後患若偶然易成後必有不如意者造物微機毎不可測能洞見此理可以寬懷

世範 若事則艱難而成成而復敗者有之矣

非災橫禍世人常歎無因分付安排皇天必自有說或現在隱微未察恐過去宿行有虧彼

定不差我當順受　娑羅園清語

富貴自有定分造物者既設爲一定之分又設爲不測之機使天下之人朝夕奔趨而不覺不如是則人生天地間全然無事而造化之術窮矣故世有高見遠識超出造化機關之外任其自去自來無憂無怨前輩謂死生貧富生來註定君子贏得爲君子小人枉了爲小人此言甚切人人不可不知　世範

張明經謁選黷夜與一人聚蔀屋下互問籍里明經曰我武昌人其人曰我濟南人又問公既楚産蘄有巴水驛乎曰有之明經曰公問此何意曰我始生僅一歲家失火衆皆奔避出獨遺我搨上忽火中有聲曰莫燒死巴水驛驛丞又若有撼遏火勢者人因得抱我出今恐選得此驛耳及明觀榜果是巴水驛丞語曰一千錢一斗米皆關祿命況其大者耳譚

寧波郡庠生王錄臨貢其次爲李循模李素之行簡而多智術乃百計攘奪得之王樸實人不較也李入京就選遍干鄉貴夤緣得入首相嚴公之門久而親昵遂求順天府學司訓公爲諭意銓曹許之于是揚揚自得未挂榜前忽縱步入順天府學登其堂窺其衙徘徊良久齋夫輩異其舉止呵之遂大聲詈曰吾不數日當坐于此鼠輩敢無狀邪齋夫輩乃

羣譁于吏部前語聞文選大駭亟易以廣西小縣學李怏怏去未幾身及一子一僕俱歿于彼明年王應貢就選乃恰得順天府學訓導云嗟夫設使當時李被人訐而中更王選他所而遠任亦無足爲異今多智者無上事而自貽伊慼樸實者無心中適得擠我者所謀之善地豈非鬼神故示與奪之意以彰善惡之報哉吁可畏也已見聞紀訓

龍西溪僉憲名霓在京中時其同年友某行人一日過西溪邸謀曰吾欲註門籍幾日何如西溪問故答曰近有湖廣差我將避之耳西溪曰何哉湖廣非險遠况尊翁在堂便道一省覲豈不善迺欲避耶行人曰實不然吾聞吏部將選科道若承此差恐不得與選我且避之則楊子山當行西溪曰若爲此吾不敢阻君行人竟稱病註門籍不意纔數日吏部

遴開選某行人勢不可即出楊因應選遂得吏科給事中某行人徒撫膺悵恨而已可見爲謀不臧適以自敗反以成他人之功良可笑也見聞紀訓

棣塘陳氏曰丞康周實夫名文光爲舉人時與余南雍會友也嘗語余曰人不但窮通得喪有數雖一衣一食亦有定數焉吾家在縣中門有小樓諸生肄業其上一夕夢一鄉間士

友來訪余乃戴一塵垢冬帽出見各啜粥兩盂而去時夏月且巾而不帽而吾鄉客至絕無啜粥者晨醒方與室人道此夢適婢子報云某舉人在外相訪已坐學生樓上矣吾遽披衣起盥櫛取所戴馬尾巾不獲再三覓之竟不見室人偶在架上拾一舊紵絲帽乃笑覆吾首推而出吾與此友且笑且訝乃曰斯固異矣然啜粥與否在我夢其如之何因命

庖人必煮肉款飯不意此友之兄繫獄患病屬其弟邀吾同見縣尹求保放縣尹正欲出外公幹其兄使人催請甚急吾最怕空腹曉行連呼酒飯不能就卩而此友立促趲趄間諸生有粥在缶乃笑而請曰此有粥姑啜之以應夢何如吾二人只煞各啜兩盂而去實夫之言如此吁一巾帽粥飯尚有定數況其他乎今人爭名于朝爭利于市蠅營狗苟至

老死而不知止者徒自苦耳何益之有哉見聞紀訓

王景文云有心于避禍不若無心于任運斯言固達矣然必自反無愧自省無憾乃可安之于命伊川曰人之于患難只有一個處置盡人事然後理足而無憾物之有成必有壞譬如人之有生必有死而國之有興必有亡也雖知其然而君子之養身也凡可以久生而

緩死者無不用其治國也凡可以安存而救亡者無不爲至于不可奈何而後已此之謂知命 鶴林玉露

陽明先生在貴陽龍場西北萬山叢棘中蛇虺魍魎蠱毒瘴癘與居夷人鴃舌難語可通語者皆中土亡命舊無居始教之範土架木以居時瑾憾未已自計得失榮辱皆能超脫惟生死一念尚覺未化乃爲石墎自誓曰吾惟

俟命而已日夜端居澄默以求靜一久之胸
中灑灑而從者皆病自析薪取水作糜飼之
又恐其懷抑鬱則與歌詩又不悅復調越曲
雜以詼笑始能忘其爲疾病夷狄患難也因
念聖人處此更有何道忽中夜大悟格物致
知之旨寤寐中若有人語之者不覺呼躍從
者皆驚始知聖人之道吾性自足向之求理
於事物者誤也乃以默記五經之言證之莫

不脗合因著五經憶說居久夷人亦日來親狎以所居湫濕乃伐木構龍岡書院及寅賓堂何陋軒君子亭玩易窩以居之思州守遣人至驛侮先生諸夷不平共毆辱之守大怒言諸當道毛憲副科令先生請謝且諭以禍福先生致書復之守慚服水西安宣慰聞先生名使人餽米肉給使令既又重以金帛鞍馬俱辭不受陽明年譜

陽明上毛憲副書曰昨承遣人喻以禍福利害且令赴太府請謝此非道誼深情決不至此感激之至言無所容但差人至龍場凌侮此自差人挾勢擅威非太府使之也龍場諸夷與之爭鬬此自諸夷憤慍不平亦非某使之也然則太府固未嘗辱某某亦未嘗傲太府何所得罪而遽請謝乎跪拜之禮亦小官常分不足以爲辱然亦不當無故而行之不當

行而行與當行而不行其爲取辱一也廢逐小臣所守以待死者忠信禮義而已又棄而不守禍莫大焉凡禍福利害之說某亦嘗講之君子以忠信爲利禮義爲福苟忠信禮義之不存雖祿之萬鍾爵以侯王之貴君子猶謂之禍與害如其忠信禮義之所在雖剖心碎首君子利而行之自以爲福也況於流離竄逐之微乎某之居此蓋瘴癘蠱毒之與居

魑魅魍魎之與遊月有三死焉然而君之泰然未嘗以動其中者誠知生死之有命不以一朝之患而忘其終身之憂也太府苟欲加害而在我誠有以取之則不可謂無憾使吾無有以取之而橫罹焉則亦瘴癘而已爾蠱毒而已爾魑魅魍魎而已爾吾豈以是而動吾心哉執事之論雖有所不敢承然因是而益知所以自勵不至於有所隳則某也受教

多矣　陽明文集

吾輩學道須是打疊教心下快活古曰無悶曰不慍曰樂則生矣曰樂莫大焉夫子有曲肱飲水之樂顏子有陋巷簞瓢之樂曾點有浴沂詠歸之樂曾參有履穿肘見歌若金石之樂周程有愛蓮觀草弄月吟風傍花隨柳之樂學道而至于樂方能眞有所得大樂于世間一切聲色嗜好洗得淨一切榮辱得失看

得破然後快活意思方自此生或曰君子有終身之憂又曰憂以天下又曰莫知我憂又曰先天下之憂而憂此義又是如何曰聖賢憂樂二字並行不悖故魏鶴山詩云須知陋巷憂中樂又識耕莘樂處憂古之詩人有識見者如陶彭澤杜少陵亦皆有憂樂如採菊東籬揮杯勸影樂矣而有平陸成江之憂步櫟春風泥飲田父樂矣而有眉攢萬國之憂

蓋惟賢者而後有眞憂亦惟賢者而後有眞樂樂不以憂而廢憂亦不以樂而忘鶴林玉露

榮啓期者不知何許人也鹿裘帶索鼓琴而歌孔子遊于泰山見而問之曰先生何樂也對曰吾樂甚多天生萬物惟人爲貴吾得爲人矣是一樂也男女之别男尊女卑故以男爲貴吾既得爲男矣是二樂也人生有不見日月不免襁褓者吾既已行年九十矣是三樂

也貧者士之常死者民之終居常以待終何不樂也高士傳

予往謁麻城毛鳳崖先生於山中留宿因問請曰先生婆娑丘樊以何事爲樂鳳崖曰其平居恒以禮義灌溉此心以廉恥潤澤此身以勤儉訓飭子孫此外奚所事哉東谷贅言

陸平翁燕居日課云以書史爲園林以歌咏爲鼓吹以理義爲膏粱以著述爲文繡以誦讀

爲菑畬以記問爲居積以前言往行爲師友以忠信篤敬爲修持以作善降祥爲因果以樂天知命爲西方 眉公秘笈

邵康節吟曰年老逢春雨乍晴雨晴况復近清明天低宮殿初長日風煖林園未囀鶯花似錦時高閣望草如茵處小車行東君見賜何多也況復人間久太平又云堯夫非是愛吟詩詩是堯夫志喜時明著衣冠爲士子高談

仁義作男兒敢于世上明開眼前向人間浪
皺眉六十七年無事即堯夫非是愛吟詩擊
壤集一編老人怡神悅目時可吟玩公喜飲
酒命之曰太和湯飲不過多不喜大醉其詩
曰飲未微酡口先吟哦吟哦不足遂及浩歌
所寢之室名安樂窩冬燠夏涼遇有睡思則
就枕其詩曰墻高于肩室大如斗布被煖餘
藜羹飽後氣吐胸中充塞宇宙閒人說人之

善就而和之又從而喜之詩曰樂見善人樂聞善事樂道善言樂行善意晚教二子以六經家素業儒曰未嘗不道儒言身未嘗不蹈儒行其詩曰羲軒之書未嘗去手堯舜之談未嘗離口當中和天同樂易友吟自在詩飲歡喜酒百年昇平不爲不偶七十康强不爲不壽老境從容孰有如康節者乎 尊生八牋

羅湘川退居柳坪之上鑿池築亭名曰願樂日

處其間爲詩云亭中樂事與誰傳朱紫身閑更大年明月泛遊蘇氏後北牕高臥伏羲前林泉茹飲貧無辱花木栽培靜有權一室瀟然無俗慮却疑身世是壺天又自爲記曰雨暘時若五穀登而百室寧可樂也一有水旱之災饑饉相仍民不聊生雖欲優游此亭得乎民康而富四境晏然可樂也一有盜賊之發則軍旅興焉供應頻焉財物耗而禍亂生

雖欲優游此亭得乎白髮赭顏步履康健眠食無恙可樂也一有災疢之侵精力衰而登陟難求一室之安不可得雖欲優游此亭得乎昔温公以獨樂名其園康節以安樂名其窩予非不知所嚮慕以名吾亭而必爲此者意誠有在也燕語類抄

魯文恪以祭酒告歸乃闢小園于夢野臺之東鑿池築亭穠蒔花木爲遊息之所總名之曰

巳有園客至則葛巾野服延坐或泛舟磬池呼酒三數行自歌古詩有物外之趣自作記曰葢吾材類樗而今復病是加之朽也樗而朽葢無所用之無用則無所屬吾其屬吾矣吾其屬吾園始爲吾有也苟藥物能吾扶孰使吾不樂觀此則公之風致可知矣已有園集

林粹夫謝中丞事而歸也杜門謝塵囂以著述自娛閒時有頻僻意有所觸則發爲樂府命

小童歌之歌竟則陶陶然以怡未嘗一至公所
有事于閩者率先加禮公以方巾古服接之
有謀焉則以大體相告未嘗委曲徇其意尊
俎餘功

唐人有詩云相逢盡道休官去林下何曾見一
人蓋嘆世人希進躐榮守資待次沉酣于名
利中而莫知止者也吉水羅念庵洪先建言
忤旨歸田之日當道交章屢薦堅志不起嘗

有詩曰獨坐空庭一事無秋風春雨自團浦而今始解閑非偶到得能閑幾丈夫 永豐羅一峯倫以抗章忤權貴謫官而歸作詩曰五柳先生歸去來芰荷衣上露瀼瀼不由天地不由我無盡烟花無盡杯別樣家風幽澗竹一般春意隔墻梅老來只怕風濤險懶下瞿塘灩澦堆 鉛山費健齋宏以總角狀元及第爲黑頭宰相請告家居年尚未五十日居小

樓名曰至樂大學士王守溪鏊寄以詩曰橫
林特地起高樓樓上書多擬鄴侯日與聖賢
相對語身於天地復何求三峯有意當窻見
一水無聲繞檻流試問主人何所樂本來無
樂亦無憂吁若三公者可謂超然遠覽知進
而知退者哉新知錄
自古豪傑之士立業建功定變弭難大抵以無
所爲而爲之者爲高三代人物固不待言下

此如范蠡覇越而扁舟五湖魯仲連下聊城而辭千金之謝却帝秦而逃上爵之封張子房顛嬴蹶項而飄然從赤松子遊皆足以高出秦漢人物之上左太冲詩云功成不受賞長揖歸田廬李太白詩云事了拂衣去深藏身與名而世降俗末乃有激變稔禍欺君誤國殺人害物以希功賞者是誠何心哉是誠何心哉 鶴林玉露

人生不爭須自苦耳達者知之

楊誠齋先生年未七十退休南溪之上老屋一區僅蔽風雨長鬚赤脚纔三四人徐靈暉贈詩云清得門如水貧惟帶有金蓋紀實也聽明強健享清閒之福十有六年寧皇初與朱文公同召文公出公獨不起嘗自贊云江風索我吟山月喚我飲醉倒落花前天地爲衾枕又云青白不形眼底雌黄不出口中只有一罪不赦唐突明月清風 鶴林玉露

白居易所居有池五六畝竹數千竿喬木數十株臺榭舟車具體而微先生安焉性嗜酒耽琴淫詩往往乘興有興適野尋水望山率情便去抱琴引酌興盡而返因自吟咏懷詩云抱琴榮啟樂縱酒劉伶達放眼觀青山任頭生白髮不知天地內更有幾時活從此到終身盡爲閑日月吟罷自哂揭甕發醅又飲數盃兀然而醉古所謂得全于酒者故自號醉

吟先生云　小隱書

唐子西詩云山靜似太古日長如小年余家深山之中每春夏之交蒼蘚盈堦落花滿徑門無剝啄松影參差禽聲上下午睡初足旋汲山泉拾松枝煮苦茗啜之隨意讀周易國風左氏傳離騷太史公書及陶杜詩韓蘇文數篇從容步山徑撫松竹與麛犢共偃息于長林豐草間坐弄流泉漱齒濯足既歸竹窗下

絕妙一幅寫隱圖

則山妻稚子作笋蕨供麥飯欣然一飽弄筆窗間隨大小作數十字展所藏法帖筆蹟畫卷縱觀之興到則吟小詩或草玉露一兩段再烹苦茗一杯出步溪邊邂逅園翁溪友問桑麻說秔稻量晴較雨探節數時相與劇談一餉歸而倚杖柴門之下則夕陽在山紫綠萬狀變幻頃刻恍可人目牛背笛聲兩兩來歸而月印前溪矣味子西此句可謂妙絕

然此句妙矣識其妙者葢少彼牽黄臂蒼馳獵于聲利之場者但見滾滾馬頭塵匆匆駒隙影耳烏知此句之妙哉人能眞知此妙則東坡所謂無事此靜坐一日是兩日若活七十年便是百四十所得不已多乎 鶴林玉露

謝承祐海陽人少游京師見勢利烜赫怏怏不樂歸過寶雲山中見野鳧飲啄沙岸悠然自得語其友曰人生斯世如輕塵依弱草而乃

以儒冠掛繫良可恥也於是結齋郡南有長溪曠野可以游適買驢一頭舟一隻與至幅巾野服任意所之既倦而休休而復作謂唐虞事業盡在是矣小隱書

子瞻云元豐六年十月十日夜解衣欲睡月色入戶欣然起行念無與樂者遂至承天寺尋張懷民懷民亦未寢相與步于中庭積水空明水中藻荇交橫蓋竹柏影也何夜無月何

處無竹栢但少閒人如吾兩人耳鶴林玉露（補）

自昔士之閒居野處者必有同道同志之士相與往還故有以自樂陶淵明移居詩云昔欲居南村非爲卜其宅聞多素心人樂與數晨夕又云隣曲時來往抗言談在昔奇文共欣賞疑義相與析則南村之隣豈庸庸之士哉杜少陵在錦里亦與南隣朱山人往還其詩云錦里先生烏角巾園收芋栗未全貧慣看

賓客兒童喜得食階除鳥雀馴秋水纔添四五尺野航恰受兩三人白沙翠竹江村暮相送柴門月色新又云相近竹參差相過人不知幽花欹滿徑野水細通池歸客村非遠殘尊席更移看君多道氣從此數追隨所謂朱山人者固亦非常流矣李太白尋魯城北范居士誤落蒼耳中詩云忽憶范野人閒園養幽姿又云還傾四五酌自詠猛虎詞近作十

日懽遠爲千載期風流自簸蕩詼浪偏相宜想范野人者罔亦可人之流也 鶴林玉露

司空圖豫爲壽藏故人來者引之壙中賦詩對酌人或難之圖曰達人大觀幽顯一致非止暫遊此中公何不廣哉布衣鳩杖出則以女家人鸞臺自隨歲時村社會集圖必造之與野老同席曾無傲色 尊生八牋

後漢向子平潛隱於家安貧樂道嘗讀易至損

益并喟然嘆曰吾已知富不如貧貴不如賤
但未知死何如生爾敬虛子曰富不如貧貴
不如賤此山林一種逸味細細咀嚼方覺美
出若對世俗人言之鮮有不嗤笑者 小隱書
金溪胡九韶從吳康齋學易造詣潔修家甚貧
課兒力耕僅給衣食每日晡焚香九頓首謝
天賜一日清福其妻常笑之曰一日三飡
菜粥何名爲清福九韶曰吾幸生太平之世

無兵禍又幸一家骨肉飽煖無饑寒又幸揚無病人獄無囚人非淸福而何予爲童子時聞長者談此事輒笑之逮正德辛未被華林之寇己卯遭宸濠之變避難山中饑渴顛躓至無所容身始信九韶淸福之言良然敖淸江

閑適之事天常限人近聞南中一富翁每緣公務入城殊憚其煩揭四字於室曰望城欲哭一日焚香告天曰願薄田二十畝自爲耕穫

老於山林足矣忽室中應聲云欲富貴則與之此則不可是知閒適勝于富貴天不輕以與人也　敬虛子

閒非易事須是胸中有靈丹一粒方能點化俗情擺脫世故　小窻清紀

莫言婚嫁早婚嫁後事不了莫言僧道好僧道後心不了惟有知足人鼾鼾直到曉惟有偷閒人憨憨直到老　巖棲幽事

楊誠齋贈抄經頭陀詩云刺血抄經柰若何十年依舊一頭陀袈裟未着言多事着了袈裟事更多　鶴林玉露

大都心足身還足秖恐身閑心未閑但得心閑隨處樂不須朝市與雲山　李宗易

白香山逍遥詠云亦莫戀此身亦莫厭此身此身何足戀萬劫煩惱根此身何足厭一聚虛空塵無戀亦無厭始是逍遥人　唐詩類苑

李太白詩清風明月不用一錢買東坡赤壁賦云惟江上之清風與山間之明月耳得之而成聲目遇之而成色取之無禁用之不竭是造化之無盡藏也東坡之意蓋自太白詩句中來夫風月不用錢買而取之無禁太白東坡之言信夫然而能知清風明月之可樂者世無幾人清風明月一歲之間亦無幾日就使人知此樂或爲俗務牽奪或爲病苦妨障

雖欲享之有不能者然則居閑無事過此淸風明月既不用錢買又取之無禁而不知爲樂是自生障礙也 玉壺冰

黄山谷曰江山風月本無常主閑者便是主人

睡方書

廖子晦言山居頗適臨水登山甚得其樂文公曰只恁閑散不可須是讀書又言上古無閑民大意似謂閑散是虛樂不是實樂 鶴林玉露補

攝生

寇氏曰世之人皆以精神殉智巧以憂畏殉得失以勞苦殉禮節以身世殉財利惑亦甚矣

養生心鑒

程子曰吾以狥欲傷生爲深耻學者體此則可以保身矣 薛文清公

益州老父曰凡欲身之無病必須先正其心使心不亂求心不狂愚不貪嗜慾不着迷惑則

心先無病矣心君無病則五臟六腑雖有病不難療矣清修妙論

許胥齋詩曰萬般補養皆虛僞惟有操心是要規必心得而實踐者乃知其言之有味薛文清公

素問曰恬淡虛無眞氣從之精神內存病安從來是以志閑而少欲心安而不懼嗜欲不能勞其神淫邪不能惑其心所以能壽皆度百歲而動作不衰者以其德全不危也男女紳言

衛生之術云自身有病自心知身病還將心自醫心境靜時身亦靜心生還自病生時郭康伯誦之知自護愛康强倍常年幾百歲厚生訓纂

多思則神散多念則心勞多笑則臟腑上翻多言則氣海虛脫多喜則膀胱納客風多怒則腠理奔浮血多樂則心神邪蕩多愁則頭面焦枯多好則志氣潰溢多惡則精爽奔騰多事則筋脉乾急多機則智慮沉迷兹伐人之

生甚于斧斤蝕人之性猛于豺狼也養生類纂

寡思慮以養神寡嗜欲以養精寡言語以養氣

薛文清公

一切諸有如夢如幻一切煩惱是魔是賊清修妙論

劉文肅公忠修厲行簡時國家無事翰林程李輩有文學詞藝好交遊有聲譽公獨卷斂沉默方正寡合一介不苟得嘗云薛文清言二十年治一怒字尚未消磨盡以是知克己最

難葢粗暴之氣不惟損德抑尤其損身尤甚予平生被此字害最多因書公言以自警焉

南雍劄記

煩惱最能賊人遇事若能識破則何煩惱之有

衡門錄

怒甚偏傷氣思多太損神神疲心易役氣弱病相縈勿使悲歡極當令飲食勻再三防夜醉

第一戒晨嗔　孫眞人

吳文正公曰嘗觀天下之人氣之溫和者壽質之慈良者壽量之寬洪者壽貌之重厚者壽言之簡默者壽予嘗以此說驗之里中黄耇之老良然間有不然者蓋禀賦氣數之或差也

東谷贅言

硯與筆墨蓋氣類也出處相近任用寵遇相近也獨壽夭不相近也筆之壽以日計墨之壽以月計硯之壽以世計其故何也其爲體也

筆最鋭墨次之硯鈍者也豈非鈍者壽而鋭
者夭乎其爲用也筆最動墨次之硯靜者也
豈非靜者壽而動者夭乎吾于是而得養生
焉以鈍爲體以靜爲用 唐子西

黃帝云行及乘馬不用迴顧顧則神去今人迴
顧功名富貴而去其神者豈少哉 長者言
二客方對奕有哂於傍者曰吾見二肉椿動搖
耳客曰何謂也曰二君形存而神離神在黑

自子中久矣相對峙都非肉在而何客默然

竹牕隨筆

老子曰慾多傷神財多累身 明心寶鑑

能攝生者當先除六害然後可以延年何名六害一曰薄名位二曰禁聲色三曰廉貨財四曰損滋味五曰屏虛妄六曰除疾妬六者若存則養生之道徒設爾未見其有益也 養生類纂

枚乘曰皓齒蛾眉命曰伐性之斧甘脆肥濃命

曰腐腸之藥龍門子曰行遇邪者必避食遇
鴆者必舍懼害已也麗色藏劍厚味腊毒則
弗之察愚矣哉龍門子
二八嬌娘體似酥腰間仗劍斬愚夫分明不見
人頭落暗裏教君骨髓枯純陽詩
陰符經曰淫聲美色破骨之斧鋸也世之人不
能秉靈燭以照迷情持慧劍以割愛慾則流
浪生死之海是害先于恩也尊生八箴

司空圖曰昨日流鶯今日蟬起來又是夕陽天六龍飛轡長相窘何忍乘危自着鞭戒好色自戕者也楊誠齋譏好色者曰閻羅王未曾相喚子乃自求押到何也即前詩之意男女紳言

伊川先生曰吾受氣甚薄三十而浸盛四十五十而後完今生七十二年矣較其筋骨于盛年無損也若人待老而求保生是猶貧而後蓄積雖勤亦無補矣日益編

今之謂養者多是厚食濃味劇醑謔浪或竟日偃臥如此是撓氣昏神長惰而召疾也豈攝養精神之謂哉務須絕飲酒薄滋味則氣自清寡思慮屏嗜慾則精自明定心氣少眠睡則神自澄 王文成公

神農曰上藥養命中藥養性誠知性命之理因輔養以通也而世人不察惟五穀是見聲色是耽目惑玄黃耳務淫哇滋味煎其臟腑醴

膠煮其腸胃，馨香腐其骨髓，喜怒悖其正氣，思慮消其精神，哀樂殘其平粹。夫以蕞爾之軀，攻之者非一途，人非木石，何能久乎？清修妙論

活人心云：酒雖可以陶情性，通血脉，然招風敗腎，爛腸腐脇，莫過於此。飽食之後，尤宜戒之。飲酒不宜粗及速，恐傷破肺。肺爲五臟之華葢，尤不可傷。當酒未醒，大渴之際，不可喫水及啜茶，多被酒引入腎臟，爲停毒之水，遂令

腰脚重墜膀胱冷痛兼水腫消渴攣躄之疾

日益編

五穀五蔬以養人魚肉以養老形呰者饑渴爲主病四百四病爲客病故須食爲醫藥以自扶持是故知足者舉箸常如服藥 文清語錄

晚飡當肉緩步當車無罪當貴無災當福莫飲卯時酒莫飡申時食避風如避箭避色如避賊 顏蠋論

節食養胃清氣養神口腹不節致疾之因念慮不正殺身之本驕富貴者戚戚安貧賤者休休景行錄

白玉蟾曰薄滋味以養氣去嗔怒以養性處卑下以養德守清淨以養道名不係簿籍心不在勢利此所以出人之彀與天爲徒清修妙論

侍郎葉公鏜云費文憲公宏及第後六年乞養病歸時尚書張莊簡公悅爲吏部右侍郎特

過之備述其生平多病之狀慰諭惓惓移時乃別以一封見贈支憲視其題封則印字扇一握手帨一條而心訝其物之太簡及啟封則扇面備書所采養生要語有云不以脾胃煖生冷不以元氣佐喜怒又夏至節嗜慾冬至禁嗜慾遂知公之愛我不減于骨肉之厚也遂佩服至老又為之說以見前輩愛士之心。厚生訓纂韓晉公滉有一閽吏。自言屬在冥司。主三品以上食料。因以公次日應食糕糜橘湯爲驗。又言人間之食皆有定籍。三品以上日支。五品以上有權位者旬支。六品至于九品季支。其有不食祿者歲支。故曰。人無殀壽。祿盡則亡。

感應經解

人生世間咸以無病無事爲福究而論之病特不可多耳亦不可無事特不可多耳亦不可

無益多病身固難保然太無病則流于縱肆而不自省矣身亦惡乎保多事家固難保然太無事則狃于怠荒而不自振矣家亦惡乎保故時或有病則知所儆戒時或有事則知所操持保身保家未必不自有病有事中來未可即以無病無事爲福也衡門簷言

蓮池大師云世人以病爲苦而先德云病者衆生之良藥夫藥與病反柰何以病爲藥蓋有

形之身不能無病此理勢所必然而無病之時嬉怡放逸誰覺之者雖病苦遍身始知四大非實人命無常則懺悟之一機而修進之一助也予出家至今大病垂死者三而每病發懺悟增修進由是信良藥之諦其真至言哉 竹窗隨筆

薛文清曰人素羸瘠乃能兢兢業業凡酒色傷生之事皆不敢為則其壽固可延久矣如素

強壯乃恃其強壯恣意傷生之事則其禍可立待也此又豈非命雖在天而制命在己歟

男女紳言

孫眞人著大風惡疾論曰神仙傳有數十人皆因惡疾得仙道何者割棄塵累懷穎陽之風所以因禍而取福也 砌潭集

鄭子元有心疾每疾作輒昏憒如夢或曰眞空寺有老僧不用符藥能治心疾子元往叩之

老僧曰公之疾起于煩惱煩惱生于妄想夫妄想之來其幾有三或追憶數十年前榮辱恩讐悲歡離合及種種閑情此是過去妄想也或事到眼前可以順應却乃畏首畏尾三翻四復猶豫不决此是見在妄想也或期望日後富貴榮華皆如其願或期望功成名遂告老歸田或期望子孫登庸以繼書香與夫一切不可必成不可必得之事此是未來妄

想也三者妄想忽然而生忽然而滅禪家謂之幻心能照見其妄而斬斷念頭禪家謂之覺心故曰不患念起惟患覺遲此心若同太虛煩惱何處安腳又曰公此疾亦原于水火不交凡溺愛冶容而作色荒禪家謂之外感之欲夜深枕上思得冶容或成宵寐之變禪家謂之内生之欲二者之欲綢繆染着皆消耗元精若能離之則腎水自然滋生可以上

交于心至若思索文字忘其寢食禪家謂之理障經綸職業不告劬勤禪家謂之事障二者之障雖非人欲亦損性靈若能遣之則心火不至上炎可以下交于腎故曰塵不相緣根無所偶返流全一六用不行又曰苦海無邊回頭是岸予元如其言乃獨處一室掃空萬緣靜坐月餘心疾如失　綠雪亭雜言

病有十可却靜坐觀空覺四大原從假合一也

煩惱見前以死譬之二也常將不如我者巧自寬解三也造物勞我以生遇病稍閒反生慶幸四也宿業現逢不可逃避歡喜領受五也家室和睦無交謫之言六也衆生各有病根常自觀察克治七也風露謹防嗜慾澹泊八也飲食寧節毋多起居務適毋强九也覓高朋親友講開懷出世之談十也白香山養生部

病有十不治縱慾慆淫不自珍重一也窘若拘

四無瀟灑之趣二也怨天尤人廣生懊惱三也今日預愁明日一年常計百年四也室人噪聒耳目盡成荆棘五也聽信師巫禱賽廣行殺戮以重業緣六也寢興不適飲食無度七也諱疾忌醫使虛實寒熱妄投八也多服湯藥蕩滌腑胃元氣漸耗九也以死爲苦與六親眷屬常生難割難捨之想十也白香山養生譜

年老養生之道不貴求奇先當以前賢破幻之

詩洗滌胸中憂鬱而名利不苟求喜怒不妄
發聲色不因循滋味不耽嗜神慮不邪思三
綱五常現成規模貧富安危且據見定是亦
養壽之大道也龐居士詩云北宅南莊不足
誇好兒好女眼前花忽朝身沒一丘土又屬
張三李四家先賢詩云克己工夫未肯加吝
驕封閉縮如蝸試于靜夜深思省剖破藩籬
即大家又詩云世人用盡機關秖爲貪生怕

死我有安樂法門直須顛倒于此是文元公云衆所好者虛名客氣冗具貲財予所好者天機道眼法要度門又云仕宦之間暗觸禍機袵席之上密涉畏途輪迴之中枉入諸趣又云心死形方活心強命即亡又云你喜我不喜君悲我不悲鴈飛思塞北鷹憶舊巢歸秋月春花無限意箇中只許自家知天師云靈臺皎潔似氷壺只許元神裏面居若向此

中留一物平生便是不清虛老子云虛其心實其腹是皆融智慧黜聰明而宅天和以却百邪者也比于金石草木剛烈之劑喪津枯液以求補益者其功遠矣 厚生訓纂

老來軀體索温存安樂窩中別有春萬事去心閑偃仰四肢由我任舒伸庭花盛處涼蒲簟簷雪飛時軟布茵誰道山翁拙于用也能康濟自家身 邵堯夫

作福莫先避罪服藥不如忌口 病餘錄

人常想病時則塵心漸滅人常想死時則道念自生 婆羅園清語

陳白沙先生曰人所得光陰能得幾何生不知愛惜漫浪虛擲卒之與物無異造化所賦於人豈徒具形骸喘息天地間與螻蟻並活已耶 繹訓編

夫人千病萬病只爲有已故惟欲已富已貴已

安己樂己生己壽而人之貧賤危苦死亡一切不恤由是生意不屬天理滅絶雖曰有人之形其實與禽獸奚異若能克去有己之病廓然大公富貴安樂生壽皆與人共之便生意貫徹天理充溢可會萬物爲一體耳文清要語

楊文定溥謙謹小心吏卒亦不敢慢嘗曰士君子一言一行幽明無愧然後無負於父母生身之恩言行錄

士君子盡心利濟使海內人少他不得則天亦自然少他不得即此便是立命 長者言

士大夫不貪官不愛錢一無所利濟以及人畢竟非天生聖賢之意蓋潔已好修德也濟人利物功也有德而無功可乎 長者言

天下有至貴而非勢位也有至富而非金玉也有至壽而非千歲也愿恕反性則貴矣適情知足則富矣明死生之分則壽矣 淮南子

富莫大于蓄道德貴莫大于爲聖賢貧莫大于不聞道賤莫大于不知恥仕能行道之謂達貧不安分之謂窮流芳百世之謂壽得志一時之謂夭 方峻峯

貧不足羞可羞是貧而無志賤不足惡可惡是賤而無能老不足嘆可嘆是老而虛生死不足悲可悲是死而無稱 書紳要語

魯哀公問於孔子曰有智者壽乎孔子曰然人

有三死而非命也者人自取之夫寢處不時飲食不節勞逸過度者疾共殺之居下位而上忤其君嗜慾無厭而求不止者刑共殺之少以犯衆弱以侮强忿怒不量力者兵共殺之此三死者非命也人自取之詩云人而無儀不死何爲此之謂也家語

人知飲食所以養身而不知禮義廉恥所以養心飲食絕則身死禮義廉恥喪則心死心死者

身之主也失其主而徒寄空身於天地間而猶自認曰人吾不知之矣呂東萊曰人莫大於心死而身死次之信夫 衡門瑣言

了明長老曰身爲死物其內活潑潑地者爲活物莫於死物上作活計宜於活物上作活計予深愛此語 清修妙論

無疆之謂壽壽也者言順其正而俟命于天固不拘拘于耄耋期頤謭謭于引年長生也孔

子曰仁者壽君子之壽也稱德小人之壽也稱年故有積德累行不幸中殂人或貴之縱禮破義或永天年人或賤之是故君子以忘生狥欲爲戒也以清淨澹朴爲本也以全耳目之聰明爲務也以不戾吾生之眞機爲端也胡爲而生也吾來也胡爲而終也吾去也生任吾來吾無憂也終任吾去吾無惡也一日順乎其正一日適乎其心一日適乎其心

一日無忝其生斯之謂仁斯之謂無疆之道
不然顏回盜跖論壽夭于今果何如也學語類抄
壽五福之一也得之者有幸不幸焉彼得壽以
成名者幸也得壽以敗名者不幸也雖然壽
何負于人哉人負壽爾是故申公年八十餘
而應聘使其先數年而死則爲治不在多言
之對不登漢史矣夏貴七十九而降元使其
先數年而死則亡君事仇之恥不穢宋史矣

東谷贅言

至元丙子淮南閫帥夏貴歸附元授中書左丞至巳卯歲死有人贈以詩云自古誰無死惜公遲四年問公今日死何似四年前又有人弔其墓云享年八十三而不七十九嗚呼夏相公萬代名不朽昔宋褚淵身事二姓弟炤歎曰使淵作中書而死不當是一名士今德不昌令有期頤之壽哀哉三朝國史

周處年少時兇彊使氣後知爲人情所患有自
改意乃自吳尋二陸平原不在正見清河具
以情告并曰欲自修改而年已蹉跎終無所
成清河曰古人貴朝聞夕死況君前途尚可
且人患志之不立亦何憂令名之不彰耶處
遂改厲終爲忠臣孝子警語類抄
王司徒謐與遠公書曰身年始四十而衰同耳
順遠公答曰古人不愛尺璧而重寸陰觀其

所存似不在長年檀越旣履順而遊性乘佛
理以御心因此而推復何羨于遐齡耶聊想
斯理久已得之爲復酬來信耳人皆稱公善
誘

警語類抄

顔氏家訓曰性命在天神仙之事不可爲其誣
惑但當愛養神明調護氣息愼節起臥均適
寒暄禁忌食慾餌飲藥物遂其所禀不爲疾
病侵折是謂善攝生者故攝生先須慮禍全

身保性有此生然後可養單豹養于内而喪外張毅養于外而喪内嵇康著養生之論而以傲物受刑石崇冀服餌之徵而以貪溺取禍在世之所迷也五宮編

麩子李者正德間太和山得道者數仙之一以其辟穀但啖麥麩故名荊藩永定王慕之遣十較移文參藩董是山者禮聘以至寓蘄武當宮衣破衲不食王屢迎入宮所長生訣皆

不對但云儒者修身齊家此長生訣也賜金帛甚厚皆委棄不顧已辭歸王仍遣十轎送之令索書報命至漢口臥舟中忽不見轎奔至山見李坐捨身巖險絶處誦經遥爲泣拜索書又忽不見明年王思之仍遣轎至山則云李尸解去矣較于歸途又見李持一鉢行如飛亡何王以于宗正條得罪幾覆國始悟李語非漫然也雲樵子

鄖陽鍾都司者酷信方術常服道士韓衍山藥其方以男女初至壬癸水和藥爲丸服藥久之覺頭重眼眦眦常見白衣人道士曰此藥行也未幾眼珠雙落八上九竅出血暴卒同年儲谷泉與余言而鍾實富冠一郡云大抵富方士家非富即貴富貴之人何欲不遂所慮者惟壽耳故此輩得以長生不死之説中焉然長生不死回天奪命豈尋常伎倆可辦

故必要以世間所罕見之事與夫世間所難致之物庶可聳動其聽信而因得爲久任之計衣其衣食其食用其財及其久也卒無效焉背遁焉耳矣又有繼之來者曰彼未得其精非吾比也所以前車旣覆後復蹈之往往而是吁可哀也已 見聞紀訓

靜宇游大夫問于羅子曰養生家守中之訣如何羅子曰否否內典謂吾人自咽喉以下是

爲鬼窟天與吾此心神如此廣大如此高明
蓊塞兩間彌六合矣奈何作此業障拘囚于
鬼窟中乎大夫曰然則調息之術如何羅子
曰吾心和則氣和氣和則形和息安用調
大夫曰吾人寓形宇內萬感紛交何修而得
心和羅子曰和妻子宜兄弟順父母心斯和
矣耿先生聞之蹵然嘆賞曰此玄宗正訣也
不獨伯陽皈心釋迦合掌卽尼父復生當首

肯奚爰識此以醒世之迷于玄修者 賢奕編

酒色財氣四堵墻多少賢愚在內廂若有世人跳得出便是神仙不死方 明心寶鑑

抱朴子曰求仙者要當以忠孝和順仁信爲本若德不修而但務方術終不得長生也行惡行大者司命奪紀小過奪算隨所犯輕重故所奪有多少 唐類函

◎

立命

天地間豪傑有數此生倏聚倏散能幾何時自已眞性命會須有安立處 格致要言

文章功業氣節果皆自吾涵養中來三者皆實學也惟大本不立徒以三者自名所務者小所喪者大雖有聞于世亦其才之過人耳其志不足稱也學者能辯乎此使心常在內到見理明後自然成就得大論語曰朝聞道夕

死可矣 白沙緒言

平生學博名高祿位崇峻子孫福澤盛長世皆
羨之臨時一些帶不去可自信者惟炯然一
念光明不令昏散爲末後了手一着 王龍溪

薛文清曰吾人從生至死只有此一點靈明與
太虛同體者爲主宰人在世間有閙忙有順
逆幾舉得喪諸境若一點靈明時時做主宰
閒時不至落空忙時不至逐物閒忙境上此

心一得來即是生死境上此心一得來的樣子順逆毀譽得喪諸境亦然只此一條路更無縣閃處是謂範圍曲成通乎晝夜之道是謂無方之神無體之易軀殼非所論也名言錄

生死如晝夜人所不免此之謂物化若知晝而不知夜便是弱喪而不知歸可哀也已吾人見在得喪稱譏榮辱好醜有一毫忘不盡還有分別心在總是未聞道未可以死也無間

壯即無死生不待三十日到來始見所謂見
在也　龍溪文錄
人生世間如電光石火雖至百年只如倏忽大
限到來定知不免古云誰人肯向死前休若
信得此及見在世情嗜慾好醜順逆種種未
了之心便須全體放下精神打併歸一只從
省力處做惟求日减不求日增省方處便是
得力處古人之學原是坦坦蕩蕩纔有拘攣

束縛謂之天刑然眞假釐毫辨之在早 龍溪文錄

立命是入聖血脉路若不從一念微處徹底判决未免求助于外以爲責備雖使勲業彌天譽望葢世揀盡世間好題目轉眼盡成空華與本來性命未有分毫交涉處矣 龍溪與耿楚侗

宋太宗嘗謂宰相曰流俗有言人生如病瘧于大寒大熱中過歲寒暑迭變不覺漸成衰老苟不兢兢爲善虚度流年良可惜也 日益編

楊慈湖云人生只忙過一場便休 小隱書

夫衣食之源本廣而人每營營苟苟以狹其生逍遥之路甚長而人每波波急急以促其死 長者言

甜苦備嘗好丢手世味渾如嚼蠟生死事大急回頭年光疾於跳丸 娑羅園清語

有待而修終日且圖安樂無常到也問君何以支持 娑羅園清語

入市而嘆過路客紛紛擾擾總是行尸反觀而照王人翁靈靈瑩瑩無非活佛 婁羅園清語

理超教外胡僧所以如愚道越言詮獦獠何嘗識字世智紛紛名利場中伶俐識神擾擾生死路上糊塗亦可憐矣 婁羅園清語

士大夫禪機迅利何鋒不摧身行淹汚無業不作揚言度世閻王之勾帖忽來開口欲談酆都之鐵鞭已下 婁羅園清語

古人云一日無常到方知夢裏人萬般將不去惟有業隨身妙哉斯言也蓋業者謂善業惡業皆將得去者可不及時爲善乎 龍舒居士

只這色身誰信身爲苦本盡貪世樂不知樂是苦因浮生易度豈是久居幻質非堅總歸磨滅虛浮如水上泡須臾不久危脆似草頭露倏忽便無長年者不過八九十以皆亡短命者大都二三十而早夭又有今日不知來日

事又有上床別了下床時幾多一息不來便是千秋永別用盡奸心百計將謂任世萬年不知頭痛眼花閻羅王接人來到箇箇戀色貪財盡是失人身捷徑日日侈殺縱酒無非種地獄深根一旦命根絕處四大風刀割時外則脚手牽抽內則肝腸痛裂縱使妻兒相惜無計留君假饒骨肉滿前有誰替汝生者枉自悲啼痛切死者一任神識奔馳前途不

見光明舉眼全無伴侶過奈何岸見之無不
悲傷入鬼門關到者盡皆悽慘棄世纔經七
日按冥漸歷諸司曹官抱案没人情獄卒持
杈無笑面平生爲善者送歸天道仙道人道
在日造惡者押入湯塗火塗刀塗身碎業風
吹再活命終羅刹喝重生人間歷盡百春秋
獄內方爲一晝夜魂魄雖歸鬼界身屍猶卧
棺中或隔三朝五朝或當六月七月腐爛則

出蟲出血臭穢則熏地熏天膨脹不堪觀醜惡真可怕催促付一堆野火斷送埋萬里荒山昔時要俏紅顏翻成灰燼今日荒涼白骨變作塵埃從前恩愛到此成空自昔英雄而今安在淚雨灑時空寂寂悲風動處冷颼颼夜闌而鬼哭神號歲久而鴉餐鵲啄荒草畔漫留碑石綠楊中空掛紙錢下稍頭難免如斯到這裡怎生不醒但請迴光返照迴知本

體原眞捨惡從善懺昔修今移六賊爲六神通離八苦得八自在便好替天行化不妨代佛接人火速進步時不再來纂龍舒文

諺有警世語謂一老人死見閻王咎王不早與通信王曰吾信數矣汝目漸昏一信也汝耳漸聾二信也汝齒漸損三信也汝頁體日益衰信不知其幾也然此特爲老人言耳今更續之一少年亦咎王曰吾目明耳聰齒利百

體強健王胡不以信及我王言亦有信及君
君自不察耳東隣有三十五而亡者乎西隣
有二十九而亡者乎更有不及十歲與孩提
乳哺而亡者乎非信乎良馬見鞭影而行必
俟錐入于膚者駑駘也何嗟及矣　蓮池大師

古人以除夕當死日葢一歲盡處猶一生盡處
故黃蘗番示云預先若打不徹臘月三十日
到來管取你熱亂然則正月初一便理會除

日事不爲早初生墮地時便理會死日事不
爲早那堪荏荏苒苒悠悠揚揚不覺步而壯
壯而老老而死况更有不及壯且老者豈不
重可哀哉今晚歲除應當惕然自誓自要不
可明年依舊蹉跎去也雖然此打徹二字不
可容易看過不是逼幾本經論當得徹也不
是坐幾炷香不動不搖當得徹也不是解幾
則古德問荅機緣作幾句頌古拈古當得徹

也不是酬對幾句口頭三昧滑溜當得徹也
古人謂于此事洞然如桶底驟脫奭然如大
夢得醒更無纖毫凝處然後可耳嗟乎敢不
努力　竹隱二筆
世有家業已辦者於歲盡之日安坐而觀貧人
之役役于衣食也名曰看忙世有科名已辦
者于大比之日安坐而觀士人之役役于進
取也亦名曰看忙獨不曰世有惑破智成所

作已辦者安坐而觀六道衆生之役役于輪廻生死也非所謂看忙乎吁舉世在忙中誰爲看忙者古人云老僧自有安閒法此安閒法可易言哉雖然世人以閒看忙有矜己心無憐彼心菩薩看忙起大慈悲心普覺羣迷冀彼同得解脫則二心廻異所以爲凡聖小大之别 竹牕二筆

陸子舉佛經地水火風四大假合而生四大分

離而死請問先生曰不待生死界要始知即見在一念便可證取世人妄認四大爲身故有生死相一念偏塞便是地來礙一念流浪便是水來浸一念躁妄便是火來焚一念掉舉便是風來飄若一念明定不震不驚當下超脫不爲四大所拘胥本無離合寧有死生之期方不負大丈夫爲此一大事出世一番也　王龍溪

楞嚴經佛告波斯匿王汝年十三時見恒河水
與今無異是汝皮肉雖皺見精不皺以明身
有老少而見精常存身有死生而本性常在
也晁文元嘗問隱者劉海蟾以不死之道海
蟾笑曰人何曾死而君乃畏之求生乎所可
死者形爾不與形俱滅者固常在也此理本
常理但異端說得粗皮着肉如易曰精氣爲
物游魂爲變孟子曰所過者化所存者神伊

川曰堯舜幾千年其心至今在橫渠曰物物故能過化性性故能存神又曰存吾順事沒吾寧也說得多少渾融 鶴林玉露

歐陽公問一僧曰古之高僧有去來翛然者何今世之鮮也僧曰古人念念在定慧臨終安得而亂今人念念在散亂臨終安得而定公深然之此說却是正理如吾儒易簀結纓之類皆是平日講貫得明操守得定涵養得熟

視生死如晝夜故能如此不亂靜春先生劉
子澄朱文公高弟也病革周益公推之曰子
澄澄其慮靜春開目微視曰無慮何澄言訖
而逝鶴林玉露
熙寧十年夏康節感微疾氣日益耗神日益明
笑謂司馬温公曰雍欲觀化一巡如何温公
曰先生未應至此康節笑曰死生亦常事耳
張橫渠先生喜論命來問疾因曰先生論命

否當推之康節曰若天命則已知之矣世俗所謂命則不知也横渠曰先生知天命矣載尚何言程伊川曰先生至此他人無以爲力願自主張康節曰平生學道豈不知此然亦無可主張時康節居正寢諸公議後事於外有欲葬近洛城者康節已知呼伯溫入曰諸公欲以近城地葬我不可當從伊川先塋耳七月初四大書詩一章曰生於太平世長於

太平世死於太平世客問年幾何六十有七
歲俯仰天地間浩然獨無愧以是五更捐館
本傳
陽明先生踰梅嶺至南安登舟時南安推官門
人周積來見先生起坐咳喘不已徐言曰近
來進學如何積以正對遂問道體無恙先生
曰病勢危亟所未死者元氣耳積退而迎醫
診藥廿八日晩泊問何地侍者曰青龍鋪明

日先生召積入久之開目視曰吾去矣積泣下問何遺言先生微笑曰此心光明亦復何言頃之瞑目而逝 陽明年譜

高上達以都御史乞休家居數年將逝之日題其寢曰歸去來兮歸去來一聲長嘯入瑶臺誠明本是吾儒事寄語吾儒莫浪猜又屬偶句平生無一事欺天今日送百骸歸地 名臣錄

尚書畢亨卒遺命長子右副都御史昭曰吾宫

惟有淸白吾祖父以此傳家不可改爾輩讀書要探見義理方是學不可苟也勉之我死後愼勿煩瀆朝廷求塟祭言已而逝更不及他毛紀撰碑

彭文憲病革衣冠端坐徐言曰死生常理不足驚但冐居大位上不能報國下不能養老父耳無一語及私琬琰錄

儲侍郎巏易簣時舉筆作國恩未報親養未終

八字無一語及家事非素養定烏能至是顧璘撰志

席文襄疾亟時呼弟修撰春及子中至榻前曰自簡平生清苦體國一念可質鬼神既死無愧若問遺言第曰願朝廷親君子遠小人分別邪正審于取舍而已言畢而逝楊一清撰志

薛文清平日奏疏削其藁皆不存一日簡閱舊

書及讀書錄東置架上爲詩曰七十六年無一事此心惟覺天性通忽遘疾彌留正衣冠危坐而逝迅雷震屋白霧繞室天順八年六月十五日也閻禹錫撰行狀

魏文靖公驥易簀時自爲詩曰舊日華池水漸涸今朝懷抱覺寬閒上蒼未必重須福殘喘何期又復回瑤島不勞青鳥至菊籬還許白衣來明當放棹西湖上翠水丹山喚作陪繼

復書平生不作欺心事一點靈光直上行書
畢乃瞑先期有星隕於公隣王振宅人已知
公不起矣名臣錄
陳白沙卒前數日蚤具朝衣朝冠命子弟扶掖
焚香北面五拜三叩首曰吾辭吾君復作一
詩云託仙終被謗託佛廼多修弄艇滄溟月
聞歌碧玉樓曰吾以此辭世歿之日頂出白
氣勃勃如蒸竟日乃息前一夕五鼓隣人聞

車馬駢闐異之急出見一人若王者狀儀節甚都出先生廬而去以爲大官至及旦詢之無有也　張詡撰行狀

陳按察鼎疾革忽起坐榻上舉手望空拱揖若迎客狀家人問故曰楊憲長請我來交代爲城隍也言訖而卒　海上紀聞

余宰長洲時滸墅關有一人死而復甦家中且啼且喜謂可幸無事死者曰我必復死適見

冥司有持牌勾攝者余若在其中丁春元及
丹陽李大爺皆與焉言畢復死越一日城中
春元丁某果死又越數日丹陽李尹諱天棟
余同年也亦死然則勾攝之說信有之乎又
余邑蘇溪村符金敖蓋里長族也夜夢人持
一票勾喚敖覽畢謂持票者曰此喚後房某
媍人也某媍乃敖孀母及醒知其夢言未幾
其日孀母暴病而卒　雪濤小書

或曰朱子言人死後形既朽滅神亦飄散雖有剉燒舂磨且無所施冥府十王不足信也不知孔子嘗曰敬鬼神而遠之祭則鬼享之鬼神之爲德其盛矣乎人死曰鬼此五代之所不變也且諸子百家聖經賢傳皆載鬼神之事范文正公曰若獨享富貴而不恤宗族異日何以見祖宗於地下將何顏以入家廟乎既謂形朽滅神飄散泯然無迹何人在於地

下家廟乎何人去見祖宗乎司馬温公問劉
元城曰佛家言天堂地獄實有此否元城曰
佛之設此有理有迹推其理俾人易惡向善
耳論其迹則實有地獄也鄒衍謂天地之外
如神州赤縣者入九莊子謂六合之外聖人
存而弗論凡人耳目所不及安知其無古云
天堂無則已有則君子登地獄無則已有則
小人入温公動容而服膺自此敬佛譬如人

夢中受苦樂是身受耶神受耶身臥于床必
是神受則地獄之苦亦是神受魂受實非形
體也在生夢中尚有苦樂況死去而無地獄
乎若聽朱子之言使不信罪福之徒放縱造
惡而墮地獄也嗚呼牢獄有作者去受地獄
有亦是作者去受我不作牢獄之罪不受牢
獄之刑不造地獄之業不受地獄之苦誠哉
是言也　一葦集

最樂編卷之五

魏塘廓園魏大中孔時正
鴛湖門人高道淳采菽輯

報應

佛典曰：要知前世因，今生受者是；要知後世因，今生作者是。淨土資糧

太上曰：禍福無門，惟人自召；善惡之報，如影隨形。感應靈篇

玄帝曰人間私語天聞若雷暗室虧心神目如
電明心寶鑑
訓善錄曰種瓜得瓜種荳得荳天網恢恢疎而
不漏明心寶鑑
古語云人人知道有來年家家盡種來年穀人
人知道有來生何不修取來生福是今生所
受之福乃前世所修者猶今歲所食之穀乃
前歲所種者人不能朝種穀而暮食猶不能

旋修福而即受所以𣪠必隔歲福必隔世也

鐔津集

龍舒居士曰有修橋人有毀橋人此天堂地獄之小因也有坐轎人有荷轎人此天堂地獄之小果也餘可推矣　一葦集

徐神翁曰行藏虛實自家知禍福因由更問誰善惡到頭終有報只爭來早與來遲　人倫要鑑

邵康節曰天聽寂無音蒼蒼何處尋非高亦非

遠都只在人心　拙叟閒吟

有術者謁黃直卿云善算星數知人禍福直卿曰吾亦有個大算數書曰惠廸吉從逆凶作善降之百祥作不善降之百殃大學曰言悖而出者亦悖而入貨悖而入者亦悖而出此個數亘古至今不差豈不優于子之算數乎

鶴林玉露

宋江公望官諫議疏食清修又述善事以勸世

人因而爲善者甚衆有子早亡託夢云大人修道功業已成冥府註歸淨土矣宣和末一旦無疾而逝異香盈室　往生集

大觀間有一官員其父已故一日出外見其父乘馬前行不顧其子其子呼曰父何無一言以教我其父曰學葛繁問葛何人曰世間聞人遂訪問所在其時爲鎮江太守乃往見之言其故因問何以見重于幽冥如此答云予

始者日行一利人事其次行二事三事或至十事于今四十年未嘗一日廢問何以利人葛指座間腳踏子云若此物置之不正則蹙人足予爲正之亦利人事也又若人渴者能飲以一杯水亦利人事也唯隨事而行之上自卿相下至乞丐皆可以行唯在久而不廢耳其子拜而退葛後高壽坐化而去有異僧神遊淨土見葛在焉淨土資糧

宋殷澄華亭人好行善事每大雨雪載柴米以
救饑寒人稱殷佛子元兵至欲殺百姓遍脅
其從澄詣軍前曰民心歸德不可逞兇願求
殺我一人以活千萬人一境獲全丞相伯顔
義之授澄軍民都總管使守其地澄不受乃
以野服黃冠隱九峯三泖間遇一仙人偕之
而去嘉興府志

侍御宋方麓令德嶲論胥云川中某憲使平生

耿直其居官屏除貪瘝惟奉法循理者汲汲
引拔之偶一日與從過深山見巖際扉闔有
鄷都二大字公屏從者叩扉而入殿宇嚴邃
有冕旒緋袍者九人延之坐曰向虛此席以
待君也頃之治具公訝其氣味不類人間悉
置不食臨別九人曰某月日候君來憲使馳
歸治後事届期見數十騎候之而逝 野逸
嘉靖丙戌徐州舒經引之訃偕北上病殁於途

見夢於家人曰上帝以我正直命爲淮安城
隍神矣供具不減生時勿用悲悼其家直諸
淮安設齋薦福遠近所共知也甲午歲經之
聰友孫九思就試於淮安目挾一卷闌入神
坐或呼神或呼舒引之責以故奕何無響答
試畢夢舒來謁衣冠如貴人曰勞子相問來
報禮也九思恍然居數日吐血升許而卒人
皆云慢神所致又云爲舒收入部下未可曉

也

遂寧府周篪獲太上感應靈篇日逐觀閱又好與人演説紹興二十二年二月二十一日偶行山中遇一仙官呵擁而來遥語之曰周篪本在餓籍以欽奉太上感應篇爲人演説汝雖欲行未及一二然聞而回心爲善者多皆汝之功今改註壽祿籍又曰此篇若一方受持則一方免難天下受持則天下豐治非但

脫水火盜賊疾病等厄可求男女可得神仙

篪因播傳其事靈驗記

張芸叟遊京師同歐陽文忠公多談吏事張問其故公曰文學止於潤身政事可以及物吾昔守官夷陵欲求漢史一觀無有也因取架閣陳年公案反覆觀之見其枉直乖錯不可勝數當時仰天誓心自爾遇事不敢忽也張謝曰仁人之言其利溥哉後一抗僧夢遇公

於廟中廟神皆拱立曰歐陽相公平生善念及人甚衆將來太平宰相豈敢不敬後果入中書叅大政賢奕編

衛仲達初爲舘職被攝至冥司見惡録盈庭而善録纔如筯小冥官索秤稱之其小軸乃壓起惡録地爲之動冥官曰小軸即君諫稾也朝廷嘗興大工修三山石橋君上疏諫止之雖不見從即爲善力因是獲再活矣但起念

一邪即錄爲惡以至積多如此此君福合作宰相因此不無少損世人自身内禍福皆自造也仲達既避言之仕終吏部尚書梓齋聞見錄

臨海王立毅萬曆丙午登鄉薦爲新淦令戊午入覲時死而復生即感悟入天台山修道有回生紀事行于世其畧曰仲冬十八日舟次荻港滿下二鼓忽有青衣持符攝云大王喚俄至一處莊嚴若帝居王者上坐侍者簿狀

可畏有兩巨簏至皆余令塗卷宗并平日戲書之紙各有氣騰上黑色者青色者白色赤色者而赤氣赫然獨盛余旁覩視見余所刻金剛經好生編并社長卷皆在主者曰是知積德尚有生理損其日而全其命仍命獰狀者抉余目光須臾昏瞶都無所見苐覺有人掮余背曰速去速去余偕之行如風少頃一跌而寤時已鷄鳴聞家人環救聲問之則云

自三更初忽魘不寤延醫灌藥凡數度矣目
果不能開遂乞休還里修行云 雲棲紀事
漢于公東海人爲廷尉凡獄囚饑者給食病者
給藥罪疑者釋之公還邑門閭甚壞子弟欲治
之公曰我治獄多恕子孫必有興者宜高大
其門令容駟馬高車後其子定國果拜丞相
封西平侯 爲善陰隲

葉知遠知嵐谷縣其子私受巨室財謀妄入人

罪誣以劫掠勢炎炎罪及千家知遠覺其情
力爲明辨并其子申於朝遂免千家之罪被
釋者競禱於神爲知遠祈福夢城隍云知遠
壽限當終今爲申奏上帝令延壽一紀一年
內妻妾生二子後皆榮貴 勸懲錄
乾德中僞蜀御史李龜禎久居憲職嘗一日出
至三井橋忽覩十餘人擺頭及披髮者叫屈
稱冤漸來相逼龜禎慴懼廻馬徑歸說與妻

予仍誡其子曰爾等長成筮仕愼勿爲刑獄官以吾淸愼畏懼猶有冤枉今欲悔之何及自此得疾而亡 卓吾因果錄

方崖趙公談其鄉有爲州牧者因庖人具饌失一鷄首遂斃之杖下後歸田貲積頗厚乃搆一堂而栽雙桂即扁之曰培桂因手識云巳酉堂成培桂他日子孫必有折桂之手一日夜坐於堂忽空中戛然似有鳥銜物擲地者

聲燭之乃一腐鸖首也其人駭汗未幾郎病
逝焉自是家零落至嘉靖巳酉鬻其居於人
其承鬻者王姓名培桂也討其扁堂之歲僅
一周花甲耳異哉異哉係令編
曹彬初破遂州諸將皆欲屠城公獨執爲不可
有獲婦女者悉閉之一第令密加護衛洎事
罷咸訪其家還之無親者備禮嫁之後伐金
陵先焚香誓衆曰城下之日無得妄殺一人

又冬月不令葺墻謂百虫所蟄恐傷其生其
仁愛如此故彬子瑋琮璨繼領旄鉞少子玘
追封王爵實生光獻太后子孫昌盛無比卓吾
因果錄

程彥賓爲羅城使進攻遂寧之日左右以三處
女獻皆有姿色時公方醉謂女子曰汝猶吾
女安敢相犯因手自封鎖置於一室及旦訪
其父母還之皆泣謝曰願太守早建旌節彥

賓曰旌節非敢望但得死而無病便是好也

後官至觀察使年九十七無疾而卒 勸懲錄

曹文忠公鼐爲人疏通俊爽初授教官不樂爲

願得繁劇一職改泰和典史職專緝捕左右

捕得民間婦女居於驛其中一女姿色艷異

若有親就於公公奮然曰處子可犯乎乃以

筆書片紙曰曹鼐不可四字書之不輟至天

明方已亟召其母家領回後大廷對策忽空

中飄一紙墜案前視之有曹雞不可四字宛然在上於是文思沛然賜狀元及第續自警編

狄某溧陽人任雲南定遠知縣縣有富翁死遺數萬金其妻匿不與叔叔告縣託人囑曰追金若干願與中分狄拘其嫂酷訊至用滚湯澆乳遂追金四萬狄得其半嫂貧恨死後狄罷歸晝寢見前嫂持一團魚擲床上大驚未幾遍身生疽狀如團魚手捿之頭足俱動踰

年殀五子七孫俱生此疽相繼而亡

荆州魏節推名釗嘗往夷陵驗屍道經某鎮鎮人徐少卿素奉梓潼神極靈異夢神告曰明日魏銓部過此勿忽少卿信而伺之止得節推魏姓者疑其是也厚與結納而去數日復夢神告曰前魏姓官受賄四百金故出殺人者之罪其被殺者寃訴上帝已削所有爵秩矣少卿蹤跡其事果如夢言魏尋以憂去復

補濟南陞戶部主事浚于京師　勸懲錄

昔太學二十人同年月日時生又同發解過省約就相近處彼此得知災福後一人受鄂州教授一人受黃州教授未幾黃州者死鄂州者爲治後事祝曰我與公年月日時同出處同公先捨我去使我今即死已後公七日矣若有靈宜托以告其夜果夢云我生於富貴享用過當故死公生於寒微未得享用故活

以此知人享用不可過後鄂州教授官至典
郡豈非有所警乎　程氏類腴
棟塘陳氏云正德己卯余病起謁選北上至滁
縣王家渡未晚而泊同泊數舟皆同輩也俄
舟人與土人毆摔至乃余家僮焉訊之家僮
曲遂薄責之諭遣土人去坐中同年某者新
喻人遽嚇然怒罵曰咄爾何人敢集多人上
我官舟行劫反誣我舟人毆邪縛之復召土

人之後于官者併撻之令上誣狀其人叩首哀乞移時乃叱去諸在坐者咸嘖嘖稱其才而其亦自揚揚有矜色語余曰兄何迂哉今之爲官者智略耳人心天理四字用不着矣請姑置之余憮然不答後其人除紹興府推官果置此四字不用惟恣其胸臆鍛煉羅織含冤者不可勝算而上官則往往嘉奬焉蓋儇巧敏給自能快人意也後陞刑部主事余

適與之同僚旁觀其所爲仍如紹興而加甚
焉後竟以考察謫佐沔陽疽發背洞胸而死
無子其身後事問其鄉士夫咸顰蹙不忍言
吁人心天理四字殆不可置哉見聞紀訓
趙衛公融微時竭力奉母貧不能給對婦泣計
無所出一日掃舍獲銀一錠重二十餘兩遂
以充甘毳其後大拜賜帑銀百錠受之而缺
其一是夕夢左藏庫神曰某年月日相公孝

感借用一錠覺而徵之與獲銀日正同孝齋紀訓

解叔謙字楚梁鴈門人也母有疾叔謙夜於庭中稽顙祈福聞空中語云此病得丁公藤爲酒便差卽訪醫及本草註皆無識者乃求訪至宜都郡遥見山中一老公伐木問其所用荅曰此丁公藤療風尤驗叔謙便拜伏流涕具言來意此公愴然以四段與之并示以漬酒法叔謙受之顧視此人巳忽不見依法爲

酒毋病即差 孝順事實

周琬南京人父爲滁州知州建屏墻於門爲部

民訐奏以侵道論死琬年十六叩闕請代父

刑

聖祖少之疑爲人所教曰牽去斫頭琬顏色自若

乃宥其父死戍邊琬復請曰戍與斬等死耳

父死臣安用生爲願並就戮

上怒命縛至市琬色甚喜行刑者曰死足樂耶琬

◎

言以死免父胡爲弗樂
上察其誠赦之親署於屏曰孝子周琬壽授兵科
給事中至永樂間以老罷 勸善錄
董永千乘人性至孝少失母獨養父父亡無以
塟乃從人貸錢一萬永謂錢主曰後若無錢
還君當以身作奴主甚憫之永得錢塟父畢
將往爲奴於路忽逢一婦人求爲永妻永曰
今貧若是身復爲奴何敢屈夫人爲妻婦人

曰願爲君婦不恥貧賤永遂將婦人至錢主
曰本言一人今乃有二永曰言一得二理何
乖乎主問永妻曰何能妻曰能織耳主曰爲
我織絹三百疋即放爾於是索絲一月之內
三百疋絹足主驚遂放夫婦二人而去行至
舊相逢處乃謂永曰我天之織女感君之至
孝天帝使我爲君償債君事了不得久停語
訖雲霧四垂騰空而去　山東通志

趙抃字閱道衢州西安人父母卒廬墓三年縣榜其里曰孝子處士孫倖爲作孝子傳官至參知政事嘗夢其父曰汝至孝孝子不匱永錫爾類天必相汝及子屼執父喪而甘露降屼卒子雲又以哀毀死人稱其世孝孝順事實

青田六都之木竈山有居民倪九者惑於婦言不孝其母寘母於庵爨下卒歲單衣不浣遇事不得一開口訴且役之畧如老婢而身與

妻子安享飽煖知者皆不平之正德巳卯秋禾方熟令母舂新穀烹鷄治飯共妻兒飧餐畢呼母食其餘母悲憤不肯食中夜烈風驟雨有厓丈許自山巔裂墜正壓倪九寢榻復破左壁而出止於淵之西其母無恙比曉村人聚觀室巳空矣母繞巖泣尋之止有孫數血指粘於厓尖而倪九及婦莫知死所也陳中洲快其事作誅逆巖記 勸善錄

嘉靖之季江州喬翁生一子名德孚且補庠生矣然以憐愛之過養成其悖逆父不能堪至欲尋死於是烈日方中忽一聲霹靂擊德孚跪於庭廢然死矣其母拜祈不已得復活父爲更名曰遷蓋取遷善之義也而子終不悛狂悖愈甚明年是日復遇霹靂以死其父不哭以產半授猶子半授壻二人曰翁素好行德天或者去逆子而付佳兒未可知也爲翁

置一妾不浹歲而誕兒後補庠生父尚在三

分其產　楓亭雜記

永嘉王泰幼失怙恃鞠於伯父吳元年冬大兵至伯父爲十餘兵所執求財物不得將殺之泰年十五匿叢薄中躍出紿兵曰兒知瘞物處伯父遂得釋去泰引兵掘數穴悉無之乃涕泣告曰兒實欲脫伯父而代之死也兵怒斬之仆於地遂各散去伯父撫泰屍哭見頸

骨已斷而喉尚連屬乃捧其首合於頸取藥塗瘡舁之床試以水滴口稍能嚥七日乃甦言方斬時若風冷然過頸良久熱痛暈去若有數人過且指曰此子甚孝且不當死即令一人療治之頸若冰雪痛遂止凡八越月瘡始合而首竟偏稽異錄

一士人早失父母依於叔父產業俱叔父總理叔有七子一日叔謂姪曰吾當與汝析居姪

曰如何析產叔曰分之爲二姪曰誠不忍諸兄弟共一分當爲八分叔固辭姪曰不可遂作八分析之纔十七歲貢薦入京時同館者二十餘輩有術士徧視之曰南宮高第獨此少年諸貢士咸叱術者曰汝何謬耶吾等皆大手筆久歷場屋豈不如一乳臭兒術者曰文章非我所知但此少年滿面陰德必積善所致及放榜果獨名餘皆不第 應驗錄

宋朱軾南豐人嘗領鄉薦初家貧教學里中歲暮得束脩歸途遇田夫械繫悲慘問其故曰欠青苗錢無償官司鞭笞已極行且死矣軾憫之盡以束脩付之完官其人得釋同邑士人劉濈累舉不第默禱於神一夕夢至陰府有吏語濈曰汝生本有微祿而德虧不可得矣濈曰所虧何事吏曰爾弟負官錢不能助致於非命非虧德乎曰弟不肖自取刑辟我

何罪吏曰行路之人見且不忍彼此同氣何不動心汝知朱軾代納青苗事耶將獲效矣澈覺詰請其說軾曰有之澈惘然自失軾生三子皆顯官年八十四而卒省身集要

吉水灘頭一豪家造樓占踰其孤姪嫠嫂地基僅一間其孤嫠吞聲忍氣惟旦夕焚香稽首籲天弘治二年五月十八日夜忽大雷電風雨移其樓空其地以歸孤嫠至曉人視之不

失尺寸神矣哉此可爲欺孤虐寡者之戒謇齋

瑣綴錄

嘉靖初年寶坻民楊咸其兄成將死出千金葉泣而授之曰兒幼不能掌弟可有之俟兒長咸給其半可也後咸棄兄命盡匿不與成妻訴於邑令張公張公不能決適獲羣盜盜見咸即曰此人故吾偶今暴富皆盜貲也咸急呼曰吾貲爲亡兄所寄非盜者張公曰此天

遣羣盜爲爾兄詎耳遂盡産給成子　義命編

張孝基許昌士人也娶同里富人女富人只一
子不肖斥逐之富人病且死盡以家財付孝
基後數年其子丐於塗孝基見之惻然謂曰
汝能灌園乎答曰如得灌園以就食何幸孝
基使灌園其子稍自力孝基怪之復謂曰汝
能管庫乎答曰得灌園已出望外况管庫又
何幸也孝基使管庫徐察之知其能自新不

復有故態遂以其父所委財產歸之其子自
此治家勵操爲鄉閭善士不數年孝基卒其
友數輩遊嵩山忽見旗幢騶御滿野如守土
大臣竊覘專車者乃孝基也驚喜前揖詢其
所以致此孝基曰吾以還財之事上帝命主
此山言訖不見 義命編

杭州一士子爲富人壻富人病且死念其子甫
三歲命壻治家事遺書屬之曰它日分財以

十之三與子七與壻子旣長互爭而訟張忠定公時爲郡守閱遺書以酒酹地曰汝婦翁智人也爲其子幼故作此計使汝勤撫之耳脫不然子將死于汝手乃命以七與子以三與壻 義命編

鄭叔通聘夏氏女入太學遂登第而夏氏女病啞諸親議別婚叔通不可曰某若不娶此女將安歸況未啞而定婚旣啞而棄之豈理也

聾啞女遂歸鄭後生三子皆爲大官 報應錄

張大化字泮西廣德州人少聘管宗正女旣而其女雙瞽管氏父母謂張宜別娶張翁曰此吾命也矧其女瞽于目不瞽于心奈何嗜色無行乎遂娶焉卒諧好終身生二子長一鶴任杭州府於潛縣訓導與余同官一日一鶴夢其母至負之入衙偶以語余淚潸潸如雨余亦爲之墮淚一時旁觀者不知甚駭異云

錢懋登厚語

鄂州小將某者本田家子既仕欲結婚豪族而
嫌其故妻因令歸寧殺之於路并殺其同行
婢已而奔告其家號哭云爲盜所殺人不疑
也後數年奉使至廣陵舍於逆旅見一婦人
賣花酷類其所殺婢因問人耶鬼耶答云人
也往者爲賊所擊幸而蘇得賈人船寓載東
下今在此與娘子賣花給食耳復問娘子何

在婢即指一舍曰此此是也引其妻出相見悲
涕備述艱苦俄而設酒延入內室飲從者於
外室從者皆醉日暮不出從者窺之寂若無
人直入室中但見白骨一具衣服毀裂流血
滿地問其隣云此空宅久無居人矣卓吾因果錄
韓滉在潤州與諸從事登萬歲樓酒方酣置酒
不悅語左右曰汝聽婦人哭乎當近何所或
對云在某橋某街詰朝令捕哭者訊之獄不

卽具吏懼罪守於屍側忽有青蠅集其首因發髻驗之果婦人私於隣醉其夫而釘殺之也吏以爲神因問韓公何以知之公曰我察其哭聲不哀而有懼也王充論衡云鄭子產晨出聞婦人哭撫其御手而聽之有間使執而問焉卽手殺其夫者也異日其御問曰夫子何以知之子產曰凡人於其所親愛也始疾而憂臨死而懼已死而哀今夫已死不哀

而懼是以知其奸也我非神知蓋得之子產

耳炳燭錄

李傑為河南尹部内有寡婦來告其子不孝子不能自理第云得罪於母死所甘也尹察其狀非眞不孝者諭寡婦曰汝孀居止有一子今告之罪至死能無悔乎寡婦曰逆子復何惜尹曰審如此可買棺來盛兒之尸寡婦既出尹使人覘其後則有一道士迎問於門外

寡婦曰事完矣頃之舁空棺來尹猶冀或悔

也訾諭再三寡婦執意如初而道士仍立門

外伺不已潛令擒之一問承伏葢道士與寡

婦私爲兒所制欲殺之耳尹釋其子杖殺道

士及寡婦便同棺盛之感應經解

東海徐甲前妻許氏生一男名鐵臼而許亡甲

改娶陳氏凶虐之甚每欲殺臼後產一男名

之爲鐵杵欲以擣臼也於是捶打鐵臼備嘗

諸甞甲性闇弱又多不在舍故妻得行其酷
鐵臼竟死時年十六死後旬餘鬼忽還家登
陳氏牀曰我鐵臼也實無罪橫見殘害我母
訴怨於天得天曹符來雪我冤當令鐵杵疾
病與我遭害時同他去自有期日我今停此
待之聲如生時家人不見其形皆聞其語恒
在屋梁上陳氏頫爲設奠鬼云不須如此餓
我令死豈是一飡所能酬陳氏夜中竊語道

之鬼應聲云何故道我今當斷汝屋棟便聞鋸聲屑亦隨落拉然有聲響如棟崩舉家走出及秉燭照之不見虧損日日罵詈時復謳歌歌云桃李花嚴霜落柰何桃李花嚴霜落柰何聲甚傷悽似自悼不得長成也於時鐵杵年十三歲患頭痛腹脹鬼屢打之打處有青黶月餘而死鬼便寂然 還冤記

蘇東坡與朱鄂州書云昨武昌寄居王殿直天

麟見過偶說一事聞之辛酸爲食不下天麟言鄂岳間田野小人例只養二男一女過此則殺之尤諱養女以故民間少女多鰥夫初生輒以冷水浸殺之其父母亦不忍率常閉目背面以手按之水盆中咿嚶良久乃死有神仙鄉百姓石揆者連殺兩子去歲夏中一產四子楚毒不堪忍母子俱斃報應如此而愚人不知創艾天麟每見其側近有此輒馳

往救之量與衣服飲食全活者非一旣旬日
有無子息人欲乞其子者輒亦不肯以此知
父子之愛天性固在特牽於習俗爾聞鄂人
有秦光亨者方其在母腹其舅陳遵夢一小
兒挽其衣若有所訴其狀甚急遵獨念其姊
有娠將產而意不樂多子豈應是乎馳往省
之則兒已在水盆中矣救之得免今秦已登
第爲安州司法云云善慶錄

趙甲妻某氏易孕不勝其夥生輒溺死不知其數最後產一蛇纔墮地便環繞母身牢不可解欲撲殺則痛徹心骨無如之何蛇時飲母乳日漸長今已如拳大與母俱無恙人屢見之 續見聞紀訓

元良楨之父潤甫江東建康道肅政廉訪使五十無子夫人杜氏屢勸公納妾公不允仕廣西時夫人呼媒嫗訪得王氏美而宜男私為

公聘之既歸執妾禮甚謹夫人愛之如己女雍睦藹然飲食起居罔不同席越明年生一子郎良楨楨後貴顯事嫡母視生母有加人咸以爲杜夫人不妬之報云 輟耕錄

宋李正臣零陵縣人年老無子娶妾得孕其妻許氏妬之百般凌虐以致于死然而許氏腹生一塊不能飲食遇異人曰此此是孕妾之冤及許氏死腹塊亦下宛若一女子遍體皆傷

痕

勸懲故事

揚州婦人丁氏太學生妻也夫有一妾丁氏嫉之日督以瑣務不容夫親偶爾懷孕明知夫矣又誣以奸勸夫逐之夫不肯從然而朝夕凌辱夫固無可奈何妾病夭死夫亦相繼丁氏獨毻景康健年七十六歲而終天啟初年丁氏之弟死而復生言至一處見怪卒押過數婦蓬首垢面一似其姊驚疑之際姊呼語

曰我以妾故向在幽獄今充台州猪矣因問弟何來此弟未及答一卒叱之遂躍而醒時許丁氏之死已七年餘矣佫齋聞見錄

馮尚書肅敏公森之父封翁聽五旬餘方得一兒一日有僕抱兒嬉戲兒在抱喜躍竟失手墜堦而殞僕惶駭請死翁悲涕曰是我命也兒命也若豈由有意但我孺人知恐與若決死命耳汝可急逃去且爲之資而令遠竄焉

然孺人與翁之哭兒固不能少置也年餘遂復舉一子即肅敏公狀似前兒至於股臂墨子亦無少異額際傷痕宛然嗚呼喪子之慘天性實難翁貸人死天還翁子而翁之德能使殤子之録轉爲名臣亦甚奇異哉嘉言便録

李善字次孫清陽李元蒼頭也元一家疫死惟孤兒續始生數旬諸奴利其家財欲殺續而瓜分之善深傷李氏而力不能制乃負續逃

隱親自哺養續雖在孩抱奉之不異長君有
事輒長跪請白然後行之閭里感其行皆相
率修義續年十歲善奉歸本邑修理舊業告
諸奴于官悉正其罪時鍾離意爲瑕丘令上
書薦善行狀詔拜善及續並爲太子舍人善
再遷日南太守從京師之官道經淯陽過李
元墓乃脫朝服持鉏去草身自炊爨以脩祭
祀伏地泣曰君夫人善在此盡哀數日乃去

到官以愛惠爲政遷九江太守錢愬登厚語

樞密院判花雲有侍婢孫氏雲守太平時僞漢陳友諒舟師五萬攻陷之縛雲於舟檣射死郜夫人將死節會家人泣曰吾夫婦殉國有三歲兒煒在不可令花氏絕後也孫氏泣應曰諾郜夫人屍抱兒走爲僞漢軍所獲至九江鬻以簪珥屬漁家嫗育之及僞漢敗孫氏脫身至漁家視兒無恙竊負而出宿陶

穴中明月儀舟渡江遇潰軍奪舟去棄兒於江中孫氏急持之附上流斷木飄入蘆洲採蓮實啖兒七日不死忽逢一老父自稱雷老挈之赴

太祖行在孫氏抱兒伏地泣

上亦泣寘兒於膝曰將種也賜雷老衣忽失所在孫氏大蒙獎賚煒年十三授水軍左衛指揮僉事養孫氏終老祀之於家廟　忠義編

唐洪州司馬王簡易者暴得腹疾有物如塊一夕其塊築心洸然長往數刻方悟謂其妻曰適到冥司被小奴所訟辭氣不可解其妻問小奴何人也簡易曰某舊使僮在弱齡因暴怒置以非命今不免矣適見前任吉州牧鍾初荷大鐵枷著黃布衫手足械繫冥司勘非理殺人事款問甚急妻遂詰云小奴庸下何敢如是簡易曰世間即有貴賤冥司一般也

言訖而卒　業報録

吳人盛侗行第九慣以智幹武斷鄉曲里人于英一婢犯事而死密令幹奴顧某載尸野外焚之顧潛瘞之城下紿（詒欺也）曰焚矣顧後有忤于英將發婢尸謀於侗侗以爲奇貨陽許之而遽以脅英獲重賂反授之計殺顧奴焉事秘莫能知者踰數年侗與英俱感疾英發譫語細述前事且云顧奴有訟必與九老官俱去

兩人竟同日死　陳嘉猷述

應才字之紹錢塘人與紫虛觀太無爲道士交好無爲中風疾之紹詣問還寓忽得疾而殂無爲未知也是夜將半無爲呼弟子輩謂曰適夢本觀岳祠之前見一吏二卒押男女各一若之紹狀併持公文而來因讀其詞曰嘉興路城隍司爲陸小蓮溺水事冤屈未伸今要應才併妻楊氏同解岳祠取問又詢其詳

答曰陸小蓮者嘉興百福坊人應才之婢也
妻妒婢赴水死事當究治冥司故連逮耳無
爲見之紹在押因悲感遂覺翊日訃至之紹
夫婦果殂嘉興府志

唐王屋主簿公孫綽到官數月暴疾而殞未及
瘞縣令獨在廳中見公孫具公服從門入驚
起曰與公幽顯異路何故相干公孫曰某有
冤要見長官請雪嘗㤙僚佐豈遽無情某命

未合盡爲奴婢所厭以利盜竊某宅在河陰縣長官有心儻爲密選健吏齎牒往捉必不漏網宅堂簷從東第七瓦櫳下有某形狀以桐爲之釘布其上已變易矣言訖而沒令異甚乃擇彊卒素爲緈所厚者持牒并書與河陰宰其奴婢盡捕得遂於堂簷上搜之果獲人形長尺餘釘遶其身木漸爲肉擊之啞然有聲緈所貯粟麥以俟閒居之費者悉爲所

盜矣縣遂申府奴婢數人皆殪枯木　逸史

萬曆甲寅淮西某秀才之妻某氏房資頗盛其侍女緋桃自恃才貌冀寵于主公而專內柄焉值主母患痢緋桃欲乘機爨之謀于靈婆得毒藥數丸將和痢藥以進未及進謀忽夢中自言曰爾若藥死願謝金飾一匣凡與靈婆所謀夢中悉自陳焉同睡者詰之則曰未嘗有言適腰間有丸藥墜地又詰之則曰我

心悶欲治耳即取吞之少時便血直注號呼
而死　莎坡小乘
孫叔敖幼時出遊而還憂而不食母問其故叔
敖泣對曰人言見兩頭蛇必死兒今見之是
以憂母曰蛇今安在曰恐後人又見兒因殺
而埋之母曰吾聞有陰德者必有陽報德勝
百祥仁除百禍天之處高而聽卑汝必興楚
矣長爲楚令尹享有壽考而歿其子封于寢

丘四百戶以奉祀不絕 善行錄

宋眞宗時一巨商販鬻至杭有王鬼眼者號神相一見指之曰公富貴人也惜中秋前後命盡商人兼程回家中途見一婦人臨江濱欲自沉問故答夫有本錢五百千因出外妾收藏被盜亡失非唯飲食無措必且箠死寧先自沉商曰我命將終諸錢何用乃贈錢五百千婦感謝而去商至家以鬼眼之言爲信告

之父母踰期無恙後復之杭偶見前婦抱兒迎拜曰自公賜錢後生一子吾母子感公再生之恩無由報答商徑至鬼眼家驚曰公胡不死詳觀形色笑曰公廼陰德所致曾救老陰少陽之命商異其術更以錢謝之警語類抄

朱承逸居霅之城東爲本州孔目官樂善好施嘗五鼓趨郡過驛駝橋聞橋下哭聲甚哀使僕視之有男子携妻及小兒在焉叩其所以

云負勢家錢三百千計息已數倍督索無以償將併命于此朱惻然遣僕護其歸且自往其家正見債家悍僕羣坐于門朱因以好言諭之曰汝主以三百千錢之故將使四人死于水于汝安乎幸吾見之耳汝亟歸告若主彼今旣無所償逼之何益吾當爲代還本錢可亟以原券來債家聞之惶懼聽命卽如數取付之其人感泣願終身爲奴婢不聽復以

一二百千資給之而去後値歲饑承逸以米八

百石作粥散貧是歲生孫名服熈寧登榜第

二仕至中書舍人次孫肱亦登第著名節遂

爲吳興望族 爲善陰隲

棟塘陳氏曰正德初蘇商王某徽人也年踰三

十未有子其姑夫某風鑑甚精言人禍福生

死無不奇中一日見王某愀然語之曰汝至

十月當有大難數不可逃奈何王某素神其

術亟斂貲而歸至某處值梅雨水漲不可以舟乃暫寓客肆中晚霽出河濱散步適見一少婦抱一孩投水乃急呼諸漁舟曰能救此者與二十金諸漁舟競援出之遂如數與金問其故則曰夫貧傭工度日家畜一豕將鬻以償租昨有買者來值夫他出遂自鬻之不意所得皆假銀也非惟夫歸箠楚兼亦無以卹生故謀死耳某更加惇恤問豕價而倍周

之婦歸遇夫于途且泣且幸具告其事夫疑其言之誑也乃與婦同詣王某寓所質焉至則某已闔戶就寢其夫夫婦扣門問何人曰我投水婦特來致謝耳某乃厲聲曰汝少婦吾孤客昏夜豈宜相見倘有意明早偕汝夫來一揖何遲其夫始悚然曰吾夫婦同在此矣某乃披衣起方啟戶聞闔室中轟然回顧之則磚壁因久雨而頹正壓臥榻粉碎不然

其身當之矣蓋天所以報之也比過十月不死乃造姊夫家姊夫愕然諦視之訝曰汝滿面陰騭紋福未可量也後果生十一子今已九十六尚康健其次子王樾商于德清人熟知其事余特紀之以見陰德之足以回天績命如此與輟耕錄載杭相士王鬼眼所斷眞州商人事絕相類云見聞紀訓

朱清華亭獄卒也獄有里民黃玉坐誣械繫毋

云當有義兄相看俄一人至稱玉伙家醮獻簪珥入金求清鬻玉察之即玉所云義兄也其簪珥則玉妻出之以謀脫其夫者而是人懷私反藉此餌之耳清佯許之入語玉玉大恐乞命清曰我決不爲此當易銀米治汝食餉旣踰年玉病死又助其妻買棺懺佛以畢前銀於是清陞後爲郡堂隸矣偶行郡外遇玉呼云玉荷君濟活之恩今在東嶽爲勾攝

痘瘡司顧圖少報城北大姓張翁晩年生子甫三歲病疹垂死君往治之只用水一盂香一炬以手拍案呼黄玉者三而噀其兒三日必痊可索三十金謝也淸往悉如其言張氏兒旣長習舉業弱冠登第官侍御史按河南翁述朱隸治痘神効便造謝之兼問何以能醫淸備言黄玉報恩之事侍御益重淸而發

玉義兄昔年陰謀付之法 陳嘉猷述

太倉州吏顧其常以迎送官府至王城外賣餅江某家江被佻家嫉盜攀染下獄顧知其爲寃代訴於官得釋江有女年十七矣送至顧所曰感公活命之恩貧無以報願將弱息爲公箕箒妾顧愕然再三却還其後江益貧鬻女於商又數年顧滿三考赴京撥工部韓侍郎衙門辦事侍郎偶宅適顧坐前堂之檻聞夫人出亟趨而避夫人一見召之惶恐跪庭中

夫人曰起起君非太倉顧提控乎識我否顧莫知所以乃謂曰身即賣餅兒也賴某商以女畜之嫁充相公少房尋繼正室秋毫皆君所致也第恨無由報德今天遣相見當爲相公言之侍郎歸即備陳首末侍郎曰仁人也竟疏上其事

孝宗嘉嘆欲賜五品命查何部缺官遂除禮部主事　勸善錄

徽商某者於萬曆壬午之冬過九江見江干有
舟被劫舟中人羣裸號泣商某泊而救焉內
有孝廉七人各爲給衣衣之具食食之且贈
路資以去而初不問七人爲誰也明歲癸未
即有登第者六人其一爲莆田方萬策久之
萬策分巡嘉湖道按部檇李屠憲副冲陽讌
之其時商某以資盡自鬻於屠爲奴矣方公
見其侍讌駭之呼至几前細審來歷因曰爾

曾記八年前活數人否商某已忘之良久乃云曾在九江救失盜者方公出席長跪曰我恩兄也七人之中我與焉即告屠贖至公廨款月餘贈數百金又柬同難者贈之商某大富仍歸於徽 勸善錄

金陵有數十人渡江中途風濤洶湧忽聞空中語曰黑額者舟中果有一黑額黑額者自思空中既指我何爲累衆人遂跳入水舟即覆

黑額者得一漂木至岸不死人異而問其素行曰平生無善可記每思人生只一貪字纔起念便以恕字壓之不敢作便宜事耳然則其先入水中亦不貪生以害人也孰知天固所以祐之也哉（因果錄）

杭之酒家率以燒鵞供客懸其一於門忽有毒蛇入鵞腹內行路者偶見之私計曰以是啗客客不中毒死乎即欲告酒家彼拭而更鬻

之必不輕棄也乃探囊金買所懸鵞金不足因貸之旁店以當其直而瘗鵞於旁店隙地不意伏鏹出焉旁店人與酒家見而爭之各曰某所藏也走訴分巡巴公巴判云一念行善神賜若鏹爭之是逆天也杖酒家與旁店人而以金歸瘗鵞者　閱然堂類纂

袁盎與晁錯共事景帝深相賊害會削七國地皆反帝方與錯調兵食盎請屏人語願急斬

錯以謝天下錯以朝服斬東市死非其辜未幾蠱生瘡如人面口能啖肉肉或不至即痛入骨髓不可忍瘡既潰乃作聲言曰汝乃袁盎我即錯也遂不治而死 勸懲錄

楊開治丹陽楊詢爲客開性暴横每事諮詢詢雖明知其非而不敢忤一切嘆美而已開於暑月怒笞其吏詢特是之并笞囚四十餘人兩人已斃詢猶從旁連聲稱快其夕夢人語

之曰佐夔得嘗佐鬭得傷汝數數成尹之惡譴先及矣未幾死雲陽雜錄

唐滎陽鄭生善騎射家於鞏洛之郊一日手弓腰矢騎捷馬獨驅田間會天暮大風雨迷失道縱馬行見道旁有門宇乃神廟也生以馬繫門外將止屋中夜聞空屋中窣窣然生疑其鬼因引弓震弦以伺俄見一丈夫仗劒而出高聲曰我盜也爾豈非盜乎生曰吾家於

鞏洛之郊向者獨驅田間適遇大風雨迷而失道故匿身於此伏劍者曰子既不爲盜得無害我心乎願解弓弦以授我我乃得去先是生常别以一弦豫袖中既解弦授於劍客密以袖中弦繫弓賊既得弦遂將殺生以滅口生急以矢繫弦賊曰子智者我罪當死矣拜求而去生仍止屋中星月始明忽見一婦人貌甚冶泣於庭曰妾家於村中盜誘至此

且利妾衣裝遂殺妾幸君子爲雪寃賊今夕當匿於田横墓願急逐之無失生諾之婦人謝而去及曉生馳馬至洛具白於河南尹鄭叔則尹命捕之果得賊於田横墓中（宣室志）

漢何敞爲交趾刺史行部蒼梧郡高要縣暮宿鵲奔亭夜猶未半有一女從樓下出自云妾姓蘇名娥字始珠本廣信縣修理人早失父母又無兄弟夫亦久亡遺繒帛一百二十疋

及娉一人名致富孤窮羸弱不能自振欲往旁縣賣繒就同縣人王伯賃牛車一乘直錢萬二千載妾并繒令致富執轡以前年四月十日到此亭外時已暮不敢前行因即留止亭長龔壽至車旁問妾曰夫人從何所來車上何載丈夫安在何故獨行妾應曰何勞問壽因捉臂欲汙妾不從壽即以刀刺脇立死又殺致富擁樓下埋之取財物去殺牛燒車

枉及牛骨投亭東空井中妾死痛酷無所告訴故來告於明使君敞曰今欲發汝屍骸以何爲驗女子曰妾上下皆著白衣青絲履猶未朽掘之果然敞乃遣吏捕壽拷問具服下廣信縣驗問與娥語同收壽父母兄弟皆繫獄敞表壽殺人於常律不致族誅但壽爲惡隱密經年王法所不能得鬼神自訴千載無一請悉斬以助陰誅上報聽之報冤記

戌人丁甲客游燕市結一壯士爲死友而實盜也事露繫獄丁往省之盜云我有伏鏹數百在某所君取營救我給我衣食死則瘞我餘金任君取之丁利其滅口也反以金賂獄吏斃之於獄越三年丁自燕儎舟而還冤鬼附丁體細述前事且索命同舟者覘之云丁自害君君殺之於舟必致相累鬼曰雖雖當先至其家俟之丁旣還家冤鬼附語如前取鎚

自落其齒家人奪之則揚刀自傷其胸又奪之則以指自抉其目旣血淋漓觀者塡門或問云汝旣有冤欲報何待三年鬼云向我繫幽獄近蒙赦乃出耳語畢而絕榕齋日錄

即墨于大郊與州右衛戍籍也衛有揚化來索軍裝宿其家凡所索銀二兩八錢悉纏之腰大郊窺之熟矣偶同至蘆上●遂用黃燒酒飲化至醉驅驢往后橋溝誘令臥地將驢韁

勒死取其金因以驢馱屍擲入海濱時萬曆癸巳二月八日也又十二日屍乘潮流入港保正于良報縣縣令李公索賊不獲化即附李氏體言大郊勒殺狀李氏者于大水之妻也保正拘至大郊面質相同化直咬其肉大郊遂服因妄引于從豹三人冀相救援而李氏復曰無之竟往大郊舍取出所劫腰纏之銀赴縣對鞫李令一一聽之俱薊鎮人語也

於是驗明海港之屍論斬大郊而李氏爲化所憑凡累月至獄成之後乃逐與魂樹德堂錄

萬曆丙申黃岡錫匠皮龍兒與李鬍作伴見李積二一金在槖欲得之詭言某家召匠誘至柴林僻地以斧擊破其腦裂衣塞口仍土覆之取銀而去日既暮有二鬼撥土去塞扶之使强起坐輒又曰前人至矣復覆以土敎其恐死勿動蓋龍兒恐死不穩也又加數斧知果

死乃去二鬼復至如前使惡起坐已徐徐披
之行將旦以錯掛其臂曰汝從此赴官司我
不能隨矣李扶車傷叩縣又言鬼事傾城駭
愕急捕龍見獲之論罪加等而李竟無恙因果
錄
荊溪有二子髫丱交也壯而豐窶不同窶人妻
美而艷豐子欲攘之謂若困甚幸解書數我
將薦之山後某甲以爲主計吏可乎窶者感

謝郎具舟并載妻而往溪行既畢乃曰姑留閫人守舟我與若先抵某甲言之徐徐發行裝也郎引窶者上山宛轉行險隘中胼胝流血又前至寂極處乃蹴而委之地出腰鉞斫之死因哭下山謂其妻曰夫噬於虎矣可若何婦大哭又謂曰吾試同若往覓殘屍又宛轉引婦別行亂山中至寂極處擁而求淫婦未答忽有虎出叢柯間咆哮奮前齧豊子去

一婦驚定忽念吾夫果不免虎口矣方號哭倏有老翁導之入舟茫然不知所爲遥見山中一人似夫者哭而來疑已鬼矣夫亦疑婦落賊手何以尚存耶既相逼果夫果妻也相攜大慟各敘其再生之故歸完於鄉里此弘治初年事也長洲祝允明爲作義虎傳闇然堂類纂

直塘民婦趙重陽有姝色里人錢外郎慕之念其夫貧甚可計遣也召與語曰聞爾有幹局

何乃坐守困乎我貸爾貲販布往臨清鬻之若何夫幸甚如其言而往錢與重陽私且預居貨以待夫歸歸未數日復遣之往如是者數矣鄉閭皆知之而夫了不覺偶有客伴發其事夫恐恥復歸錢又如前遣之既行值潮落滯舟於木梳港暫抵家宿見錢擁重陽暢飲大怒然畏其強未敢發旋入船中重陽曰妾棄若人久矣何不下手錢即夜遣人殺之

而以盜殺聞於官夫之族人憤此冤也訟之
縣令楊子器審鞫數四乃服罪又其家遮訴
上官移獄於府居歲餘有劫盜十餘人入獄
錢設酒誘之曰爾等不過一死能爲我認劫
殺商人事則於爾罪無增而可脫我我厚給
爾盜許之被訊欵首一如錢指錢因援盜詞
爲辨太守曹公鳳幾欲釋之楊令力言其故
不果錢又妄訴於朝下南京三法司提問因

賂要津使爲内援竟以盜詞有據錢與重陽皆幸免方出部門憩於太平堤上天色晴朗忽震雷一聲兩人皆死時問官尚未散也野乘

有安州判官張姓者到官半載其子來省拒不納暮而突入官舍州判在堂後叱之遂縛下獄誡獄卒寘之死時西安鄭朝輔爲州守獄卒密以告鄭云勿害姑僞許死以緩之因召問其子子言父出京師有書相喚不意今怒

之甚也鄭疑有故設宴大會女客而州判妻獨辭鄭固要之乃至旣罷酒密令郡君問前事泣而對曰今名判官者盜耳其來省者眞張判官前妻之子身卽張公繼室初隨夫授官行離輦下被此盜殺我夫及家口逼我爲婦其黨二十人分布官衙內外以防漏泄而用我夫憑冒官我欲死屢矣以夫寃未償隱忍至今幸蒙公問乞公爲我報之鄭呼其子

出見抱哭幾絶乃送妻歸衙勿令盜疑而馳
至武定州白於按察副使王機定討擒之幷
捕賊黨梟其首驛送張氏母子還鄉（雪溪異聞）
吳郡有方僧名慧林者在某村中談經一孀婦
素佞佛製禪履遺之僧謬以爲悅己也乘夜
竟入其室婦驚走僧度不可犯遽出匕首殺
之持其頭去先是婦之夫族素逋稅嘗與婦
鬩衆隣執族人訟於郡郡丞陸公楷文致之

獄且索婦頭不可得族人之女痛父不勝搥楚遂自經死令家人斷頭獻之頭血甚鮮丞卹女之死父心悸而病但聞耳旁云慧林慧林詢之衆隣皆曰此談經僧名也遣捕偵之獲僧於鎮江腊婦頭而藏之袱遂斬僧既族人其村爲建雙烈祠 五湖居士錄

嘉定有鄉民應募金陵者而婦方娠再閱月其同伍二卒奉差至吳募者囑令到家探婦產

未婦爲具鷄黍留宿於别室更餘一尼來乃婦平日所結爲伴者因延之入尼曰汝先就寢我欲具湯浴耳湯既沸更籌再唱尼啓戶出邀一方士共縛婦而塞其口將于沸湯盆中提草履操下胎脈也二一卒聞行動聲急起視之免婦于死因執尼與方士送王尹福徵讞其獄震堂錄

南京一富翁王冠頑鄙狠戾習房中修煉之術

徧招方士拜爲父師配以妻室自置婢妾十
餘人恣意淫毒俟有娠將產輒以藥攻之孩
一下即提入臼中和藥杵爛爲丸後事發屬
刑部郎中嚴溪亭鞫問比擬採生折割凌遲
處死乃令噍類不遺而家其丘墟矣咄咄梟
獍殺人以求生國法天刑其能逃乎見聞紀訓
按醫書言人面瘡云是袁盎鼂錯之冤藥不
效以貝母咳之遂愈正德丁丑臨淮貢士彭

鏞邀余飲有神樂觀陸道士在坐老矣彭指
之曰陸公少時嘗生人面瘡余因問之答曰
年十七時夜與本房老僕忿爭毆之死焉房
後地曠而風烈吾師急聚薪焚之天明無知
者十年後足外臁發毒成瘡瘡口似唇而有
舌無齒能言曰我即僕也且索酒食但開口
言時必大痛垂絕口閉復甦飲之以酒則四
周皆紅腫以脂膏亦能消爍食畢則閉疼乃

稍可但流膿血不止每日一度或二度其發
無常極受苦楚貝母亦不能療如是者一年
忽七日不言以爲將瘥矣有兄在牛首寺爲
僧往訪之在寺幾半月忽復言痛苦尤甚曰
我纔出數日汝即避我使我尋之苦也雖然
寃亦解矣汝明日下山遇一樵者可拜求治
之明日果遇樵者懇焉樵者厲聲怒曰業畜
敢言我也去半夜療汝忽不見恍然回觀夜

夢金甲神人胷挂赤心忠良四字謂曰藥在
案上可煎湯服之以左手持藥查出水西門
外第二十家門首有婦人潑水者即棄于道
而返覺起視案有物如亂髮而無端遂如戒
果見婦人棄之歸瘵遂愈自後屢探本婦竟
亦無他不知此何故也碧里雜存
湖州凌漢章針術神妙擅名海內嘗曰昔于市
中見一丐者形軀長大而兇惡面頰天生一

手掌痕有十餘丐者從之旣去問于主人主人曰此丐姓聶父聶某原爲司務之官因早朝從行吏失携笏板怒甚掌打其面遂仆地死後家居其妻有娠忽一白日見前吏入門徑入其室已而妻生一子掌痕宛然在面父已心知之矣比長日以殺父爲事父謹防之幾被其弒者屢矣夫妻相議逃避異鄉不知所往其子遂縱酒色爲非將家業費盡而爲

丐云凌時感其事作詩記之曰平生不信有陰魂丐面而今見掌痕寄與世間君子道莫教結怨種冤根　碧里雜存

閩將吳某將向晉安新鑄一劍甚利瀕行禱於梨山廟曰某願以此劍手殺千人其夕夢神謂曰人不當發惡願吾祐汝使汝不死於人手後敗績以此劍自刎　稽神錄

章邵者恒爲商賈貪戾奸險一日邵欲有謀而

夜行有子一人年方弱冠先父一程行憇歇樹下以伺不覺熟寢卻但見衣襆在旁一人熟寐遂就抽腰刀刺其喉取衣襆而前行及天漸曉見其衣襆始知殺者是巳子野人閒話

竇公禹鈞年三十無子夜夢亡祖父謂曰汝蚤修行緣汝無子且不壽公唯諾公爲人素長者先有家僕盜用錢二百千慮事覺有女年十三自寫券繫女臂云永賣此女與本宅償

所負錢自是遠遁公見而憐之即焚券囑其妻曰善撫之既笄擇良配歸之僕聞而還前罪不問又元夕於延慶寺得遺銀二百兩金二十兩持歸明旦詣寺候失物者一人涕泣來公驗其實遂還之復加贈焉以後益行善事有喪貧不能塟者出錢塟之有女貧不能嫁者出錢嫁之故舊窘困由而活者數十家四方賢士賴以舉火者不可勝數每歲量所

入除伏臘供給外餘皆以濟人家惟儉素器
無金玉之飾室無衣帛之妾于宅南建書院
四十間聚書數千卷文行之儒延致師席四
方孤寒士來就學者咸爲給之後復夢祖父
曰汝名掛天曹延壽三紀賜五子榮顯後五
子皆登第義風家法爲一時標準焉道贈詩
曰靈椿一株老丹桂五枝芳人多傳誦子儀
禮部尚書儼禮部侍郎侃左補闕偁左諫議

大夫僖起居郎公年八十二歲沐浴別親戚談笑而卒子孫累世富貴爲善陰騭

尚書張詠夢詣紫府眞君繼請到西門黃承事眞君降階接之禮甚恭揖張公坐於承事之下夢覺莫知所謂明日訪知黃承事命左右召來旣至果如夢中見者卽以所夢告之問平生有何陰德眞君乃禮遇如此再三叩之承事云別無他長惟每歲收成之日出錢數

百緡收糴米穀候至來年新陳未接之際糶與細民價值不增升斗如故爾張公嘆曰此宜居我之上也使兩吏掖而拜之其後承事子孫靑紫不絕人以爲陰德之報云晝永編

李謙者富人也値歲歉出粟千石以貸鄉人明年又歉對衆焚券曰債已償矣明年大熟人爭來償一無所受明年又大歉公復賑之并設粥以濟死者瘞埋之或曰子陰德大矣公

曰陰德猶耳鳴已知人無知知者今子已知何
謂陰德後謙享壽百十歲子孫爲顯官爲善陰騭
張八公處州龍泉人也家富好施鄉人德之號
張八佛産分二子每歲禾穀率銅錢六十文
一斗其歲歉鄉價八十其子亦增之八公坐
於門看糶者出問之價曰略增些少公以錢
還之自後其子價不敢增至曾玄孫皆登第
黃溪馮公爲人本分亦好施人以呆稱之其

子孫夢蘭登進士科鄉人謡曰張八佛子孫
享其佛焉大呆子孫享其呆爲善陰騭
渭世昌為鄂州都統司醫官居于南市家貲鉅
萬而行醫以救人夜夢有客來訪車騎甚都
云是城隍神旣入坐言此邦明日有大災君
家亦當隨此災中以君平日慈仁多所濟活
上帝勅我救爾一家但貲財不可得耳渭拜
謝且伸懇禱云若獲幸免而貲蓄蕩然則舉

家狼狽與死一也神曰此却易辦決不至凍餒恍然而覺呼告其妻妻亦夢如是方以爲憂適火作于市滑居烈焰中無計自脫忽有壯夫數十輩著紫衫排列火邊驅家人登轎徑舁至將臺下黎明人轎皆不見顧舊居已爲瓦礫之場矣掇剔埃煤中得銀三十餘兩始悟不至凍餒之說夫婦兒女僕妾悉無恙旋僦宅於城中醫道復振子孫大富爲善陰騭

許叔微少嘗以登科爲禱夢神人告曰汝欲登科湏憑陰德叔微自念家貧無力惟醫乃可奮志方書久乃通妙人無高下皆急赴之活人甚多復夢神人曰藥有陰功陳樓間處堂上呼盧喝六作五遂中第六名上一名陳祖言下一名樓材如第五名授官與夢中之言無一字差 顧生微論

嘉靖間一醫人買當歸至京時價騰貴原直每

擔銀一兩貴至六兩其人曰必如直而需醫家來手矣何以拯人生命遂散各鋪從容償之全活甚衆不踰年一中貴疾甚進醫有效一遂以大房一所贈之并其中器皿俱備夜夢白髮賓翁謂曰此當歸之報也春暉堂紀事

劉留臺自少極貧鄉人薄之一日客漳州入浴堂中拾金一袋浴畢托疾臥堂中不去明早有一人號哭而至乃失金人也劉遂舉以還

之彼以數片遺劉不受及歸家鄉人愈薄之曰拾金而不能營生答曰平生賦分止合如此若掩他人物爲已有必獲災禍且彼數年營辦一旦失去或不得還鄉死於非命其害有不可言者吾是以還之惟安命以畢餘生耳未幾劉登第官至西京留臺子孫仕宦者二十三人曾孫侍郎嘗錄其事以戒子孫曰當以高祖之心爲心居家者慈儉以安分居

官者廉勤以守節凡物非已有不得妄覬覦

云

規家丹盤

天順癸未吉安羅倫赴試南宮逆旅主遺寶環於盥器其僕探而匿之行數舍以告倫驚曰柰何以我之故而使彼骨肉相傷乎亟反之僕曰試期迫矣俟試畢而後反否則必不及試矣夫離親戚褁資糧跋涉數千里而來何爲者耶倫不聽親往覓逆旅主人而歸之環

且再拜謝過已乃不及試矣適棘闈回祿入
試者死且大半　廷議補試而倫與高選續見
聞紀訓

太湖鄉民適城鬻麻得金數兩誤失於道有行
者拾之久坐以待忽失金者哀泣而至行者
曰金固在也悉畀以去逾八年行者鬻急于
桑桑價騰沸聞洞庭山易買里人俱往此人
亦附舟暮泊太湖涯上岸乞火適值失金之

家留飲盡歡且曰園中有桑奉以早歸毋煩渡湖也里人發舟颶作遂覆此人獨免（林屋漫紀）

周憲副美嘗以父病禱于神神托夢曰汝父昔年嘗有稗子之德年未艾也憲副不解達之于父父愕然曰吾少時在某公門下某公與隣某不洽令吾以稗亂其苗吾懼于天又勢弗能禁遂熟而布之此事已四十年往矣病果尋愈反善飯數十年而卒（因果錄）

洞庭山消夏灣蔣舉人屢試春官不第遂棄去效壟斷之徒而尤之鷄鳴而起至日之夕執籌數緡孳孳惟以貨賄是急居積取盈貨入骨髓周恤義事雖至親不拔一毛不數年稱高貲矣錢神作祟盜斯劫之鞭撻炮烙慘于官刑申而入酉盡而出罄其所有席捲一空盜喜過望于是縛牲載酒卽以蔣氏之物賽願于小雷山神山在湖中斷岸數十里絕無

民居惟荒祠一區羣盜乃泊舟其下悉登祭
焉祭畢酣飲大醉自恃邏兵莫能蹤跡我也
不虞舟師截纜以去揚帆扶舵飄然長往盜
醒覓舟不見無如之何凡賈舶經過知爲盜
也戒弗敢近時値嚴冬凍餒之劇駢首就斃
無一存者夫蔣之積財誨盜盜之祈福得禍
舟人偃然而有之亦不知其何所終也螳螂
捕蟬雀併啄之雀未下咽而彈射及矣義外

之利意外之變相尋於無窮嗚呼豈非嗜利
者之明鑒哉 見聞紀訓
建州人林逢慶設詐局奪人所有里中有葬父
者築墳一區風水最吉逢造僞券稱其父未
故時嚮墳於巳遂以巳父骸骨遷葬於此里
人爭之不得嗟恨而巳遷葬畢逢夢其父曰
福田在心不在墳塋安有僞券欺人奪其地
而享福利者乎今絕祀矣逢與子俱病死 樹德

堂錄

唐史無畏曹州人與張從眞爲友無畏貧窘從眞家富假以千緡貨易由是無畏射利江淮歲餘巳富從眞繼遭焚爇及罹劫盜生計一空遂詣無畏曰今日受困如此弟不思千緡之貸乎無畏拒之曰若言有負但執劵來從眞怨恨詛之未幾雷電皆作霹靂一震無畏變爲牛朱書腹下云負心人史無畏刺史圖

其事而奏焉（會昌解頤錄）

海鹽戴文者家富而性貪尅剥最甚有隣人貞之舉債收利數倍隣人深恨數年文病死隣人牛生一黑犢脇下白毛成字曰戴文文子恥之乃求以物貿去其字隣人從之既而文子以牛身無驗乃訟隣人妄稱牛犢有字追至官則白毛復出字愈分明但呼戴文牛則應聲而至隣人恐文子盜去夜閉于别廡經

數年方死　原化記

棟塘陳氏曰長興有鄉民王某者素役而橫武

斷鄉曲每設計買人田產既成劵僅償半價

放債則掯其原契旣還復索習以爲常人畏

其橫莫敢與爭惟飲恨而已亡何暴卒鄰家

偶生一牛主人視之忽作人言曰某老宦我

即鄰人王某也陰司以我設心不善且嘗負

爾田價故罰爲牛以償之今頻召我子來令

渠措處奉還耳主人大驚亟往呼其子子亦兇暴掉臂入門高聲問牛在何處主人指示之乃問曰爾能言邪牛臥不應又問又不應乃捽其人毆之曰汝敢詈我父爲牛誑言若此正爭鬧間牛乃奮起呼其子名訶之曰爾尚毆人邪吾爾父也適爾入門乃問牛在何處吾憤且羞故不應耳尚毆人邪因歷述某產付價未足還該若干某債原契未還今在

何篋須一一爲我清楚以脱我罪言訖即仆地而死其子因贖回瘞之事遂徧傳鄉里間余少時聞之甚詳今忘其名特欲警夫愚民之貪且横者故不嫌於志怪也 見聞紀訓

金華縣一王姓者家甚殷滐秋時天忽雷雨有一人自稱縣吏奔王姓家避之王之主人因止之宿殺雞爲黍以食鋪床設帳以待吏見其家饒床巧輒萌覬覦心去未逾月縣獲大

盜吏遂囑盜燒攀王之主人反覔其鑽免所
費大半入吏橐中復索向宿床謝王之主人
猶感恩不置口值冬歲寒王之主人登樓玩
雪見前吏背一黄包望門而來竟入牛圈王
之主人深以爲怪而語于妻其妻曰此緣汝
想極故寓目成形耳汝一往詢便知虛實次
早王之主人至縣問守門隸隸曰此吏三日
前已死因數其平日設心之奸險唆盜燒詐

之情由王之主人駭然歸與妻語即往牛圈中視果生一犢腹背班色乃知是前吏冥報也續見聞紀訓

長安販夫張高畜一驢乘之久矣元和十二年秋高死其子張和乘往近郊營飯僧之具纔出里門驢不復行和鞭之曰吾家用錢二萬買汝乃不爲用驢作人語曰獨不言汝父騎我二十年乎人道獸道轉若車轂爾前生負

汝父力故作驢以償之騎我何辭我不負汝
汝不當騎我汝强騎我我亦騎汝汝我交騎
何劫訖止昨宵汝父與我算畢前負矣因飼
我稍豐復侵錢一緡半今有麪行王翁子者
負我一緡汝當從彼賣我收直緡半留與半
緡充我口食以終驢限耳和駭其言欲放作
長生驢驢躑躅不肯乃牽入市果有人以緡
半買之蓋王姓也其人飼驢數月值天雨不

一出騎而驢死矣勸善

宋永福縣薛敷工於刀筆每代人評訟能以悖理之事巧飾爲理使聽訟者熒惑而不能斷因此賺財家有中人產矣嘗請道士鄭法林設醮進表於天帝法林伏壇下良久起言表尾批云家付火司人付水司不知何故逾旬月室中無故失火家財燒盡敷挾巧筆欲過江以糊口中流桅折擊敷而墮於江餘人共

舟者俱無恙 芝田集

蜀人文奇挾燒煉之術遊于富貴之門無不受其欺者富商李十五郎貲以萬計惑於奇術不數年而貲盡自經以死奇復於劍州僦屋燒藥火延坊市大懼走匿林叢中忽有鷙獸逐之而出遂為捕者所獲獄既具斬於燒藥之處以謝居民

婁思齊以醫為業遇症多為兩岐之語處方專

用乎藥意欲待病自瘥不求功于藥也夢父告之曰冥中最重財貨無故取人一文亦必登簿汝以醫起家上帝謂汝儌倖取賂將遞治矣速散之可免思孝散其半餘則不忍一日與老者偕出老者失足死疑其加害訟于公坐以罪盡廢所有而死 北澤瑣言

白岑有發背方甚驗自云得之神授每治一疾必索厚酬有一吏買其方數十金岑不以眞

方授之吏持療疾不效後岑爲虎所食有一小囊遺於路樵者拾歸眞方在焉吏往訪之始知向日之假也 近峯聞畧

長洲彭華云鄉民仇便與同里周某有郄周田禾數十畝正垂穗而仇率其徒衆夜往拔之明發周往視禾瘁矣悵恨而歸莫知誰何路中逢一叟曰異事異事昨暮宿龍王廟至夜半見燈火熒煌絳袍金幞兩兩來過喧言此

地穴便报周某田禾獲罪最重當奏聞上帝四鼓却廻云奉帝旨仍便雷部施行廟神迎送不暫息吾避廟旁亦不得息周聞之大驚不敢認是失禾者一歲中前言果驗百花洲錄

萬曆戊子大饑穀價翔踴崑城之北其土窪宜蚕稻至秋稻有蚕熟者共珍之若瑞芝之鄉民楊某舟商販回有銀十八兩在褁而船空無少載也暮行見田中蚕稻方熟約二畝遠泊

船而盜碎之載以歸乃其褁金亡矣明往盜
禾處試覔之見數人方暢飲則以失金閧變
來視而拾遺金十八兩喜出望外故隣父醵
貲耳楊某不敢爭飲泣而歸齎十八金僅買
二瓶稻也漁角夜話

方菴趙公謨其祖次山公家居時一販夫以贋
銀三兩易穀去數日公以其銀數銖買一豕
既而別有所售辨其贋矣公愕然久之問諸

予皆曰宜覓其人友之或聞之官又欲以售貨銅者易宅器公皆不可因藏於筒且命僕人取良金如數訪昔鬻冢者於市中偶遇諸塗其人已要惡少數輩物色之欲毒手焉僕告之故因以良金畀之其人感謝不已詰公庭下再拜公曰吾方懼汝之併我也又何謝焉翌日其人其匹鷄斗荳壽公公固却之拜數四乃受其荳而以斗鹽與之實欲稱其施

也其人愧謝而去歲時每以斗壺爲公壽公酹以釃以爲常公一日舟行過渡最深處以贋金投其中顧諸子曰吾不欲以此再誤後人也葉公爲之記而贊曰嗚呼公之存心其仁矣哉爲人所欺而不報無道一德也易良金物色其人往遺之二德也不欲以贋金再誤後人三德也受其微物而竟償其直不欲絕物四德也一事而四美具焉卽此而公之

平生心術大畧可窺矣嘗讀列仙傳雲房欲度洞賓試之曰汝功行未滿吾今授子以黃白秘方使三千功滿八百行完方可度子洞賓曰所作庚辛有變易乎曰三千年後還本質耳洞賓愀然曰誤三千年後人不願爲也雲房笑曰子推心如此三千八百悉在是矣乃與仙去嗚呼神仙至奇絶也而其功行丕過在推心一念焉耳次山公一念之仁再誤

之語與此默令公享年八十餘又目擊其孫方崖舉進士爲御史身後累贈至二品而雲礽多賢袞袞公侯之報方未艾焉孰非推心一念之所致耶因論之於此用以彰高門世德之盛亦以見爲聖賢爲神仙均一心術之善而已可不慎哉 嘉言便錄

俞中書之僕曰俞翔專以假銀騙人萬曆丙戌夏五月至常州賣羊家欲以銀一兩三錢買

四羊主人求益弗許而去明日主人將出語妻曰倘買羊者再至稍增價可與之翺聃其夫之亡也以一兩八錢買而去夫歸恠其增價太多視之盡假銀耳怒罵其妻妻忿縊死夫痛之亦縊焉隣人惡其買者沿途追之至陳湖濱翺是日巳震死四羊亦死覆翺屍上天之明威烈矣哉 勸懲錄

焉商鄂州江夏人壯歲無子將如京師其妻緩

以白金數笏曰君未有子可以此爲買妾之資及至京師買一妾立券償錢矣問妾所自來涕泣不肯言固問之乃曰吾父居官因綱運欠折鬻妾以爲賠償討商遂惻然不忍犯遣還其父不索其鏹不望其報及歸家妻問買妾安在具告以故妻曰君用心如此陰德厚矣何患無子居數月妻有娠將誕里人皆夢鼓吹喧闐送狀元至馮家次早生子卽京

也後領舉爲解元省試爲省元登第爲狀元
故世號焉三元爲善陰騭
韓魏公琦在政府以三十萬買妾張氏姿色美
麗豢成張忽泫然琦問故張曰妾本修職郎
郭守義妻也前歲官湖南部使者挾私劾以
敗官今秋高歲晚恐盡室餧死願沒身以活
守義兒女琦惻之即遣張持錢還舍令語守
義敗官果非辜可訴之朝事白汝却歸吾張

欣然而去後郭得辯雪再調淮右張來如約琦不使至前遣人謂曰吾位宰相豈可妾士人妻向錢費用應盡即取前券再包二十金助郭之官張涕泗感激再拜而去琦之隱德如此最多後薨贈尚書令謚忠獻子四人一忠彥左僕射二端彥右贊善大夫三粹彥吏部侍郎四嘉彥尚齊國公主駙馬都尉善慶錄

鍾離瑾宰江州德化縣將以女歸許氏一日諭

胥役市婢隨行翌日胥與老嫗引一女子來
問其何許人嫗詭詞以對女受嫗囑亦不敢
言遂留之一日鍾君視事歸見女涕泗有戚
容疑被詬杖詰之曰不然某之父亦曾宰是
邑不幸與母俱亡時某年五歲無親戚可倚
育於胥家十餘年矣今明府欲買婢故胥以
某應命見明府視事因追念先人不覺悲也
鍾君大驚呼胥嫗訊之果然遂戒家人易其

服飾養之如已出書抵許告緩期將輟貲奩
嫁焉許復之曰君俟能抑已女而拔人之孤
予有季子願以爲配安事盛飾哉卒以二女
歸許氏後夢一綠衣丈夫拜而謝曰不圖賤
息過蒙君恩得請於帝君當十任守土官今
故來相告也後鍾果歷十郡太守終江淮轉
運使壽九十八子孫多榮顯者　因果錄
秦桓公伐晉魏顆敗秦師于輔氏獲杜回秦之

力人也初魏武子有嬖妾無子武子疾命顆
曰必嫁是疾病則曰必以爲殉及卒顆嫁之
曰疾病則亂吾從其治也及輔氏之役顆見
老人結草以亢杜回杜回躓而顛故獲之夜
夢之曰余爾所嫁婦人之父也爾用爾先人
之治命余是以報左傳
吳興南潯一人偶遇江西林春元善相術相之
曰公神色有變亟歸可得終于室其人歸與

婦訴曰我死無憾但一事未了里某富厚聘某人女我爲之媒今父死家凋落我死彼必賴婚矣遂以家積千金爲彼備通財禮令畢姻事且告之故女父感悟擇日成之其夜似夢非夢見神告曰汝命已盡但有陰德上帝已增汝壽果年八十餘而終 野人閒話

山陽孫泰年幼時有毋姨器之託以二女曰其長者已損一目汝可娶其女弟而嫁其姊姨

卒泰娶其姊而以女弟另擇配或訝之泰曰姊有廢疾非泰何適乎他日夢一神紫衣象簡謂泰曰汝德行無玷名登天府帝命增汝壽而昌汝後矣後泰壽九十七而終損目之子展進士及第歷世顯官 善行錄

新津楊希仲未第時爲成都某氏館賓家有少婦姝美詣學舍調客希仲正色拒之其妻是夕夢神告曰汝夫獨處他鄉能自操持不欺

墻室當令魁多士妻了不解藏暮希仲歸始
知其故明年全蜀類試果爲第一人德慧錄
溫州周狀元旋之父某多子而貧其鄰人累貲
甲一邑而無嗣與某交密因謀於妻曰彼多
男神色勝我盍求其種可乎妻初難之旣而
久不孕強從夫言富鄰遂爲具遲夜召某酒
半佯入睡令妻出陪委曲申欵因屏婢而告
曰我夫以君子多男使賤妾冒恥求種幸勿

辭他日得男所所積皆君子有也某愕然遽起
而門已閉不得出遂以手指書空云欲傳種
子術恐驚天上人夜漏將盡終不留聘妻彷
徨失意叱姆啟門放客與夫共悔恨之正統
乙卯某子旋中鄉榜太守夢迎新狀元即旋
也而彩旗之上皆寫欲傳種子術二語莫測
其故明年丙辰旋大魁報至太守往賀因詰
所夢幡上之語某曰此老夫二十年前以手

指書空者竟不泄隣事醒心集

儀州聶從志治邑丞妻李氏病愈他日李僞稱疾邀至語曰幾入鬼籙賴君復生願以身奉枕蓆聶拒而出及夜李復就之聶絕袖脫去後儀州推官黃靖國陰吏逮入冥且還見獄吏捽一婦剖其腸傍有僧曰此汝同官邑丞之妻欲與聶從志通從志不許可謂善士其人壽止六十今延一紀賜其子孫官靖國既

甦富訪之聶驚曰方私語時無一人知者君安得聞竒其以告後聶果年七十餘終子孫以官顯 夷堅志

吳地有貴公子欲奸一寡婦與所契友謀之友即授之計約某日往俻期其父夢繼衣神告曰汝子本當富貴因壞心術悉削除矣若友命本貧賤復爲人謀不善應寸斬其腸父驚覺即造至書館果聞此友哀呼肚痛而絶子

漸漸發狂被髮行市卒不能救拗亭述警言

羅道琮貞觀末徙嶺南同徙一友死荆襄間臨殯泣曰人生有死我獨委骨異壤乎道琮曰我若得還不使君獨留瘞路左去歲餘遇赦歸方霖潦失殯處道琮慟諸野沸忽起波中道琮曰尸在可再沸水復沸乃得尸還中路宿旅店彷彿見友謝曰君厚德生死不易名位將不止此也尋擢明經知名當世德慧錄

淳熙中汪玉山爲大宗伯知貢舉時有一布衣之交平日極相得屢黜於禮部心甚念之密謂曰某當典貢舉省試程文冒子中可用三古字以爲記其人感喜及試後搜卷中果有三古字在冒子中者遂取置前列及拆號乃非友人也私竊怪之數日友人來見玉山怒責曰此必足下輕名重利售之他人何相負如此友人指天誓曰某以暴疾幾死不能就

試何敢洩漏於他人玉山終不釋未幾以古
字得取者來謁玉山因詢之曰老兄頭場冐
子中用三古字何也其人黙然久之對曰茲
事甚恠先生旣問不敢不以實對某之未就
試也假宿於富陽寺中與僧閑步廡下見一
棺塵埃漶漫僧曰此一官員女也權厝於此十
年矣杳無骨肉來問又不敢私自葬之言畢
遂散是夕夢一女子行廡下謂某曰官人赴

省試妾有一言相告此去頭場三字中可用
三古字必登高科幸勿遺忘使妾枯骨早得
入土既覺竊怪之不意用其言而果驗迮往
寺中瘗此女矣玉山驚嘆 鶴林玉露
順德令胡友信闈發場其地與滿澤園近枯骨
無算盡棄之水中後入覲赴省叅辭忽一人
稱掾來見曰今日奉院明文入覲官不必辭
又曰小人得公薦剡語急取視之皆共平日

穢行羅列甚悉公大怒索之不見旣談絫辭隨發譫語回邑數日卒說者以爲棄骸之報鬼必其中人也續見聞紀訓

武林沈愼齋云玉華盛先生諱端明南海人也提學浙中逼政南畿余時屢獲接之寬仁厚重犯而不較眞盛德君子也嘗自云諸君不信輪迴叅忘之耳其不信固宜惟余自生時即能記憶故惟自知之自信之耳余前世乃

廣東一軍卒也不欲言其名父早喪惟能認
母與妻耳專與百戶牧馬今母妻之容與繫
馬之樹宛在目中其自言如此又自述今生
之異其父選一苦寒邊方教官年五十餘無
子因學中無鄉賢祠言于縣尹而圖之旣得
地矣期以明日啟土夜夢一朝服者曰此吾
宅也公能存之當使公生貴子及明破土得
一碑曰端明殿學士某之墓遂不動與之封

而樹之逾年而得先生因以爲名續見聞紀訓

祝期生爲人猥薄妒彰人短有體相不具者笑之姸美者毀之愚者侮之智者訐之宦則發其陰邪士則彰其隱過無可擬者亦必巧求其短晚年病舌黃每作必須刺血數升乃已歲輒六七發痛楚之甚竟至舌枯而後死又

有道士章齊一無他惡惟好自矜嘲笑人亦嚼舌死晚芳亭集

萬曆壬辰吳縣里正耿志久病其媳侍奉湯藥
旦夕惟謹病旣愈姑疑翁之私其媳也值子
夜出襲翁衣帽至媳臥榻調之媳大詬爪破
其面因歸訴其父而自經焉詰旦父至婿家
翁迎之面無毫損父駭以爲外侮也一一敘
其事翁沉吟曰是矣老乞婆之墜臥不起蓋
其譎也挽而起之面無完膚父乃訟於官斃
之獄中 野人閒話

楝塘陳氏云正德三年安吉州大旱各鄉顆粒無收獨吾村賴堰水大稔州官縣申災得蠲租明年又大水各鄉田禾滲沒殆盡而吾村頗高阜又獨稔州官又縣申災租又得免且得買各鄉所鬻產及器皿諸物價廉獲利三倍于是大家小戶狼戾屑越戲劇宴飲無日不爾余曰吾村當有奇禍家叔兄問何也余曰無福消受耳未幾村果大疫死者甚衆家

亦盡衰嗟夫余爲此言豈無稽哉大抵昌越之利鬼神所忌而禍福倚伏亦乘除之數況又綦殄天物邪家叔兄又問曰然則世間大富大貴之家彼獨永享安樂何歟余曰渠根基深福氣厚勝受得起故耳雖然深淺厚薄久近因之亦須人事善加培植廼可不然自撥其根而蹶其基焉將暗漸銷鑠百年之後能保常如今日乎哉 見聞紀訓

紹興初年晉州守郭印之有女引鳳沉疾赴冥見主者勘諸罪人一婦絣在廡下有數堆碎帛及雜服列其前引鳳問曰此罪云何吏曰本婦好服羅綺耗剪端疋須一一補綻復完乃釋罪耳又問此何足罪曰佛說用蠶千命始成片帛身服佳麗必當惜福是以漢宮衣不曳地唐宗服已三浣季文無衣帛之妾董威有殘縑之衣豈其碎損不足罪乎引鳳奭

然若寤白其父著以爲誡 勸善錄

江陰楊居士先於水次得沉香觀音之像建刹供奉因名觀音寺自宋末以來歲歲設兩度齋邑人畢會正德改元知縣王某北地人召胥隸不至知其會去也大怒親往寺中取沉香像積薪而焚之於庭香滿一城并取金佛臟貯庫焉道俗叩頭乞免者以千數既不得免則誦佛嗟悼而已及王宰入覲中途忽患

心痛召戒律僧懺悔其焚像事僧曰是不可爲巴大士普照十方幻軀猶舍豈爲一像心生嗔恨但護法諸神欲彰現前之報知不免也於是心痛轉劇遍體灼爛腸胃潰出還至觀音寺之河下而亡熙齋雜志

亳州太清宮有一道人氣貌甚揚每携一小罏於老君殿下煆藥賣之俟衆方集必指老君像大言曰我寔若人之師衆頗惑之爭取其

藥他日復作是語忽火從鑪出飛至其身須
史焰發五體灼爛或以水沃之不能滅號痛
良久俯伏像側若待罪之狀則已死矣業報錄
一寠人子上吻生一贅肉如展兩手下覆其口
每有飲食則揭贅肉以就焉艱楚不堪狀亦
奇醜或問其所因乃曰少年無賴寄籍軍伍
嘗於佛寺案下偶與同伴刲一羊分得少肉
旁有一佛像上吻大開似可容受因寄羊肉

於其中不數日遂嬰是疾。玉堂閒話

秀水縣新城鎮急水橋任人潘麒者，以屠宰爲業，多行不義，遠近強梁者附之，愚怯者凌之，刮佛金裝，毋命竊人財，淫人女，致其母子俱亡。風雨災祥小不如意，則謗天神，一方畏而惡之。萬曆三十年八月初二日病死，經一晝夜復甦，呼妻子集諸親鄰曰：我見閻君，閻君謂善惡之報，陰府顯然，但幽明路隔，世人不

親見諸受罪之苦誰則信之畏之是以死者
受報生者茫昧往往作惡無忌今潘麒罪惡
極矣姑令暫返陽界借此一人以告萬衆遂
操刀自割其陰碎之曰此我宣淫之報也自
摳出雙目曰此我邪視三光仙佛父母及看
婦人之報也自斷其舌曰此我欺妄播弄駡
詈咒詛之報也自刎其喉曰此我致人縊死
屠殺衆生之報也自剖其腹剜其心曰此我

陰險殘賊機械變詐之報也遠近喧傳踉蹌奔走來觀者千萬人妻子初猶恥之頗呵斥人不得入麒呼曰閻君正欲示衆何阻爲耶欲極其妻妻畏而避之人人遂得縱觀其受罪痛苦如此六日體無完膚乃死嗚呼奇哉於時里中孝子王公道立狀其實本郡太守車公作潘屠傳甬東進士屠公隆作新城因果記令刻之名滙鑒公據愚按公據擬其事

爲累以廣其傳云續見聞紀訓

唐明崇儼有役鬼之術身止不動而注想飛符攝致一切立有奇驗又能爲人驅魅攻疾告以急則必赴高宗深愛其能欲試之預於宮内潛爲地窖遣妓奏樂因語崇儼曰此地常有絃管須卿止之崇儼書桃符釘於地樂聲寂然上出諸妓問其故云見二龍頭張口向下乃怖懼不敢奏樂也帝於盛夏欲得雪及

枇杷龍眼子崇儼從陰山取雪粤嶺取果項刻並到又四月瓜未熟上思食之崇儼索百錢將去須臾得一大瓜云緱氏老人園內得之上追問老人云埋瓜擬進適看之惟得百錢耳又蜀縣令劉靜妻病崇儼診之須服生龍肝乃愈因書一符乘風放上俄有龍下取肝食之而愈其術神異往往皆然後卧堂中驀遭刺死刃在胸前尚自搖動或云役鬼勞

害鬼殺之也業報錄

李孜省效李少君之術能致死者魂悼恭太子

薨

憲宗軫念不已萬德妃哭戚疾左右或言孜省即

召見之設壇作法三日天神來報以期七日

聞天樂泠然玉女青童繽紛下集有衣絳綃

冠珠冠乘鶴而來止者各嬪御熟視之眞太

子也有頃復跨鶴去

上悲喜賜金帛擾上林官累加通政使又嘗作法致八仙各執樂器奏雲和之曲會張真人入朝以為妖妄握劍叱之悉化紙人孜省伏地請罪勑免不問及孝皇嗣位乃誅（輦录錄）

萬曆甲午顯靈宮道士某受妖人術用符咒殺一小兒小兒靈魄即歸道士腹內語世間禍福幽隱皆驗既稔道士挾邪因挑之曰某家

好女心正懷春適其家人俱出可往也道士遂與私焉久之偶於都市遇其父腹兒大作哭聲具説其細道士錯愕莫能禁父及邏卒擒之赴東廠大璫論死置獄兒猶語腹中曰勿殺之令我益無依也業報錄

巫師舒禮暴死初過冥間福舍門門吏是何處曰道人舍也禮以在世人皆稱我爲道人必我所處也始入門見屋千間遍置簾櫳有念

誦者唄唱者快樂不可言其內一人八手四眼捉金杵逐禮出曰此非爾所宜至也禮至泰山府君前自陳在世事三萬六千神府君曰汝佞神殺生罪業應重付牛頭人身者持鐵叉捉禮置鐵床上身體燒灼備極痛楚求死不得至吏白以禮命未盡且令放還禮既復活不復作巫師 葉報錄

華亭趙某詣青浦探親舟行次見一人立舟上

諦視則亡僕也驚問之答云見役冥司命將取三人耳問三人爲誰則曰一湖廣人一郎所探親也其第三人不答又問得非趙某否曰然趙大駭至所探親則已聞室中哭聲矣益駭甚趣棹還舍復見僕曰君且無怖及夜吾不至則免矣趙問何故曰於路見有爲君解者以君合門戒殺也後夜果不至趙竟無恙時萬曆丙午七月七日事 竹牕二筆

陶弘景弟子桓闓先得道將超昇弘景問曰某行教修道勤亦至矣得非有過而淹延在世乎桓闓曰君之陰功著矣所修本草以虻虫水蛭爲藥功雖及人而害於物命以此一紀之後當解形去世署蓬萊都水監耳言訖乃去弘景復以草木之藥可代物命者著别行本草三卷以贖其過　飲食紳言

吳中有徐某者富豪也縱口腹之欲烹調務盡

其精每物止割其勝處餘皆不用以故殺害甚多稍不稱意則曰此豈人食者耶即傾之地而重撻庖人或勸以不宜過殺生命則曰世間之物料與人食雖殺何妨毫不介意萬曆甲戌正月望夕廣致珍羞延一貴客盃盤盡列揖遜將施忽腹脹如厠失足墜焉飽糞而死其家人浴而殮口中之蛆猶緜緜而出赴弔者且哭且笑時年三十六歲尚未有子

家貲數萬盡爲勢家所得百花洲録

漢楊寶弘農人也性慈愛七歲行華山見一黃雀墜地爲螻蟻所困即懷之安置梁上又恐蛇蟲所齧乃移巾箱中采黃花喂之毛羽既成旦去暮來積年之後忽與羣雀俱來哀鳴繞寶數日乃去一朝忽見黃衣童子向寶再拜曰向承恩養今不得奉侍流涕辭別以白玉環四枚與寶曰令君子孫潔白累世爲三

公當如此環後寶生震震生秉秉生賜賜生
彪四世三公果應白環之數 為善陰騭
蔡君謨襄未仕時喜食鵝一夕夢褐衣老人告
曰來日命緣於君乞恩貸即誦詩云食君數
粒粟充君羹中肉一羹數十命下箸猶未足
口腹湏臾間禍福相倚伏願君戒勿殺死生
如轉轂覺而異之簡厨中有黄鵝數十遂放
之經夕復夢褐衣老人來謝云感君從禱已

獲復生今上帝巳命汪公高爵後舉進士歷
官學士謚忠惠　虛谷閒抄
魯山宰元紫芝公庭聽斷人徒畢集而一鵲䟎
草衣墮於簷下紫芝立命物色果有煎油者
脫此草衣爬上樹將覆鵲巢取其雛以供賣
也追至庭而笞之巢復成焉　廣仁類編
湖州處士孫憶雲夫妻俱奉長齋偶與人作伐
人以活雄鷄送焉孫謂妻曰家既不食又不

恐賣之以促其命可留作更鷄而養其老養之數載朝夕依依一日酷暑孫方熟睡鷄猛啄其臂而飛集于庭急起逐之適梁上一物墜于睡榻視之乃大虺也孫因感悟鷄意整其棲而豐其餵茗逸閒譚

浙東周德以賣鴨爲業價貴則賣其生者價賤則醃以待之萬曆庚申鴨價旣賤鹽價又賤德乃遍處收鴨日醃數百自喜獲利之多暢

飲而睡睡中數數跳起言有青衣二人狀甚
可怕領鴨無數圍繞飛撲遂滿身痛極天明
而絕 殺生現報

松江方燮橋者燒鵞擅名後買者日衆父子分
爲二鋪一住城中一住城外時値歲暮子往
父處筭帳因留宿焉夜半火起烟氣內攻父
子俱不得出伏在庭中四肢張開遍體焦爛
宛若燒鵞也 殺生現報

滁州蔡安屠牛為生每令其子視其用刀欲世其業一日父酣寢子以爲牛持牛刀斷其首衆駭曰爾何殺父子曰我見是牛不知是父父常教我殺牛今見牛睡試手法耳屠牛而自死牛刀之下豈非現報歟　續見聞紀訓

唐顯慶中西路側有店家新婦誕一兒月滿日親族慶會欲殺一羊羊數向婦跪拜不以爲意遂殺之將肉就釜婦抱兒看煮忽釜破湯

衝灰火直射母子俱死 法苑珠林

淳熙初台州徑山路口有屠者趙倪家世宰豕爲業忽一夕夢豕百千頭作人言云我輩被殺受盡痛苦今汝罪業已盈可速去明日將起宰豕忽呌號發狂而死 醒迷瑣言

東晉太興中吳民華隆有一快犬名的尾甚愛之常將以自隨後至江邊伐荻爲大蛇所盤繞犬奮咋蛇蛇死隆遇毒僵仆不能動犬走

至船復至荻中如是者再三徒伴恠之隨而往見隆悶絶急爲收治久而得甦隆感其能活己飼養之如親屬此君亭錄

嘉定糧翁陸明家有一馬甚愛護之一日以糧事往郡乘馬夜歸有表弟姚生素行奸險候至中途持刀殺之是夜月晴更幽寂無知者馬遂歸對陸妻驚嘶不已若有訴狀妻知其夫必死非命持燈尾馬後至一曠野夫果死

焉妻哀謂馬曰吾夫雖死然正犯未獲何以雪恥馬即前行首鼓姚門覗姚齧之蹴之其妻執以赴官取馬狀情實乃棄姚市 西樵野記

建康寄居趙監廟有羸疾或教之服鹿血則愈趙買鹿三四頭日縛一枚以鐵管揷入肉間取其血鹿日受此苦趙後遍身生異瘡痒甚以竹管注沸湯灌之兩月卒 睽車志

有僧素無賴謂黃精能駐年未驗置黃精枯井

中誘一人入井覆以磨盤其人無計得出忽

有野狐臨井呼而告曰君無憂我狐之通天

者每穴塚上而臥其下注視穴中久則飛出

所謂神能飛形也君苐注視磨之孔吾昔爲

獵人獲賴君贖命特來報君人用其計旬餘

飛出僧大喜以爲黄精信驗乃别大衆負黄

精入井約以一月開視至期斃矣崇正辯

梁時有一老嫗獨居織絍忽有虎突入舉足向

嫗嫗驚惶無措見虎若求救狀意其爲刺所傷遂手把其足以錐挑出之虎去月餘銜一囊來謝內有白金數觔 叢記

臨川東興有人入山得猿子歸母遂至家此人縛猿子於樹上以示之其母搏頰向人哀乞竟不能放繫殺之猿母悲號而死剖視之腸皆斷未幾其人一家疫死俱盡 搜神後記

督學汪公可受初尹金華有丐者行山中見羣

兒縛一小猴而虐之丐者買而教之戲日乞于市得錢甚多他丐忌且羨因酒醉丐者誘至空窰椎殺於其中異日繩其猴復使作戲而汪公呵導聲遽至猴即齧斷繩奔走公之前作冤訴狀公遣人隨而往得屍窰中亟捕他丐鞫問伏法闔邑駭而悼之買棺焚丐者屍烈焰方發猴哀叫躍入死矣　蘭谿紀義

皐丹策驢洛陽橋見漁者市一黿長數尺喘呻

垂死解驢以易之放於中流徒步歸後從荊盧先生問命一見即曰余友元長史談君美不容戶遂導至通利坊進委巷踰門數重見堂宇供帳姬從之盛擬於王侯有老人自內出偉貌修髯褐裘韋帶自稱元濬之謝韋活命之恩韋不喻也亟命珍饌盡歡而別因出懐中一緘授韋曰知君問命故於天曹錄得一生官祿進止聊以為報又從荊盧先生假

五十緡致韋一乘車明日先生載錢至韋問元長史何人曰神龍也郎君洛陽橋所放者其出授一編中具言明年五月及第歷官一十七政皆有年月注擬最後江西觀察使廳事皁莢花開乃北歸一一驗云 芸心識餘

毛寶爲豫州刺史軍人於武昌市買得一白龜來獻寶寶置甕中養令漸大乃放之江後邾城遭石季龍之敗赴江者皆溺獨寶被甲投

水覺如墮石上有物承足以行及登岸顧視則所放白龜也 廣仁類編

隋侯往齊國路見一蛇困於砂磧首上出血侯憫之以杖挑放水中後回至其所見一蛇銜珠向侯侯不敢取夜夢脚踏蛇驚而覺乃得雙珠其珠徑寸純白夜有光明可燭百里故世號隋侯珠焉 語苑

秀州人好食乾鰍有陳五者所製最佳人競往

市後得疾躑躅床上痛旬日遍體潰爛其妻乃言夫存日製鱉之法甚慘今其疾宛然如鱉死時云　蓉齋隨筆

唐李詹廣求滋味每食鱉輒緘其足暴於烈日鱉既渴即飲以酒徐而烹之忽一日方巾首忽失力仆地云痒鱉索我甚急遂卒　玉泉子

湖州醫者沙助教之母嗜食蟹所殺無數紹興十七年死有十歲孫忽見媪立門外遍體流

血語孫曰我坐食蟹今驅入蟹山受報言訖

不見　南陽廣記

李景文常遇一漁舟因買所漁放之江中後服

火煉丹砂積久成毒疽發於背諸藥罔效昏

困之中若有羣魚濡沫其毒清涼快人疽遂

得瘥　廣慈編

武康徐姓者歲育蠶萬曆甲午桑貴棄蠶於水

而鬻桑操其奇贏明年桑賤益多育蠶葉槩

纍上簇矣竟不一成繭百方禳之乃聚成巨繭如盤徐自謂異瑞數日有火燐燐出繭中一聲劈裂紛若鴉飛而火焚其室焉（茗逸聞譚）

芝里朱某者平生最惡蜂窠梁柱間每見蜂從竅入輒以物塞之雖在高處必設梯以塞在他人家見之亦然後連生二子穀道皆塞而不通人教以秤尾燒紅鑽之俱死嗣竟絕乃問于紫姑神神降筆告以塞蜂窠之故蓋天

道好生朱某者心心念念必欲蜂之盡死是逆天矣能無報乎然則蟲蟻之微天亦若是介意邪曰然觀之畏雀放龜皆有福報可知矣雖然易曰方以類聚物以羣分吉凶生矣善與吉爲類凶與惡爲類故作善而吉自應之作惡而凶自應之如水之流濕火之就燥各以類應也豈天一一稱量以授之邪然則天只在吾心其嚴乎　棟塘陳氏

龔穎庵嘗問龍潭老人曰近世善惡報應頗覺差池豈蒼蒼者亦憒憒耶龍潭指天而語之曰此老雖不急性却有記性要其終觀之可也愚按天不急性有記性元人盧疎齋有是語矣龍潭此答豈祖述其語耶抑所見暗合耶 綠雪亭雜言

棣塘陳氏云愚按人之貧富貴賤壽夭以至一飲一食一作一止皆有定數莫之能違然轉

移禍福之機又在於人而數所不能囿也蓋數定者天命也感應者天心也天以生物爲心極誠無妄者也人之一念濟人利物發於由衷初無所爲而爲則雖一時一事而精誠之極自可以上格天心如響斯應此又理之必然者也數天數也天心旣格數亦隨之而轉矣焉能囿譬國之刑賞法制一定不易者也苟人臣眞能以忠誠感動君心則旣讁而

玉論

召還臨刑而賜赦俄頃之間喜怒頓殊又何
有於不可易哉推此則知理數相爲貞勝而
古今陰德感應之事昭然不誣矣 見聞紀訓

道人郭大史精於談天而應天有書後之星翁
推步必來取法然有合於書有不合者蓋考
其推玄究微既條列於前至其後則曰陰功
可延其壽吉人依舊無凶又曰隨時應物行
方便縱犯凶星亦不危 保生心鑑

◎

或曰陰德曷從而修之曰凡可修者不以富貴貧賤拘但於水火盜賊饑寒疾苦刑獄逼迫逆旅狼狽險阻艱難至於飛潛動植於力到處種種方便雖一言一語之間必期有益一動一止之際必欲無傷如此存心則陰德無限量而受報如之矣保生心鑑

儁李　胡繼虞舜卿書

錢士景泰徵鐫

最樂編

〔明〕魏大中 輯

〔明〕崇禎刊本

上

江蘇大學出版社
JIANGSU UNIVERSITY PRESS
鎮江

圖書在版編目（CIP）數據

最樂編：全二册／（明）魏大中輯．—影印本．—
鎮江：江蘇大學出版社，2018.5
ISBN 978-7-5684-0832-5

Ⅰ．①最… Ⅱ．①魏… Ⅲ．①中國文學－古典文學－
作品綜合集－明代 Ⅳ．①I214.82

中國版本圖書館CIP數據核字（2018）第092565號

最樂編（全二册）

輯　　者／［明］魏大中
責任編輯／張　平
出版發行／江蘇大學出版社
地　　址／江蘇省鎮江市夢溪園巷30號（郵編：212003）
電　　話／0511-84446464（傳真）
網　　址／http://press.ujs.edu.cn
印　　刷／北京虎彩文化傳播有限公司
開　　本／850mm×1168mm　1/16
總 印 張／58.25
總 字 數／170千字
版　　次／2018年5月第1版　2018年5月第1次印刷
書　　號／ISBN 978-7-5684-0832-5
定　　價／1800.00元（全二册）

出版說明

人是一種會思想的動物，無論是爲了適應環境，克服生存的困難，抑或爲了生活得更有意義，思想皆不可或缺。在一般的中文習慣中，思想的涵義比『哲學』更寬泛，這種語用習慣的差异，也影響到學者對學術視野的選擇。一般而論，思想史的範圍也較哲學史爲廣闊，雖然很少得到清晰地界定，但它不失爲一種有效的學術視野。

在近代中國學術史上，思想史研究的興起與哲學史大約同時。一九〇二年三月，梁任公在其創辦的《新民叢報》上連續發表了《論中國學術思想變遷之大勢》系列論文，這可能是最早由國人撰著發表的思想史論文。而第一本由國人撰寫的中国古代哲學通史，則爲一九一六年謝無量的《中國哲學史》。這兩本早期著述有其學術史的意義，但其中對學科的性質與研究方法等多無明確的説明。事實上，無論是學者的闡述，還是其實際的操作，在思想史與哲學史之間都不易劃出清晰的界限，直到當代也仍然如此。拋開細節不論，就語用習慣及有關實踐而言，思想史表徵一種對歷史文化廣闊而深入的關照，其研究方法，關注的問題，都較哲學史爲多元，史料基礎也不可同日而語。尤其是在郭沫若、侯外廬等人建立起來的研究傳統中，思想史有明确的社會史取向，或因其與傳統的文史之學有親和性，以至在今天，這種思路仍然很有生命力。

文獻發掘向來是思想史研究的基本環節。爲了促進有關研究，我們選輯多種文本編爲『中國古代思想史珍本文獻叢刊』。全編選目包括經典文本，如儒、道二家的經解，重要思想家作品的早期刻本，和某些并不廣泛受到關注的作家文集的舊刻本。本編中也選録了數種反映古代民俗信仰的文獻，如《關聖帝君聖跡圖志》等。這些文本在傳統的學術視野中，多以爲不登大雅之堂，在今日視之，或者正因其反映了古代社會一般的信仰氛圍，而有重要的文本價值。此外，本編也著意收録了數種通常被視爲藝術史史料的文本，如《寶綸堂集》、《徐文長文集》等，我們認爲對思想史關注而言，範圍與深度同樣重要。

選輯本編，也有文獻學上的意圖。中國古代有悠久的文獻學傳統，大量古籍文本的傳刻與整理造就了古代中國輝煌的古籍文化。本編收録的這些刻本不僅是古代學術發生、衍變的物質證據，也是古代古籍文化的重要部分。本編所收録的全部作品皆爲彩版影印，最大限度地保存了文獻的細節。其中有部分殘卷，視具體情況，或者補配，或者一仍其舊。本編的選目受制於編者的認識與底本資源，或者有不妥、不備之處，希望讀者不吝指正。

目録（五卷）

上册

最樂編　目録……六七

下册

寂樂編序

為善寂樂語出漢東平蒼而止善擇善樂善童而習之矣無伐始徵同人為大善人多為善善之人少則善

本一而為善之塗多所繇
擇善者未精也切之磋之
及之守之君臣父子昆弟
朋友男女飲食被服興居
語默出處辭受之際動中

天則其自知如飲者之知冷知煖焉而不言其被物如萬物之熙熙於春和而物不知彼沾沾焉似忠似信似廉似潔以煦煦於人

情而陰以要天休善之賊
也善在心証在六經小學
近思録朱子節要其階梯
也程朱以還薛河汾切實
而粹精矣自非舉世非之

不顧刀鋸鼎鑊在前弗懾
則其赴善也亦弗勇果爲
髫而執經於予下筆驚其
神駿其意氣時若上人者
又數年而執經於予細若

氣微若聲怯若不勝衣其意氣時有以自下者又數年携所輯最樂編相示先正之格言具在思以自善善世者意深遠矣徵予序

歷予誹譽之至變而不少
變斯予所共與為善者也
勉而為之序
乙丑春正魏塘魏大中書

最樂編敘

最樂編五卷譙李高來蒙所輯吾師魏廓園先生贊嘆此書敘而傳之刻於天啟甲子而乙丑魏先生以忠直被逮緹騎械至

卷六

獼猴狷猱百變奇絛索寬笑面名

狀有子秀才曰學伊素號眺徒跣

求援於菴逆敲人平從門竇中

眼眼扣射口口相接朝謁則滯暮

旦暮謁則辭，歸見久則申包胥七日之哭，緹縈一紙之書，都塞耳置若罔聞。冲矣獨賁虞兩給事，以醵金贖賍，剷奪物而來，蔽周旋毅先生父子於艱險，曾之甚篤，有

同里愚生採最樂編以媚皋蘇
勸勉建祠以為勸日朝潤道夕
施可矣幸
皇天子嘗陽特
旨昭雪而采蕨新拜南光祿丞

曩者纖縢此編盡可以出世守觀
先生之言曰樂善之人舉世能之
而不取刀鋸鼎鑊在前懾之而不
勸不強則不趨善也忘拂之勇吾人生
今之竟寔得識又爲乘菽園

旋艱險而發者噫嘻矣哉大振世

界傾歆風習啞嘁非天生克家之

主誰為搗除凡下生靈之鐵漢誰為

榜樣有稱功頌德呼祖嘆父之兒

孫死不而無親覓生有平居無送

臨患掉臂之親知死不可無爲
求救之師來諸善事中第一大
綱骨也或曰忠孝節義多禍少
福何求而爲之哉余曰不經譬如
父母亡時恨不痛哭即死而後孝

子之心雖快乃去萬最氣而樂未
嘗不在也　達瑞鴻

上
旨孫賊忠良恨不痛罵即死而復
直臣之心雖快乃知嘗最懇而樂之
未嘗不在也忠孝節義何負哉

人而云善亦可為乎余恐世人疑團未破仲懿先生父子師弟事或生恐怖或生退轉故敘此編顯觸之所繇且以廣正人君子之樂善不倦者畢竟范孟博

之言出於憤激不如東平之蓄之
萬語也
崇禎元年八月朔日
華亭弟陳繼儒題

最樂編序

高子寀菽生有粹稟績文之暇無他嗜好遇古先格言即稍俚而警切者輒手錄之

間取以迴環諷咏若
有深味彌歲卒帙
名其編曰最樂客曰
此漢東平王蒼語也
朱郎所擅素士韻之

可乎采菽爲惕然止
以人所質於余余曰何容之
陋精一執中堯舜語
也敬止敬勝文王武王
語也藉令學士大夫

綴緝學問宗旨據以
名書誰復難之者語
云理義之悅我心猶
芻豢之悅我口未聞
八珎五鯖與日用飲食

別煩易牙之調也余
頤衆菽幼而口實壯
而割烹處而疏水達
而鼎食以及飲民之
醇獻上之曝終身不

越此味亦不越此樂
何客之陋余與衆菽
相期於濠上矣
竹懶李日華題

最樂編序

宣尼一生發憤吉凶同患

至舉以詔來學輒以憔樂

二字擘頭喚醒明道亦云

自見周茂叔後吟風弄月

便覺有吾與點也之趣蓋
古聖賢自度度人心心相
印未有以勉強苦難之事
而能薪傳於萬古者或又
謂喜怒哀樂性則備之故

孝子之血欲枯忠臣之髮
堪指順致之以安覆載之
常逆用之以歷坎離之變
此無異乎湍水言性迷瞀
東西翻騰上下不知性之

本善者不知性之本樂者
也且夫號泣者必本志於
克諧行歌者必快心於無
怨譬之嬰兒焉奪於母之
抱則啼其啼也正以奪其

所愛故將遂以啼爲嬰兒之本性然乎哉故必以怒爲忠以哀爲孝是爲强人以善廼與於不忠不孝之徒者也高采薇少執經於

魏黃門廓園黃門少執經
於先君子猶記當年燕閑
過從借二三相知小樓蔬
食相與反覆義理氣質之
辨及無善無惡之指參合

異同擬議滋起黃門必確然斬去訓詁之葛藤剖破玄虛之鶻突原本性善尊其所聞日孳孳而未已迨乙丑難作怡然就道號而

送者萬千然皆不識名姓
之人或非當事耳目之所
急非然者且凛乎戒褰裳
之及而采薇獨奮身周旋
扶助不避斧鑕設璫焰未

熄幾於不免夫死生之際亦大矣恐懼怵於前又無榮名償於後非真有烏可已者迫於其好善之性不叔亦何樂而爲之也哉因

知其孜孜于斯編非獨言
之而已也因益以信學問
淵源萬川一月東平格言
采菽至性證古審諦感哉
夙心善故殊途而同歸樂

自無入而不得奈何天下

有愁苦爲忠孝者

武水曹勳題

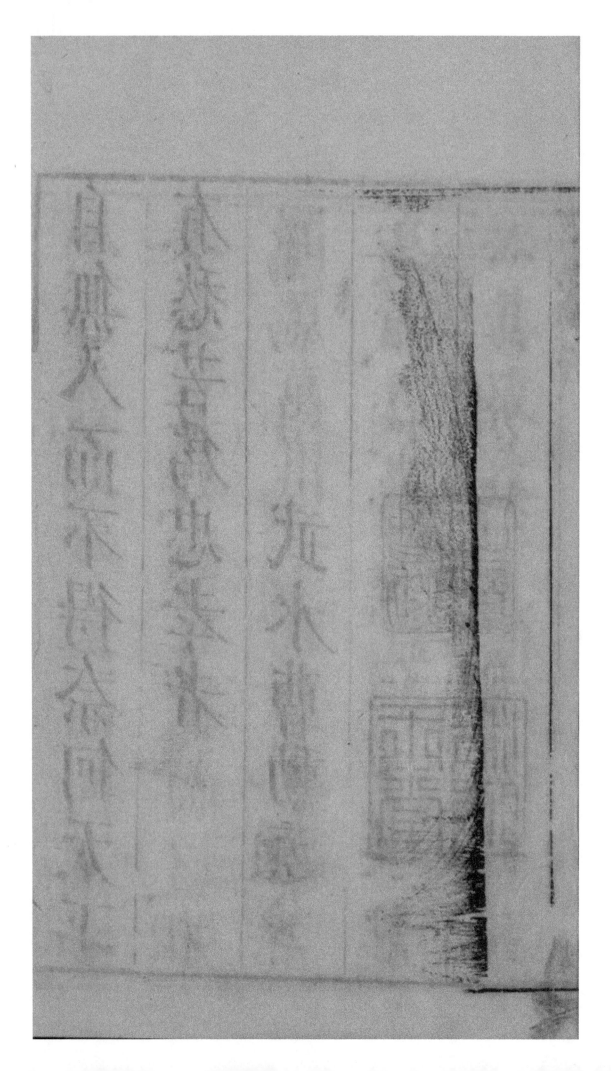

一每段之下各有小註不忘所自兼欲便于
考也若屬未詳姑闕以俟
一小註之中或以名稱或以號稱或以謚稱
或以書稱種種不齊各仍其便
一余本寡昧又二豎侵凌不得專心博採定
慮精參不過隨得隨記其間掛漏甚多而
魚魯豕亥之誤亦必不少惟望博雅俯而
政之

家樂編序

今之士大夫每津、相

獨曰吾儕須尋孔顔樂

處試問所樂何事其能

心解力行者有幾彼蠅

營蟻慕羶寸靈以媚七尺之軀者已論即汪洋自恣託閒曠取適乎如心境未淨亦禽翔而獸逸耳樂惡在大哉爲善

◎

家樂之一語也余佩服
良久而媿朱遠東床子
秉蕣少工舉業後爲病
苦乃翛然於世味俗情
之外而好行其德蓋於

斯語秘心獨注之亦山谷手書自沐以沐子若孫之意與且因而推演之旁搜博覽凡切於着身克己以至濟人利物

者序語若拱璧也輙手錄加編次焉將令寓目警心聆芳規而企羨恍如麟鳳睹霞轍而惶悚凜若雷霆久之善念日

增妄念日減而與虛無覺觸處坦途縱有意外之轗軻如游氣偶洵太虛毫無掛礙至此而形神交暢夢寐俱悟孔顏

々樂亦如是而已方彼
脱略名教以不羈貌真
樂者奚啻徑庭哉況其
營々擾々併形骸桎梏
之而自投苦海也者夢

程先生論讀書云讀得
一尺不如行得一寸洵
知慕善易為善難此尤
東床子之所憂而能憂
正能樂之基也余嘉其

意亟命梓以公同志者如同志賬膺是編蛩然有會於心則謂為善最樂以一言蔽之也亦可

武水竹蘆圃主人明葵

許元勛題

最樂編自序

漢明帝問東平王曰處家何樂對曰爲善最樂旨哉斯言余少讀書英爽騰發芥視青紫便謂世間樂事隨願可得東髮采芹未幾即遭挫衂更種種不如意事一時駢集竟成奇痾諸苦備嘗遍醫

莫効聰明暗奪面目盡非壯志猶未減
也勉力揣摩而病魔日逼壯志日銷回
視翩翩得意之輩其先我而朝露者不
知幾矣堪誇技倆盡納晷坑可羨榮華
翻成鴆毒適知世原無樂樂處盡是苦
因夫也上有耕而不得食織而不得衣

者矣吾無耕織之勞坐享衣食之福又
得讀聖賢書爲
朝廷士天之厚我數倍尋常即亹亹進
修猶恐或墜若遺棄本原貿貿馳騁真
自投苦海永無出頭地矣雖我輩志在
功名而命不可强獨有秉彝帶來携去

烱烱難磨與其強圖無益之富貴曷若
自繕至切之身心勉加懲艾苟免大咎
則生順死安一切俟命可也每思求誨
于仁人君子愧非素緣之質不堪附近
朱藍兼以村居僻陋仰止徒懷惟是竊
聞善言善行即手録以當韋絃偶于小

春日携笻杖陟東西兩洞庭見山齋所
題皆古人警訓晨夕咏繹不覺性靈勃
發疇昔妄想恍然若失嗣後披閱羣籍
採録盈笥藥窻之下總覈區分因以最
樂名編古人云說得一尺不如行得一
寸余深愧矣然聊以自淑餘生併淑余

後人云耳持以質廓園先生先生曰相別數年遂有此等工夫此猶衣可衣食可食人人用得着者因授弁語以公諸世

天啓五年人日高道淳題于經畬堂

最樂編叙

以簡命贊營　桂邸於衡陽遠違鄉井者六年遂黔蜀用兵將作錢匱繼書空枯坐危苦萬端未知何日得弛擔歸來與兄弟親友歲時讌樂每對七十二峯不勝離索之感昨冬十月

兒子承埏來省余三年叔寄詩輯
影樂編屬作序余受而卒業若儉歲
之獲稻粱也若嚴冬之挾纊也又
若珠玉在側覺我形穢也若清夜
聞鐘而猛發深省也展卷之間儼然
聚古今名德晤對一堂相與再揖而

面命之自非有胸無心其疇不肅
容起敬乎余觀世間上根人百不
得一然聖賢種子未嘗斷絕大抵
薰習之功居多日聞善言日見善行
日親善人即為善之心不覺油油以動矣
昔魏孔時給諫諸生時舁父屬余

敦請至家塾諸弟賓之采芹楚
卿同時執經文章氣節砥礪有年
復遊於玉鹿紫廣文陳居一廉嘗之
問切磋亦非朝夕三君子皆余益友
皆與吾弟采菽有針芥之投宜其
學力既亟見於著述如此余性疎狂

通脫寡過未能將置此編於座右
朝夕披覽以當藥石夫良藥利於
病即苦口且不厭況名教中樂地政
寬然有餘哉吾祖膠州守瀛臺府
君嘗指警語示子孫有時耕方寸
地日讀數行書之句吾兄弟佩服

先訓兢兢惟隕越是懼今吾弟之思繩祖武良足嘉也吾弟少年善病每藉力參苓怡神花鳥猶尪然弱不勝衣今手纂是編較讐蒐討寔免勞瘁乃埏兒言其書成而髮加黲而顏加皙而膚革加

腴則為善之樂之明驗矣孔時忤逆
奄下詔獄吾弟周旋患難潛助之輸金
襯還又經紀其喪居一未散館遽歿輙
搜輯遺集屬余論次以傳其篤於師
弟之誼若是今亟於祿養壽母謁選
南光祿立身行志必當有所表見

影樂一編非其先資耶吾弟既以其
樂公于世安之樂吾弟之樂者相率
為善以去惡而善人將益多善事將
益廣於
聖天子雍熙上治豈曰小補轉惜居一
與孔時之不及見也爰卸致數語為之

弁拜以質諸鹿柴云

旨

崇禎元年龍集戊辰上元日兄道素玄

期父題於湘東官舍之藥房

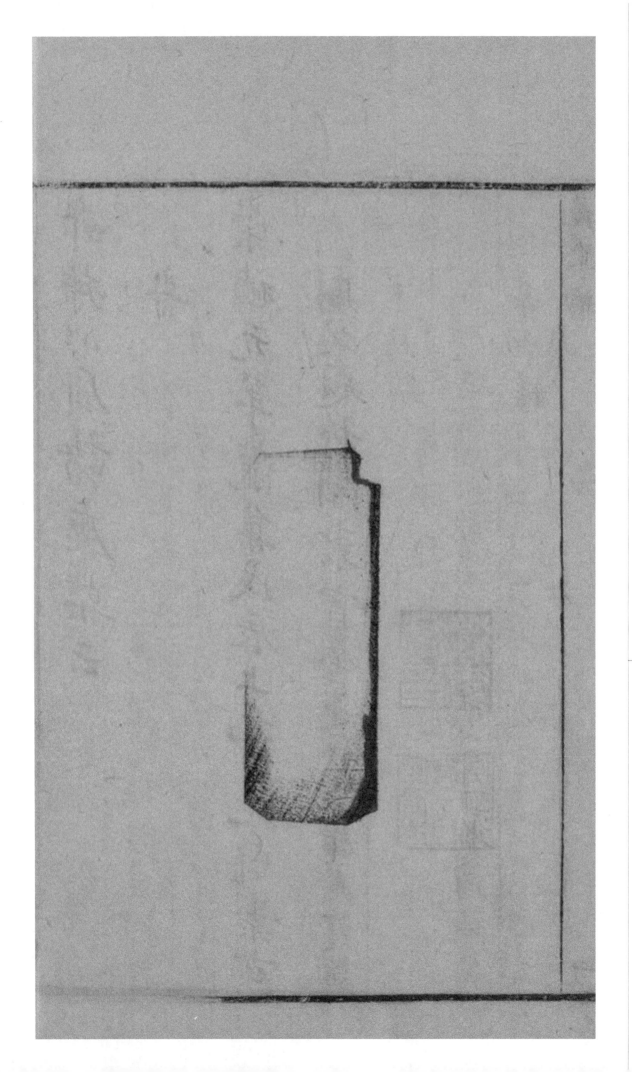

最樂編凡例

一格言懿行及善惡報應可爲勸懲者即錄

一釋道訓誡及俚語諺言雖似瑣陋實足惕省者亦錄

一雖係名理而意涉深晦辭涉浩繁及迂遠不切者不錄

一如近世淸譚雖多警句然涉于刻薄偏枯者不錄

一五經四書

皇明聖諭家傳戶誦貫徹人心已不復贅如係

發論引喻即並載之

一分類標題不過舉其大要如毀譽即附言

行酒色財氣總各除賊餘俱倣此

一每類之中各有次序或繇淺而入深或繇

深而至淺要以互相發明耳故不拘世之

今古人之後先

最樂編目錄

四卷

燮物

樂天

攝生

立命

五卷

報應

最樂編卷之一

魏塘廓園魏大中孔時正
鴛湖門人高道淳釆菽輯

克治

范文正公曰吾夜就寢自計一日飲食奉養之費及所爲之事果相稱則鼾鼻熟寐或不然則終夕不能安眠必求所以補之者（日益編）

薛文清公每夜就枕必思一日所行之事所行

合理則恬然安寢或有不合即展轉不能寐思有以更其失又慮始勤終怠也嘗書以自警公持守最嚴毎呼此心曰主人翁在室否續自警編

趙清獻公無一事不可以告天司馬溫公無一事不可以告人嗚呼必如此庶幾可謂不欺心綠雪亭雜言

薛文清公曰工夫切要在夙夜飲食男女衣服

動靜語默應事接物之間于此合天則道不外是矣毋日不問大事小事處置得宜則業廣修德行義之外當一聽于天若計較利達日夜思慮萬端而所思慮者又未必遂徒自勞擾衹見其不知命也 繹訓編

徐文靖公溥少學時性甚沉質言動不苟嘗效古人以二瓶貯黃黑荳每舉一善念道一善言行一善事投一黃荳不善則以黑荳投之

始黑多黃少漸積相半久之黃者乃多平生如是雖貴不輟　南雍劄記

胡敬齋曰顏子最好處是得一善則拳拳服膺而弗失孟子最好處是善端之發能擴充以致其極今人見好事不肯做故不濟事若因善端之發不肯放過直做到底真箇難及便是顏孟復生　繹訓編

能受善言如市人求利寸積銖累自成富翁　上氏

者言

楊慈湖先生曰吾少時初不知已有過但見他人有過一日自念曰豈他人俱有過而我獨無耶乃反觀内索久之得其一而又觀索又得二三已而又索吾過若此其多乃大懼乃力改 日益編

王陽明先生曰勿以無過爲聖賢之高而以改過爲聖賢之學勿以其有所未至者爲聖賢

之諱而以其常懷不滿者爲聖賢之心警語類抄

胡敬齋曰謹獨是切要工夫纔覺私意起便克去此是大勇繹訓編

謝良佐與伊川別一年往見之伊川曰相別又一年做得甚工夫謝曰也只是去箇矜字曰何故曰仔細簡點得來病痛盡在這裡慎言錄

薛文清自少即厭科舉之學慨然有求道志爲御史差監湖廣銀場手錄性理大全晨昏覽

讀精思密玩值雪盈几不輟有得秉燭疾書或通宵不寐嘗曰某二十年治一怒字尚不能消磨方信克己之難劉文肅曰某生平最受此字之害敢不奉斯言爲師訓 皇明名臣錄

賀醫閭與人言論侃侃白沙曰得無鋒芒太露乎須涵養令深沉和平乃爲美耳於是作書室於後圃徧書深沉和平向上之語於目前令有警惕必期至是乃已 皇明寶善錄

康齋剛毅疾惡慕明道之和易凡遇逆境必加含容用力既久渾然無圭角之露嘗語學者曰吾平生得患難進學胡九韶曰惟先生遇患難進學在他人則惰志矣皇明寶善錄

朱文公告陳同父云眞正大英雄人却從戰戰兢兢臨深履薄處做將出來若是氣血粗豪却一點使不着也此論于同父可謂頂門上一針矣余觀大禹不矜不伐愚夫愚婦皆謂

一能勝予而鑒龍門排伊闕明德美功被千萬世周公不驕不吝勞謙下士而東征三年赤舄几几履讒歷變卒安周室孔子恂恂於鄉黨在宗廟朝廷似不能言者而却萊夷墮三都誅少正卯便有一變至道氣象此皆所謂真正大英雄也後世之士殘忍刻核能聚斂能殺戮者則謂之有才鬧隣罵坐無忌憚無顧藉者則謂之有氣計利就便善捭闔善

傾覆者則謂之有智一旦臨利害得喪死生禍福之際鮮有不顛沛錯亂震懼隕越而失其守者況望其立大節彌大變撐拄乾坤昭洗日月乎此無他任其氣稟之偏安其識見之陋驕恣傲誕不知有所謂戰戰兢兢臨深履薄之工夫故也 鶴林玉露

雲長公生前忠勇死後威靈萬古以來一人而已然史稱公喜讀左傳而言語文字不少槩

見惟今所傳對一聯云出雲長筆願天常生好人願人常行好事噫此二語者何其善與人同廣大若此哉夫惡人與常人俱置不論今世所患者在於君子要自做好人自行好事夫自做好人自行好事豈不是好因其有自做自行的意思率至取忌造釁恃已凌物終於無成大抵天下事不是一人做得好的故曰願天常生好人要人人都好願人常行

好事要事事都好人人都好事事都好不消我勞心費力去做天下自然好了豈不大可願哉此與夫子老者安之三句同是一樣見識宋朝王荆公方盛氣議天下事程明道曰天下事非一家事願公徐議之此如持冷泉沃炎火欲不渾身逼冷得乎　雪濤小書

周公告成王曰克自抑畏蓋抑乃檢束收斂之意畏乃恐懼兢慎之意豈惟王者當然實人

修省之至要也薛文清公
今人病痛大段只是傲千罪百惡皆從傲上來
傲則自高自是不肯屈下傲之反爲謙謙字
便對症之藥非但是外貌卑遜須是中心恭
敬常見自巳不是眞能虛巳受人堯舜之聖
只是謙到至誠處便是允恭克讓溫恭允塞
也王陽明

道德經曰良賈深藏若虛君子盛德容貌若愚

人苟有所長自當雍容涵養益加韜晦方可成德所謂闇然而日章也彼輕躁淺露之人每矜誇己長暴露於外卒之的然而日亡則何益矣 省身集要

人之不幸莫過於自足恒若不足故足自以爲足故不足甕盎易盈以其狹而拒也江海之深以其虛而受也虛己者進德之基 遜志齋集

專涵養上用工者日見其不足專識見上用工.

者日見其有餘日不足者日有餘矣日有餘

者日不足矣吾輩用工只求日减不求日增

減得一分人欲便是復得一分天理何等脫

灑何等簡易 王文成公

火發外明者薪之盡也神知外見者材之散也

故曰聖人以此洗心退藏于密 鶴林玉露補

欲淡則心清心清則理見 丹鉛餘錄

吾人一日間古今世界都經過一番只是人不

覺耳夜氣淸明時無視無聽無思無爲淡然無懷就是羲皇世界平旦時神淸氣朗雍雍穆穆就是堯舜世界日中以前禮儀交會氣象秩然就是三代世界日中以後神氣漸昏往來雜亂就是春秋戰國世界漸漸昏夜萬物寢息景象寂寥就是人消物盡世界學者信得良知過不爲氣所亂便常做箇羲皇以上人

王陽明

今人屏絶思慮以求靜聖賢無此法聖賢只戒
謹恐懼自無許多閒思妄念不求靜未嘗不
靜也　陳白沙

有人說無心伊川曰無心便不是只當云無私
心先生貶涪州渡漢江中流船幾覆船中人
皆號哭伊川獨正襟安坐如常巳而及岸同
舟有老父曰當船危時君正坐色甚莊何也
伊川曰心存誠敬老父曰心存誠敬固善然

不若無心伊川欲與之言而老父竟去警語類抄

孟子言求放心而康節邵子曰心要能放二者天淵懸絕蓋放心者自放也心放者我能放也放心者如雞豚出于塒柵不求則不得心放者如鷹隼翔于雲霄而絛縼固在我手也衆人之心易放聖賢之心能放易放者荒蕩能放者開濶荒蕩者失其本心開濶者全其本心鶴林玉露

語曰敬德之聚也此語最宜潛體 薛文清公、

易搖而難定易昏而難明者人心也唯主敬則定而明 薛文清公

君子之所謂敬畏者非有所恐懼憂患之謂也乃戒慎不覩恐懼不聞之謂耳君子之所謂灑落者非曠蕩放逸縱情肆意之謂也乃其心體不累于欲無入不自得之謂耳是灑落生于天理之常存天理常存生于戒慎恐懼

之無間　王文成公

居敬以立本窮理以達用　薛文清公

主敬行恕四字人能服膺而不失一生受用不盡　衡門錄

范忠宣公嘗曰我平生所學惟得忠恕二字一生用不盡又戒子弟曰人雖至愚責人則明雖有聰明恕巳則昏但當以責人之心責巳恕巳之心恕人不患不到聖賢地位　古今藥石

天下之事盡其在我此先哲之格言也世乃徒責人而不求自盡者誦此可幡然悟矣衡門錄

說人之短而乃護已之短誇已之長而乃忌人之長皆由存心不厚識量太狹耳若能克去此弊豈惟進德且以遠怨胡師蘇

見秋毫之末者不能自見其睫舉千鈞之重者不能自舉其身何者知人則易而知已則難也是故自知者莫先於知人而知人者莫貴

于自知 延陵氏

能自見者明能自聞者聰能自取者才能自道者辨 書紳要語

不自重者取辱不自畏者招禍不自滿者受益不自是者博聞 景行錄

世人破綻處多從周旋處見指摘處多從愛護處見艱難處多從貪戀處見 小牕淸紀

習俗之溺人如醉者之酣于酒寐者之酣于夢

所貴乎君子者醉而能醒寐而能覺也習俗之醉夢人非獨一樣富貴凡詩文之必于工科名之必于得皆是也須特地猛省作急回頭始得不然醉夢了此一生矣 羅一峯

衣垢不澣器缺不補對人猶有慙色行垢不澣德缺不補對天豈無愧心 省約三書

伊川先生曰人于外物奉身者事事要好只有自家一箇身與心却不要好苟得外物好時

却不知自家身與心已先不好了　二程語錄

耕堯田者有水患耕湯田者有旱憂耕心田者無憂無患日日豐年　樵談

今人有指心而言曰但存方寸地留與子孫耕此三字雖不見經傳却亦甚雅或有作方寸地說問云方寸地何地也亦有治地之法否乎應曰偉哉問世之人固有無立錐地者亦有跨都兼邑者有無貧富相絕惟此方寸地

人人有之歛之其細莫倫充之包八荒備萬
物無界限無方體甚矣其地之靈也然此地
人人有而治地之力不人人能施治地之法
不人人能知故蕪穢不治者有此地而不能
治治而不知其法者雖治亦猶不治是故孔
子孟軻治地之農師圃師也六經語孟治地
之齊民要術也良知良能惻隱羞惡辭讓是
非之端嘉種之誕降者也博文約禮仰觀俯

察求輔仁切偲之功資直諒多聞之益培糞灌溉法也時時習日日新暗室屋漏守之密視聽言動察之精封植長養法也忿必懲欲必窒惰必儆輕必矯無稽之言必不聽便佞之友必不親芟薙耘鋤法也優游而饜飫之固守而靜俟之不躐等不凌節不求聞不討獲乃宋人之不揠苗郭槖駝之善種樹也誠如是則信美而大化篤實而輝光通神明贊

化育乃實穎實栗之時黍天溜雨之日治地
至此斯可言治地矣道家有寸田尺宅之説
養生引年者取之其言未爲無理要皆墮于
一偏若從孔孟治地之法則仁者必壽善者
必福清明之志氣如神厚德之流光彌遠道
家里諺之説在其中矣雖然是地也嘉種固
所素有惡種亦易以生嘉種毋難以封植惡
種常至于蔓延其或認稂莠爲美櫰認稊稗

爲良苗則惡種日見猥大而嘉種微矣噫嘻可懼哉然則如之何曰早辨 鶴林玉露

莊子謂至人入水不濡入火不熱如周公遭變而赤舄几几孔子戹陳而弦歌自如皆至人也不濡不熱言其心耳非謂其血肉之身也

鶴林玉露

有人夜怕鬼陽明先生曰卽是平日不能集義而心餒故怕若素行合於神明何怕之有或

曰正直之鬼不須恐邪鬼不管人善惡故未免怕先生曰豈有邪鬼能迷正人乎即此一怕便是心邪故有迷之者非鬼迷也心自迷耳如人好色即色鬼迷好貨即貨鬼迷怒所不當怒是怒鬼迷懼所不當懼是懼鬼迷也

繹訓編

蘇黃門曰衣冠佩玉可以化强暴深居簡出可以却猛獸定心寡欲可以服鬼神　鶴林玉露

君子對青天而懼聞雷霆而不驚履平地而恐涉風波而不疑 樵談

晁文元曰非非理外至當如逢虎即時而避勿恃格虎之勇非理內起當如探湯即時而止勿縱染指之欲 自警編

良農不以年歉而輟耕老漁不以歲寒而罷釣芝蘭不以無人而不芳故君子不以夜浴而改容不以昏行而變節 樵談

馬援落魄隴漢間常謂賓客曰大丈夫爲志窮當益堅老當益壯漢史

倪宗玉書室中有帖子云德業觀前面人名位觀後面人愚問觀之將何如宗玉曰從前觀之祗見我不如人而益勵思齊之志從後觀之祗見人不如我而自銷蹭蹬之憂綠雪亭雜言

顧尚書東橋公璘嘗著二警詞以自勵其左警詞曰言行擬之古人則德進功名付之天命

則心閒報應念及子孫則事平受享慮及疾病則用儉其右警詞曰好辯以招尤不若訒默以怡性廣交以延譽不若索居以自全厚費以多營不若省事以守儉呈能以構妒不若韜精以示拙噫二詞眞藥石之語也新知錄

東郭子謂其門人曰子知仁義之爲稻粱利欲之爲酖毒矣乎曰知之曰子之于仁義能如稻粱而時食之乎曰好焉而未能恒也曰子

之于利欲能如酖毒望而避之乎曰惡焉而未能去也曰若是則子尚未能致其知矣（鄒東郭）

福從善禍從惡人孰不祈福而免禍何不究其所從義得利利得害人孰不趨利而避害何不辨其所得（衡門寤言）

自心先生曰謹則無憂恐則無辱靜則常安儉則常足又曰知足常足終身不辱知止常止

終身不恥又曰立身之道内剛外柔正家之道上遜下睦不和不可以接物不公不可以馭下此皆至言也新知録

靜坐然後知平日之氣浮守默然後知平日之言躁省事然後知平日之費閒閉戶然後知平日之交濫寡慾然後知平日之病多近情然後知平日之念刻長者言

靜能制動沉能制浮寛能制褊緩能制急察其

偏而悉矯之則氣質變矣 薛文清公

西門豹性急佩韋以自緩董安于心緩佩弦以自急 韓子

颱[illegible]子每教人養喜神止庵子每教人去殺機是二言吾之師也 長者言

齒以堅毀故至人貴柔刄以銳摧故至人貴渾神龍以難見稱瑞故至人貴潛滄溟以汪洋難量故至人貴深 莊子

辨舍于訥巧隱于拙剛蓄于巽直蘊于謙明養于晦五者藏用之道也 憬然録

至道之用嗇鄙細不可吉人之詞寡深密不可節俠之生輕鬬狠不可通達之財疎暴紾不可才子之氣高矜驕不可廉吏之守嚴刻剝不可 書紳要語

以簡傲爲高以諂諛爲禮以刻薄爲聰明以闒茸爲寛大胥失之矣 省躬長語

治國家有二言曰閒時忙做忙時閒做變氣質

有二言曰生處漸熟熟處漸生長者言

枚乘曰磨礲砥礪不見其損有時而盡種樹畜養不見其益有時而大積德累行不知其善有時而用棄義背理不知其惡有時而亡昭明文選

劉十功有云常人以嗜慾殺身以貨財殺子孫以政事殺民以學術殺天下後世吾無是四

者豈不快哉晝永編

勸君莫着半點私但着半點私終無人不知勸君莫用半點術但用半點術終無人不識君不見巍巍温公律身嚴與人忠赤心質神明素行孚役童蔡虛齋

饒一着添子孫之福壽退一步免隙駒之易過忍一言免駟馬之難追息一怒養身心之清和救劫寶經

豫章旅邸有題十二字云願天常生好人願人常行好事鄒景孟表而出之以爲奇語吾鄉前輩彭執中云在世一日則做一日好人居官一日則行一日好事皆名言也　鶴林玉露

世亂時忠臣義士尚思做箇好人幸逢太平復爾溫飽不思做君子更何爲也　長者言

士大夫氣易動心易迷專爲立界墻全體面六字斷送一生夫不言堂奥而言界墻不言腹

心而言體面皆是向外事也長者言

今人不去學自守先要學隨時所以苟且不立

胡敬齋

尋思千能百巧都不濟事只無欲乃是高處薛文

清公

天下之最討便宜者莫如做好人特人未之思

耳衡門錄

凡人粧成十分好不如眞色一分好眞色人自

有一種堪愛堪敬處所以爲最可貴 衡門錄

凡人尚智巧正是沒受用處人反以能羨之何耶昔人有云神仙伎倆無多子。只是人間一味呆。非高人之見不能道此 衡門錄

嗜異味者必得異病挾怪性者必得怪症習陰謀者必得陰禍作奇態者必得奇窮莊子一生放曠却曰寓諸庸原跳不出中庸二字也 長者言

少年時毎思成仙作佛看來只是識見嫩耳長者言

掃發機以迎生氣修肅德以來異人長者言

修淨土者自淨其心方寸居然蓮界學坐禪者達禪之理大地盡作蒲團娑羅園清語

偶與諸友登塔絕頂謂云大抵做向上人決要士君子鼓舞只如此塔甚高非與諸君乘興覽眺必無獨登之理既上四五級若有倦意

又須賴諸君慫恿此去絕頂不遠旣到絕頂眼界大地位高又須賴諸君提撕警醒跬步之差便至傾跌只此便是做向上一等人榜樣也長者言

范堯夫解他山之石可以攻玉玉者溫潤之物若將兩塊玉相磨必磨不成須是得他麁礪底物方磨得出譬如君子與小人處爲小人侵凌則省修畏避動心忍性增益預防如此

便得道理出來月盈綸

言行

愼言謹行是修己第一事　薛文清公

不言而躬行不露而潛修　薛文清公

謹言乃爲學第一工夫言不謹而能存心者鮮矣　薛文清公

人不誠處多在言語上　朱晦庵

無妄語入誠之門深宜體此　薛文清公

申公曰爲治不在多言顧力行何如耳余謂爲

學不在多言亦顧力行何如耳　薛文清公

張子韶先生曰終日譊譊者爲善多不終　警語類抄

凡人有待于外者已有不足也待粉黛而後都者非西施之容也待砥礪而後利者非莫邪之器也盛德之士豈待言語而後信于世哉　警語類抄

古之慎言人也戒之哉無多言多言多敗無多事多事多患安樂必戒無行所悔勿謂何傷

其禍將長勿謂何害其禍將大勿謂不聞神將伺人焰焰不滅炎炎若何涓涓不壅終爲江河綿綿不絶或成網羅毫末不扎將尋斧柯誠能慎之福之根也曰是何傷禍之門也强梁者不得其死好勝者必遇其敵盜憎其主民怨其上君子知天下之不可上也故下之知衆人之不可先也故後之溫恭慎德使人慕之執雌持下人莫踰之人皆趨彼我獨

守此人皆惑之我獨不徙內藏吾知不示人技我雖尊高人莫我害江海雖左長于百川以其卑也天道無親常與善人戒之哉周武王金人銘

孔子去周老子送之曰吾聞富貴者送人以財仁者送人以言吾雖不能富貴而竊仁者之號請送子以言乎凡當今之士聰明深察而近于死者好譏議人者也博辯閎遠而危其

身者好發人之惡者也孔子曰敬奉教 家語
昔武王問五帝之誡于尚父尚父曰黃帝之誡
曰吾居民上搖搖恐夕不至朝乃鑄金人三
封其口曰磨兜堅慎勿言故孔子于易傳著
慎言者十二于論語著慎言者十五于戴禮
著慎言者八亦既拳拳矣老氏猶譏之曰凡
今之世聰明深察而近于死者好譏議人者
也博辯宏遠而危其身者好發人之惡者也

蓋言之流禍深人之發言易以易發當深禍
噫危哉　讀書鏡
馬援誡兄子書曰吾欲汝曹聞人過失如聞父
母之名耳可得聞而口不可得言也好論議
人長短妄是非正法此吾所大惡也寧死不
願聞子孫有此行也汝曹知吾惡之甚矣所
以復言者施衿結褵申父母之誡欲使汝曹
不忘之耳龍伯高敦厚周慎口無擇言謙約

節儉公正有威吾愛之重之願汝曹效之杜季良豪俠好義憂人之憂樂人之樂清濁無所失父喪致客數郡畢至吾愛之重之不願汝曹效之也效伯高不得猶爲謹敕之士所謂刻鵠不成尚類鶩者也效季良不得陷爲天下輕薄子所謂畫虎不成反類狗者也漢史

夫口者關也舌者機也出言不當駟馬不能追也口者關也舌者兵也出言不當反自傷也

言出于巳不可止于人行發于邇不可止于遠夫言行者君子之樞機樞機之發榮辱之主也可不愼乎故蒯子羽曰言猶射也括既離弦雖有所悔焉不可從而追巳詩曰白圭之玷尚可磨也斯言之玷不可爲也詎不信夫

鶴林玉露補

胡東洲提學兩浙時有士子某者不帥敎懲以夏楚明年其人狀元及第翰苑東洲以述職

◎

至京師其人設席欵之以新得古哥窯盤盞行酒且曰此器世所寶也但俗眼不識之耳其意葢譏東洲往特不知已也東洲曰以老夫觀之此器脆薄容易破綻終不若良金美玉之器爲可寶也其人深悔失言綠雪亭雜言

衛人迎新婦婦上車問驂馬誰馬也御曰借之新婦謂僕曰撫驂無笞服車至門曰滅竈將失火入室見臼曰徙之牖下妨往來者主人

笑之此三言者皆至言也然不免爲笑者早晚之時失也 戰國策

薛文淸公曰輕言則納侮 愼言集

有一言而傷天地之和一事而折終身之福者切須簡點 長者言

喜時之言多失信怒時之言多失體 長者言

薛敬軒先生曰發言須句句有着落方人于忙處言或妄發所以有悔惟心定則言當理無

妄發之失多言最使人心志蕩而氣亦損少之言不惟養得德深又養得氣完而夢寐亦安

省身錄

出言須思省則思爲主而言爲客自然言少長者言

切不可隨衆議論前人長短要當己有眞見方可

薛文清公

前輩有云戒酒後語忌食時嗔忍難忍事恕不

明人常能持此最得便宜 賓退録

夫傳兩喜兩怒之言天下之難者也夫兩喜必多溢美之言兩怒必多溢惡之言凡溢之類也妄妄則其信之也莫莫則其傳言者殃故法言曰傳其常情無傳其溢言則幾乎全 莊子

富鄭公曰守口如瓶防意如城 朱文公

無道人之短無說己之長施人慎勿念受施慎勿忘世譽不足慕唯仁爲紀綱隱身而後動

謗議庸何傷無使名過實守愚聖所藏柔弱生之本老氏誡剛强在涅貴不淄曖曖內含光硜硜鄙夫介悠悠故難量愼言節飲食知足勝不祥行之苟有恒久久自芬芳崔瑗座右銘

度量如海涵春育應接如行雲流水操存如青天白日威儀如鳳文麟趾言論如敲金戛石持身如氷清玉潔襟抱如光風霽月節槩如泰山喬嶽古今名喻

荀子云贈人一言重如金石珠玉觀人以言美如詩賦文章聽人之言樂于鐘鼓琴瑟　明心寶鑑

左傳曰仁人之言其利溥哉　愼言集

敖清江先生曰晁氏客語曰狄仁傑一言而全人之社稷頴考叔一言而全人之母子晏子一言而省刑甞因是而推廣古人有用之言燭之武一言而秦伯退師展禽一言而齊人不敢伐晉北鄙藺相如一言而完璧歸趙中

叔一言而楚莊王不奪人千乘之國茅焦一言而祖龍認母魯仲連一言而趙人不敢帝秦毛遂一言而定約從田千秋一言而悟主張子房一言而散沙中之偶語袁盎一言而撤夫人之坐席周勃一言而北軍左袒爲劉蘇瓊一言而兄弟不忍爭田曹武惠王一言而南唐城陷無一人横罹鋒鏑寇萊公一言而决策親征遼人氣奪王沂公一言而西賊

服朝廷有人富鄭公一言而契丹不取關南地韓魏公一言而調和兩宮胡澹庵一言而金人不敢南牧者二十有四年凡此類者皆所謂一言而興邦者也言出而天下以爲口實者也其利不旣溥哉 省身錄

昔者齊伐魯取饞鼎魯人以贋應之齊人知其誑也曰必以柳下惠之言爲信魯人以告柳下惠曰奚不以眞者與之曰吾所愛也柳下

惠辭曰吾亦憂吾鼎由今觀之夫士各有鼎也可不自憂其鼎也哉 省身錄

劉安世問盡心行己之要司馬溫公曰自不妄語始安世終身服膺故其進而議于朝者無隱情退而語于家者無媿辭 慎言集

王文正公旦與人寡言笑其語雖簡而能以理屈人默默終日莫能窺其際及奏事上前羣臣異同公徐一言以定 自警編

羅一峯好古力學不視惡色不聽惡聲不聦惡
衣惡食與人子言依于孝與人臣言依于忠
與居官者言言民疾瞢見一善人愛之如祥
麟彩鳳見一惡人惡之如封豕長蛇見一饑
寒凍餒之人則傾家所有以賑之大率義之
所在毅然必爲人之毀譽巳之禍福皆所不
顧也言行錄

儲文懿沉毅端簡凝然臺閣之器每與學士大

夫語必政事文學等事否則端坐終日而已

居常與家人言亦恒引古賢季烈故事爲訓

絶無燕昵語諢詞稱其雅操不羣長才傑出

學有本源志存貞固其見重如此名世類苑

宋文憲恭默自持似不能言者嘗曰古人爲學

使心正身修措之行事俯仰無愧而已繁詞

複說道之弊也名世類苑

黄公鞏嘗言曰人生仕宦至公卿大都不過三

四十年惟立身行道爲千載不朽世之人往往以彼易此何耶其素志如此名世類苑

廬山之麓有老儒杜了翁者或勸之從陽明先生講道了翁曰吾聞聖人之道在論語某于其中言忠信行篤敬六字斂求之四十餘年未之有得又惡乎講哉或曰道豈言行可盡耶了翁曰吾聞言行君子之樞機榮辱之主也又聞言行君子之所以動天地也若外言

行而講道某不願聞也他日陽明先生聞之嘆曰不可謂深山窮谷無人 東谷贅言

陳仲舉言爲士則行爲世範登車攬轡有澄清天下之志爲豫章守至便問徐孺子所在欲先看之主簿白羣情欲府君先入廨陳曰武王式商容之閭席不暇煖吾之禮賢有何不可 警語類抄

衛靈公與夫人夜坐聞車聲轔轔至闕而止過

闕復有聲公問夫人曰知此爲誰夫人曰必蘧伯玉公曰何以知之夫人曰妾聞禮下公門式路馬所以廣敬也夫忠臣孝子不爲昭昭信節不爲冥冥墮行伯玉衛之賢大夫也仁而有智敬于事上此其人必不以暗昧廢禮是以知之公使人視之果伯玉也中庸曰君子之所不可及者其惟人之所不見乎伯玉可謂眞君子矣

灼艾集

夏忠靖公與蹇忠定公同飲于所契之家夜歸值雪過禁門有不欲下馬者曰雪大寒甚公曰君子不以冥冥墮行公之盛德雖緣事納忠而其本則在此敬慎爾　南雍劉記

趙軌少有行簡東隣有桑椹落其家軌遣人悉拾還其主誡諸子曰吾非以此求名意者非機杼之物不願侵人爲齊州別駕徵入朝在道夜行其左右馬逸入田中暴人禾輙駐馬

待明訪禾王酬直而去 德慧錄

楊公翥嘗夜夢誤入林園私食人二李既寤深自咎曰吾必旦晝義心不明以致此也羞澁無地三日不餐焉 士範

晉男子獨處一室鄰之嫠婦亦獨處一室時夜風雨暴至嫠婦室壞趨而托焉男子閉戶不納嫠婦自牖與之言曰子何不仁而不納我乎男子曰吾聞男女不六十不同居今汝幼

吾亦幼是以不納汝也嫠婦曰子何不若柳下惠男子曰柳下惠固可我固不可我將以我之不可學柳下惠之可孔子聞之曰善哉欲學柳下惠者未有似于此也家語

上蔡先生云透得名利關方是小歇處今之士大夫何足道其能言之鸚鵡也朱文公曰今時秀才敎他說廉直是會說廉敎他說義直是會說義及到做來只是不廉不義此即能

言之鸚鵡也夫下以言語爲學上以言語爲治世之所以日降也而或者見能言之鸚鵡乃指爲鳳凰鸑鷟惟恐其不在靈囿間不亦異乎（鶴林玉露）

欲人無聞莫若勿言欲人無知莫若勿爲（枚乘諫吳王書）

人有過失或素相親厚欲其改悟只宜僻靜處面與其人委曲言之出我之口入彼之耳方

是相愛相成之意彼亦知感若向他人聲揚不已或對衆面責彼必不樂且或强辨不從如此豈惟失忠厚之道亦斂怨招禍之端也

胡師蘇

險人之前不可語人之陰私奸人之前不可論人之機巧險者資其陰私以爲詆本奸者用其機巧以爲利基豈不損物害理之甚哉吾雖不曾損物害理亦猶抱薪貿火障水資潮

矣古今名訓

省身詮要曰刀瘡易沒惡語難銷慎言集

古人云禍莫大于縱已之欲惡莫大于言人之非又云以言傷人者利于刀斧以術傷人者毒于虎豹皆名言也自警編

段遵過横坑從者于馬前拾髑髏一片隱隱有迸奴字蓋黥蹤入骨也夜即夢人以手障面從之索骨且曰我羞甚急爲我深藏無令人

見從者驚覺立瘞之乃知人既死掩護已過猶若此可盡言彰之乎德慧録

今人一相抵觸忿謗蜎興豈忠厚存心者哉至于閨門事所繫尤重孔子以爲人之所信者目目亦有不足信者凡傳聞之言吠聲畫影豈可挈清白之人而置之腥穢之坑塹乎設或萬一有之耳可得而聞口不可得而言也假若厚誣其人使抱終身不滌之醜由是夫

棄其婦父逐其子口舌紛擾骨肉殘夷者吾見多矣可不戒哉　教家要畧

潘尚寶去華自言鄉舉時見一青衿與其友騎而歸聯鑣道上誦所爲試義取正於友誦至半馬嘖首昂足擲青衿于地青衿怒鞭箠無筭俄而馬死復生爲人至三四歲能記夙世事曰我前生某青衿家馬也家人因問之曰聞某年某青衿馬跳嚙不馴被箠以死爾乃

是乎曰然余所以跳嚙者惡其文惡故怒而
至此久之靑衿往馬家詢問果得其實噫文
之惡者不可入于馬之耳世之爲惡文不自
知其醜而妄獻于大人先生之前者豈謂大
人先生之智不及馬耶然馬猶怒文之惡跳
嚙不少假而大人先生習于媚悅凡遇惡文
之獻動皆諛美曰韓柳也遷固也心知其非
口交譽之而不敢怒夫至于使大人先生諛

美後輩直道反出馬下世趨之薄可勝嘆哉

而又不獨文爲然行或乖方譽曰曾史政或

庚俗譽曰魯卓其人聞之自以爲是居之不

疑嗚呼世非大庭人非無懷直道巳頹佞風

久熾夫孰能不波可怪也歟　雪濤小書

昔人有言何以止謗曰無辨人之是非毁譽如

水之濕如火之熱久之必見豈能終掩其實

者故有其事不可辨也無其事不必辨也無

其事而辨之是自謗也有其事而辨之是益增巳之惡而甚人之怒也皆非所以自修而平物也王陽明

以顏子之亞聖聖人猶告以遠佞人況他人乎薛文清公

粵令性悅諛每布一政羣下交口讚譽令乃懽一隸欲阿其意故從旁與人偶語曰凡居民上者類喜人諛惟吾主不然視人譽蔑如耳

其令耳之亟招隸前撫膺高蹈嘉賞不已曰嘻知余心者惟汝良隸哉　賢奕編

人有善諛我之美使我喜聞而不覺者小人之最姦黠者也彼既面諛而我喜及其退與他人語未必不竊笑我愚也人有善揣人意向先發其端導而迎之使人喜其與已合者亦小人之最姦黠者也彼既揣合我意及退與他人語未必不笑我爲他所料也世有一等

庸俗子樂其謔而不顧其笑語者無論已若大賢高士亦甘受侮而不悟何歟　梧坡錄

邵康節先生詩曰堯夫非是愛吟詩詩是堯夫處否時信道而行安有悔樂天之外更何疑受疑始見周公旦經厄方明孔仲尼大聖大賢猶不免堯夫非是愛吟詩又嘗曰方將與物同休戚何暇共人爭是非　五宮編

是非終日有不聽自然無來說是非者便是是

非人　明心寶鑑

人當自信自守雖稱譽之承奉之亦不爲之加喜雖謗毀之侮慢之亦不爲之加沮　薛文清公

人之奉承我誇譽我不可遽喜必反而思之我果有好處猶退然讓之如無好處而以此加我必利我者也必畏我者也必假此以試我者也必柔媚小人不顧禮義而妄狥我者也吾方自愧之不暇而況偃然當之哉人之侮

慢我毀謗我我必有不是處或所行雖是而
性氣偏執不能從容委曲不然或疑似之迹
而人不相諒或傳聞之誤而人未加察故爾
我惟自責自修日後自明彼自愧服若遽生
忿心與人爭辯不已或詈罵繼之反起釁端
戒之戒之戒之胡師蘇
是非毀譽所不能無者是則歸人非則歸巳聞
譽則謙聞毀則受無尊無卑處之皆當如是

前輩云恩欲已出怨將誰歸此眞博大君子之言也官箴集要

鄭和請文中子于越公越公曰彼實慢公公何重焉越公使問子子曰公可慢則僕得矣不可慢則僕失矣得失在僕公何與焉公待之如舊

又賈瓊問何以息謗子曰無辯又曰聞謗而怒者讒之囮也見譽而喜者佞之媒也八益編

廣量

士當以器量爲先　劉忠肅公

人須有容德乃大古謂山藪藏疾川澤納汙瑾瑜掩瑕有容之謂也　薛文清公

或問書云有容德乃大言有量也曾子曰自反而縮雖千萬人吾往矣言有勇也然則量之與勇將奚從乎愚曰凡横逆之來祗逮我躬者固當弘量以容之如藺相如謹避廉頗之

辱李沆不較狂生之訕呂蒙正不問朝士之名可也若事干天常人紀之大當裁之以義豈容姑息如舜之誅四凶周公之誅管蔡孔子之誅少正卯漢高祖之斬丁公是皆發于義理之勇也謂之無量可乎苟徒以姑息爲事不知以義裁之小如胡廣馮道之頑鈍無恥大如魯莊公宋高宗含垢包羞忘父兄不共戴天之仇是皆見義不爲無勇也謂之有

量可乎易曰包荒用馮河包荒量也馮河勇
也知易之道其知勇與量之用乎 綠雪亭雜言
嘗觀山勢高峻直截者即生物不暢茂其合輳
迴環者則生物之力厚水亦然灘石峻則水
急而魚鱉不留淵潭深則魚鱉之屬聚焉人
之峭急淺露者必無所積蓄必不能容物作
事則輕易而寡成寬緩深沉者則所蓄必多
於物無所不容作事則安重有力而事必成

噫觀山水可以觀我矣薛文清公

顏之推云人足所履不過數寸然而咫尺之途必顛蹶于崖岸拱把之梁必沉溺于川淵者何哉爲其傍無餘地也君子之立己抑亦如之至誠之言人未必信至潔之行物或致疑皆由言行聲名無餘地也或問呂居仁天下歸仁如何居仁作韻語答之曰面前徑路無令窄。徑路窄時無過客。無過客時徑益荒。眼前滿地生荆棘。黄山谷云面前徑路常湏令寛徑路窄則無着身處况能使人行也以上三言相符彼立已于峻及離人而立于獨者可以警矣　讀書鏡

英氣甚害事渾涵不露圭角最好第一要有渾厚包涵從容廣大之氣象只觀其氣象便知涵養之淺深　薛文清公

水至清則無魚人至察則無徒察察者有所不

見悻悻者何所不容家語

凝重之人德在此福亦在此愈收斂愈充拓愈細密愈廣大愈深妙愈高明戒太察太察則無含弘之氣象薛文清公

中黄先生云明不觸物此言極有味若洞然燭他人之惡不隨他轉而已此外不宜發明太盡惡訐爲直是也但當生大慈憐憫心方便譬喻引之歸于正道不可則止毋自辱焉若

忿嫉于頑極口攻之則是與之修怨何取其爲明哉　讀書鏡

工于誅者有術中之隱禍詳于禁者有法外之遺奸風林無寧巢淵水無縱鱗奸宄之熾皆緣禁網之嚴罅漏之多每由防範之密故聖人寧受不足之名而推其所餘以遺後人不忍盡用其術以求多于天下　龍川子

仁宗嘗春日步苑中屢回顧皆莫測聖意及還

宫中嬪妃御曰渴甚可速進熟水嬪曰大家何不外面取水而致久渴也仁宗曰吾屢顧不見鐐子苟問之即有抵罪者故忍渴而歸左右皆稽顙動容呼萬歲聖性仁慈如此林壘公位極人臣嘗言平生不稱意有三其一爲澧州刺史其二貶司農卿其三自西川移鎮廣陵舟次爲駭浪所驚左右呼不至渴甚自潑茶喫也以此視仁宗度量豈比酸措大

骨頭天地懸絕 讀書鏡

張子房欲辭封爵苐曰昔與陛下遇于留封臣留侯足矣薛包與弟子分産奴婢引其老者曰與我共事久若不能使也田廬取其荒頹者曰吾少時所理意所戀也器物取其朽敗者曰吾素所服食身口所安也夫謝賞則辭尊居卑遜產則舍肥就瘠猶且委曲其詞名迹俱掩不惟使讓者無名且使受者無愧古

人至德如此 讀書鏡

李文靖公秉鈞時有狂生叩馬獻書歷詆其短公遜謝曰俟歸家當得詳覽狂生遂發訕怒隨公馬後肆言曰居大位不能康濟天下又不能引退久妨賢路寧不愧于心乎公但于馬上踧躇再三曰屢求退以主上未賜允耳終無忤也夫引燭焚詔不遑咫尺之威而獨能于狂生容恐亦可謂難矣眞可謂賢矣 世範

毛仲雀知曹州日有書生投書于仲雀辭涉謗訕僚屬皆不能堪仲雀延之上坐謝曰使我常聞斯言庶乎寡過士論多之警語類抄

寇萊公數短王太尉于上前而太尉專稱萊公之長上一日謂太尉曰卿雖稱其美彼每談卿惡太尉曰臣在相位久又政事闕失必多準對陛下無所隱益見其忠此臣所以重準也上由是益賢太尉名臣錄

吕蒙正拜相之日入朝堂有朝士于簾下指之曰此子亦叅政耶蒙正佯爲不聞旣而同列欲詰其姓名蒙正止之曰若一知之終身不忘不如勿問也古今藥石

齊劉訏自少至老不見喜怒之色每于可競之地輒以不競勝之或有陵之者莫不退而愧服余少而剛褊事後不能無愧悔故嘗書晉人衛玠所云人有不及可以情恕非義相干

可以理遣之語以自警省云冬餘錄

尚書楊公翥性最寬厚隣家搆舍溜楄水出公庭家人語于公公曰晴日多雨日少也又或侵其基址公有詩云普天之下皆王土更過些些也不妨隣翁生兒恐驢鳴驚之賣驢徒行又其先人墓碑爲隣田兒戲推仆守墓者奔告公公曰傷兒乎曰否公曰幸矣爲語諸隣家善護兒勿驚懼焉度量寬洪類如此新知

錄

韓魏公琦在大名日有人獻玉盞二隻一日用之酌酒勸坐客俄爲一吏誤觸倒玉盞俱碎坐客皆愕然吏且伏地待罪公神色不動笑謂坐客曰凡物之成毀亦自有時俄顧吏曰汝誤也非故也何罪之有（自警編）

太師夏忠靖公原吉襟宇靜淵閎廓不見涯涘嘗有隸人污公織金賜衣懼欲逃公曰污可

浣何懼爲又有吏壞公寶石硯匿不敢見公
召諭之曰物固有壞時吾未嘗惜此慰遣之
公自幼端謹好學出入鄉閭其長老皆忘年
賓禮之喜怒不形于色有被酒侮慢公者里
人共擊之詈之曰汝小人不知鄉有君子邪
言行錄

張莊簡公爲御史時年二十七巡按山東初抵
臨清往文廟行香偶一酒家酒標掛低擊落

冠帽左右驚懼公恬不爲意命取冠拂塵戴之而去明日州官鎖押酒家詣公乞罪公徐語之曰爾所居是上司過往之地今後酒標宜掛得高此〻竟遣出仍命州官勿督責之公之寬大仁恕蓋出于天性不假修習者（續自警編）

韓魏公琦帥武定時夜作書令一侍兵持燭于旁侍兵他顧燭燃公鬚公以袖拂之而作書如故少頃回視則已易其人矣公恐〻主吏鞭

之亟呼視曰勿易渠今已解持燭矣軍中感服遯齋閑覽

張知常在上庠日有白金十兩藏于篋中同舍生因公之出發篋而取之學官集同舍簡索因得其金公曰非吾金也同舍生感公至夜袖以還公公知其貧以半遺之前輩謂公遺人以金人所能也倉卒得金不認人所不能也省身錄

元至正壬辰蘄黄妖寇犯龍泉章公諡與其從子彦仁避亂山中而彦仁爲賊所執公曰吾兄止有一息不可使無後挺身出謂賊曰兒幼無所知我願代之賊聞公名方購求之及得公大喜賊帥問計于公公曰若等皆有父母妻子顧爲此滅族事耶賊怒縶之柱以刃磨其脅曰不降且死公不爲屈賊壯之不敢加害公夜紿守者乘間脱歸乃集里兵不旬

目擊却之洪武初拜御史中丞尋兼太子賛善大夫公務存大體不屑屑于細故或以爲言公曰憲臺百司之儀表居其職當先養人廉恥使之避而不犯豈直搏擊爲能哉吾學編

王文正公旦任事久人有謗公于上者公輒引咎未嘗自辨至人有過失雖人主盛怒可辨者辨之必得而後巳古今藥石

呂正獻公晦叔議者或咎公持心太恕令除惡

不盡將失有罪爲異日患公曰爲政去其太甚耳人才實難當使之自新豈宜使之自棄耶　灼艾集

王質判蘇州太守黃宗旦得銷鑄者百餘人以託質質曰事發無跡何從得之宗旦曰吾以術陰鈎之而得公愀然曰仁者可以術穽人于死地乎宗旦慚服悉出其獄稱公曰君子也　灼艾集

何文定公曰凡居人上有勢分之臨惟以恕存心可以容下故行動必先聲咳步遠則有前導燕坐則毋簾窺壁聽是故君子不發人陰私不掩人之所不及也西疇常言

嘗于寺壁見一詩云譏誇李白與劉伶荷鍤騎鯨得令名肯許二公偏喜酒只緣世事不宜醒愚謂不宜醒者君子處世之微權也而常醒醒者君子處身之大法也屈原自謂獨醒

矣然量之未弘自投汨羅陷于賢智之過雖
曰忠清潔白千載一人而善道猶未也二翁
蓋能有見于不宜醒矣然亦能常醒醒否耶
新知錄

范忠公戒子弟曰愚譬分明此四字非有道之
言也無好人三字非有德之言也蒙南鄉約
蘇東坡與人相處不問賢愚貴賤和氣藹然常
曰吾心平易上可以陪玉皇下可以陪田夫

乞兒曾見同僚齊瑞卿書此于齋中跋其尾曰予性褊急不能容物服此以爲瞑眩之藥也東谷贅言

解縉幼時巍然有碩大之望嘗自謂曰處其心常在熙春麗日之間則天下無可惡之人皇明寶善類編

李忠文爲大司成諸生頌之曰父母之心天地之量皇明寶善類編

或問夏原吉公量可學乎公曰某幼時有犯者未嘗不怒始忍于色終忍于心久則自熟殊不與人較何嘗不自學來　皇明名臣録

韓魏公于小人欺已處明足以照之終不道破愚謂此正魏公德量最高處明知其欺則終莫能欺苟訐其情則激怨矣怨則不肖之心生不中傷之不已也古來豪傑敗于小人者多昧此幾噫魏公之志遠矣　緑雪亭雜言

凡人語及所不平則氣必動色必變辭必厲惟韓魏公不然更說到小人忘恩背義欲傾己處辭和氣平如道尋常事 尚論錄

忍難忍事方爲忍容可容人未是容 古對聯

必能忍人不能忍之觸忤斯能爲人不能爲之事功畧有與人計較長短意思即是渣滓消融未盡 薛文清公

禮義廉恥。可以律己。不可以繩人。律己則寡過。

繩人則寡合○書紳要語

聖賢有憂世之心無忿世之心　胡敬齋

人以厚道待人正是自已占地步處故曰寧令我容人勿令人容我寧令人負我勿令我負人看來何等氣象　衡門錄

孟子三自反後比妄人爲禽獸是猶未免英氣太露故不若顏子犯而不校爲得萬物一體之意朱子曰犯而不校蓋是他分量大有犯

◎

者如蚊蟲過前自不覺得何暇與之校耶西

銘二句說得好民吾同胞物吾與也顏子不

校之意葢如此　新知錄

或問人于議論多欲直已無含容是氣不平否

程子曰亦是量狹　愼言集

好名休要霸占也須勻些兒惡名休要推辭也

須分些兒　呂新吾小兒語

君子不可以已之長露人之短天地間長短不

齊物之情也蕞爾之軀豈能事事而長哉必欲炫己之長而露人之短則跬步而成讐矣何也諱莫諱乎己之短樂莫樂乎人之掩其短彼既揚吾短矣不憾者千百人一人耳然則言人之短者可謂之種禍省心録

凡取人當舍其舊而圖其新自賢人以下皆不能無過或早年有過中年能改或中年有過晚年能改當不追其往而圖其新可也若追

咎往日之過并棄後來之善將使人無遷善之門而世無可用之才也以是處心刻亦甚矣薛文淸公

謹慮

諸禍皆從忽起故人作事不可不慎 衡門錄

細微處一一能謹或少過舉矣 薛文清公

防小人密于自修 薛文清公

好勝人之大病 薛文清公

老子往問常樅曰先生何以教諸弟子樅曰過故鄉而下車子知之乎老子曰非謂不忘故耶樅曰嘻是已過喬木而趨子知之乎老子

曰非謂其敬老耶樅曰嘻是已復張口以示老子曰吾舌存乎老子曰然曰吾齒存乎老子曰亡樅曰子知之乎老子曰夫舌之存也非以其柔耶齒之亡也非以其剛耶樅曰嘻是已吾何以語子哉古今名喻

孔子觀欹器喟然嘆曰夫物惡有滿而不覆者哉子路進曰敢問持滿有道乎孔子曰持滿之道挹而損之子路曰損之何如孔子曰聰

明睿智守之以愚功被天下守之以讓勇力
振世守之以怯富有四海守之以謙此所謂
損之又損之道也家語
成回學于子路三年回敬謹益甚子路問其故
回對曰鴻鵠飛冲天豈不高哉矰繳尚得而
加之虎豹之猛人尚食其肉席其皮夫人爲
善者少爲讒者多此身若在安知其免禍也
嗚呼世之忘傴僂之恭肆偃蹇之傲者多矣

如成囘者幾人哉　妙明子

紉蘭握瑾者誨妬之良媒也要津利孔者招怨之危幟也衒談鯁論者騰謗之揵駟也方人擬物者反刺之銛刄也是以君子絅盛彩而不揚履危機而知戒　警語類抄

象以牙而成擒蜯以珠而見剖翠以羽而召網龜以殼而致亡雉以尾而受羈鸚以舌而取困麝以臍而被獲犀以角而就烹金鐸以聲

自毀膏燭以明自煎故驍勇之士多死于鋒鏑聰明之士多敗于壅蔽好遊水者溺于水好馳馬者墮于馬各因其所長而禍之也君子慎毋以炫露而招損哉什類書

峻高者隤葉茂者摧日中則昃月滿則虧成功者墮名成者虧功蓋天下者不賞勇畧震主者身危文選

才用而不已則有遺才智用而不已則有遺智

故善用才智者如刃解牛當用則時而出之既用則斂而藏之苟用之不已其不缺且折者幾希 龍川子

有譽于前不若無毀于後有樂于身不若無憂于心 書紳要語

當得意時須尋一條退路然後不死于安樂當失意時須尋一條出路然後可生于憂患 歸有

人家常要有不足處若十分快意便自有不恰好處胡文定公

勢到七八分則已如張弓然過滿則折薛文清公

邵康節問陳希夷持身之術希夷曰快心事不可做得便宜處不可再往自警編

閑居愼勿說無妨纔說無妨便有妨爽口物多終作疾快心事過必爲殃爭先路徑機關惡近後語言滋味長與其病後方服藥不若病

前能自防　邵康節

趙德麟詩曰記得離家日尊親囑付言逢橋須下馬過渡莫爭船雨宿宜防夜鷄鳴更相天若能依此語行路免迍邅此征途藥石也古語云力能勝貧謹能勝禍言勤力幹家則可免貧凡百持謹則可免禍德麟詩勝禍防患之一道也芝溪錄

懼法朝朝樂欺公日日憂　明心寶鑑

寇萊公六悔銘曰官行私曲失時悔富不儉用貧時悔藝不少學過時悔見事不學用時悔醉後狂言醒時悔安不將息病時悔 古今藥石

張飽帆于大江馳駿馬于平陸天下之至快反思則憂慮不爭之地乘獨後之馬人或吾嗤樂莫大焉 省心詮要

諺云養癡奴乘羸馬此言雖小可以喻大涯氏家訓

昔人有言莫使滿帆風須留轉身地觀曹操空國而伐吳苻堅空國而伐晉皆是使盡滿帆風故一敗即當稅駕無所晝永編

楚人有習操舟者其始折旋疾徐惟舟師之是聽于是小試洲渚之間所向莫不如意遂以爲盡操舟之術遽謝舟師椎鼓徑進亟犯大險乃四顧膽落墜槳失柂然則召今日之危

者豈非前日之倖乎 名論

處州府城南十里有天寧塔宋祝顏題詩云山頂浮圖壓巨鰲野僧平日謾心勞時人欲識天工意萬事寧容險處高斯言也其爲好險營身者該歟 鶴林玉露

留有餘不盡之巧以還造化留有餘不盡之祿以還朝廷留有餘不盡之財以還百姓留有餘不盡之福以還子孫 王參政四留銘

天之將明必倏暗而後明火之將滅必霎明而始滅花果木將死先一年必繁華而盛實其氣始脱惟人事亦有之倏暗者非所憂倏明者不足喜盛之極者衰之兆也凡事須退一步方可爲修身齊家之要道鶴林玉露補

晏嬰相齊出其御之妻從門間窺其夫秉大蓋策駟馬意氣揚揚甚自得也旣而歸其妻請去夫問其故妻曰晏子身不滿六尺相齊君

名顯諸侯今觀其出志念深矣常有以自下者今子身長七尺爲人僕御觀子之意自以爲足是以求去其夫後自抑損晏子怪而問之以實對晏子乃薦其御爲大夫以其妻爲命婦其妻之言至理也晏嬰之薦以其能遷善也　鶴林玉露補

孫叔敖爲楚令尹一國吏民皆來賀有一老父衣麄衣冠白冠後來弔孫叔敖正衣冠而出

見之謂老父曰楚王不知臣不肖使臣膺吏
民之任人盡來賀子獨後來弔豈有說乎父
曰有説身已貴而驕人者民去之位已高而
擅權者君惡之祿已厚而不知足者患處之
孫叔敖再拜曰敬受命願聞餘教父曰位已
高而意益下官已大而意益小祿已厚而慎
不敢取君謹守此三者足以治楚矣知斯三
者一生之餘事畢矣 鶴林玉露補

孫皓問丞相陸凱曰卿一宗在朝有幾人凱曰二相五侯將軍十餘人皓曰盛哉陸曰君賢臣忠國之盛也父慈子孝家之盛也今政荒民敝覆亡是懼臣何敢言盛 世說新語

賈恩道至性謙和遇士大夫雖在街道停車下馬接誘恂恂曾無倦色客曰公今貴重寧能不驕曰衰至便驕何常之有 古華錄

長沙有朝士某者還鄉意氣滿盈賓至則鼓吹

喧闐里中有執友來謁之朝士曰公素好誦
詩近日誦得何詩執友曰近誦得孫鳳洲贈
歐陽圭齋一詩甚有味乃朗然誦之曰圭齋
還是舊圭齋不帶些兒官樣回若使他人居
二品門前簫鼓鬧如雷朝士聞之默然明日
賓至門庭寂然　綠雪亭雜言
侍郎葉公鏜述其同年兵科何石亭嘗言其鄉
楊石齋相公當國時一弟爲京卿二弟爲方

西諸子布列在位濟濟其子愼舉進士第一
人皆賀之公顰蹙不自安人問其故公曰君
知傀儡場乎如方奏伎時則次第陳舉至將
闋則盡出傀儡于場此曲終時也人家氣數
有限今盡發洩如此人皆以爲吾宗之慶吾
憂方大耳未幾公以議大禮不合去狀元謫
戍遠方而有僉事者復以詿誤抵罪人皆服
老者之先見云又述其郡汪少宰閒齋公語

云人家富貴如牡丹今春旣盛開矣復當培之以爲來春之計苟盡其氣數而不加培護豈能使花之常開乎因謂勢極盛滿不可無楊公之識持盈守成不可無汪公之見也厚生

訓纂

崔湜仁師之子弟澄液從兄涖並有文翰列居清要每私宴自比王謝曰吾門戶及出身歷官未嘗不爲第一丈夫湜時執政年三十六

嘗暮出端門下天津馬上賦詩曰春還上林苑花發洛陽城張說見之嘆曰文與位可致其年不可及也然湜附韋后作相又附太平公主門下客獻海鷗賦以諷湜稱善而不自悛帝誅蕭至忠湜流嶺外後知湜本謀賜死荆州大進取不已卒罕令終文章富貴門第少年四者亦何足恃讀書鏡

李文達公每以盈滿爲懼取毛詩中語扁其堂

曰臨深以寓安不忘危之意雖位極三孤不治田宅不蓄女侍其容粹然見者如坐春風中論者謂自天順以來所以正君德恤民生進賢才廣言路抑佞倖却戎狄皆公之力吾學編

嚴延年潘岳之敗其母知之顏竣之敗其父知之謝晦之敗其兄知之劉毅崔頵之敗其叔知之韓侂胄之敗其姪知之伯宗之敗其妻

知之呂祿之敗其姑知之符承祖之敗其姨
知之張華之敗其子知之王仲舒之敗其友
知之王晏之敗其弟知之蕭至忠之敗其壻
知之潘炎之敗其婦翁知之至于主父偃蔡
京之敗則已亦知之然而終不易轍者何也
故曰當局者迷　鴻書
便宜勿再往好事不如無　陳希夷

最樂編卷之二

魏塘廓園魏大中孔時正

鴛湖門人高道淳采菽輯

惇親

君容而斷臣恪而忠父嚴而慈子孝而敬兄愛而訓弟恭而勞夫和睦而莊婦守正而順省心

要語

自古人倫賢否相雜或父子不能皆賢或兄弟

不能皆令或夫流蕩或妻悍暴一家之中擾此患者恒多雖聖賢亦無如之何譬如身有瘡痍疣贅誠甚可惡然不可決去惟當寬懷處之能知此理則胸中泰然矣古人所謂父子兄弟夫婦之間人所難言者如此 由醇錄

羅仲素云天下無不是底父母了翁聞而善之曰惟如此而後天下之爲父子者定彼臣之不忠子之不孝常始於見其有不是處爾 續自

羅仲素云子弑父臣弑君只是見君父有不是處耳若一味見人不是則兄弟朋友妻子以及于童僕雞犬到處可憎終日落火坑中如何得出頭地故云每事自反眞一帖清凉散也長者言

世傳聽讒詩云讒言謹莫聽聽之禍殃結君聽臣當誅父聽子當决夫妻聽之離兄弟聽之

別朋友聽之疎骨肉聽之絶堂堂七尺軀莫聽三寸舌舌上有龍泉殺人不見血詞意明切惇倫君子所當玩也 續自警編

侍郎梅溪王公見人禮塔呼而告之曰汝有在家佛何不供養宋大本圓照禪師見人有飯僧者必告之曰汝先養父母次辦官租如欲供僧以有餘及之徒衆在此豈無望檀那之施須先爲其大者葢古人透徹佛事故能爲

此不作佛事語乃知通佛法未有不通世法
犯王法未有不犯佛法讀書鏡
子路見孔子曰昔者由也事二親時常食藜藿
之食爲親負米百里外親歿之後南遊於楚
從車數百乘積粟萬鍾累裀而坐列鼎而食
雖欲食藜藿爲親負米可復得乎子曰由也
可謂生事盡力死事盡思者也紀古類苑
韓伯俞少有過其母笞之泣母問曰他日笞之

未嘗泣今泣何也對曰昔俞得罪笞嘗痛今母之力不能使痛是以泣也孝順事實

庾黔婁字子正新野人徙居江陵性至孝未嘗失色於人爲孱陵令到縣未旬父易在家遘疾婁忽心驚舉身流汗即日棄官歸家家人驚其忽至時易疾始二日醫云欲知吉凶但嘗糞甜苦時易患痢婁輒取嘗味覺甜滑心愈驚憂至夕每稽顙北辰求以身代古今孝行

支漸資州資陽人事父母至孝年七十持母喪負土成墳廬於墓側蓬首垢面三時號泣哀毀瘠甚有白兎白狸馴繞其傍白雀白烏日集墓木廻翔悲鳴若助哀者鄉人句文鼎自娶婦後與父離居覩漸孝行深自悔責號慟而歸孝養盡志鄉閭觀感而化者甚衆孝順事實

閔損字子騫孔子弟子早喪母父娶後妻生二子母惡損所生子衣綿絮衣損以蘆花絮父

冬月令損御車體寒失靷父察知之欲遣後妻損啟父曰母在一子寒母去三子單父善其言而止母亦感悔遂成慈母孝友錄

仇覽爲陽遂亭長陳元凶惡不孝母詣覽告元覽呼元誚責以子道與一卷孝經使讀元深改悔到母床下謝罪曰元少孤爲母驕誃曰孤犢觸乳驕子罵母乞今自改母子更相向泣元遂學孝道成進士德慧錄

五刑之屬三千罪莫大于不孝然世有不孝之子而未嘗受不孝之刑者只因父母之心本于慈愛子孫悖慢不欲聞之官司爾富貴者恐貽羞門戶貧賤者亦望其反哺而曲加含忍容隱故不孝者或免于刑然父母吞聲飲恨之際不覺怨氣所感是以世之不孝者或斃于雷或死于疫或後世必至衰微蓋王法可幸免天刑終不可逃人可不惕然省乎 胡師

蘇

司馬温公曰凡子受父母之命必籍記而佩之時省而速行之事畢則返命焉或所命有不可行者則和色柔聲具是非利害而白之待父母之許然後改之若不許苟於事無大害者亦當曲從若以父母之命爲非而直行己志雖所執皆是猶爲不順之子況未必是乎

爲子者當先意承顔諭父母于道不幸而父母有過又當從容諫諍必至于無過之地而後已苟視親有過而不諫與用言相激而不恤大非孝也（教家要略）

父母于諸子中有獨貧者往往念之常加矜恤飲食衣服之類或有所私厚子之富者如有所獻則轉以與之此乃父母均一之心而子之富者或以生怨殆未之思也若使我貧父

毋必移此心于我矣袁氏世範

顏氏家訓曰人之愛子多不能均自古及今弊也久矣不知賢俊者固可賞愛頑魯者亦當矜憐有偏寵者雖欲以厚之實所以禍之共叔之死毋實爲之趙王之戮父實使之劉表之傾宗覆族袁紹之地裂兵亡可爲靈龜明鑑也古今藥石

世之善爲人子者常善爲人父不能孝其親者

常能虐其子此無他賢者能自反則無往而不善不賢者不能自反故爲人子則多怨爲人父則多暴規家日益

戒淹女歌云虎狼性至惡猶知有父子人爲萬物靈奈何不如彼生男與生女懷抱一而已生男既收養生女胡不舉我聞殺女時其苦狀難比胞血尚淋漓有口不能語嗚嚶盆水中良久乃得死吁嗟父母心殘忍一至此我

因勸我民毋爲殺其女荆釵與布裙未必能

貧汝隨分而嫁娶男女俱得所此歌散民間

萬民當記取 勸善錄

勸育女歌云有男必有女由來天地心養男須

養女總是骨肉親堪嘆世情慘得女偏生嗔

相看如糞土拋棄在河濱有緣投母腹含恨

付陰君餓鬼號新月孤魂悵白蘋一家溺一

女纍骨成丘林一日溺一女積怨干天文逆

氣招災禍餘殃及子孫問君何獨恐只爲女難婚粧奩尚華麗服色貴鮮新揭債苦不足變產尤難禁我有救俗方豐儉各隨人富者贈珠玉貧者贈荆簪保全眞性命勝與倘來金結婚須結義切莫貪豪門豪門競奢侈恃富多欺貧古來重賢德財物莫爭論爭財似夷虜親戚如讐人收得親生女嫁與本鄉人疾病好周恤甥舅多慇懃本鄉慣溺女販婦

輕爲婚嗟彼東西婦飛絮飄紅塵丈夫重綱
常合卺羞同尊願言生女家愛惜常如珍君
不見曹娥救父垂芳名又不見緹縈上書排
閶雲含環終有報結草豈無心虎狼猶異類
父子尚知恩矧伊戴頭面殘忍負非仁一家
育一女萬戶生陽春一日育一女百年孳雲
礽太和盈宇宙淑氣滿乾坤勸君持善念五
福集慈門 續見聞紀訓

兄弟同受形于父母，雖生有先後，其初只是一人之身，所謂骨肉至親也。人惟不明此理，故悖逆天性，生雖同胞，情猶胡越，居雖同室，迹若路人。不知薄兄弟即是薄我父母矣，可嘆可嘆。胡師蘇

人有數子，無所不愛，而于兄弟則相視如仇讐，往往其子仍父意，遂不禮于伯叔父者，殊不知己之兄弟即父之諸子，己之諸子即他日

之兄弟我于兄弟不和則我之諸子更相視傚能禁其不乖戾否子于不禮于伯叔父則不孝于父亦其漸也故欲吾之諸子和湏以吾之處兄弟者示之欲吾子之孝于已湏以其善事伯叔父者先之 袁氏世範

父之兄弟謂之伯叔父其妻謂之伯叔母服制減于父母一等葢以其撫字教育有父母之道與親父母不相遠而兄弟之子謂之猶子

者亦以其奉承報效有子之道與親子不相遠故幼無父母者苟有伯叔父母則不至於無所養老而無子孫者苟有猶子則不至於無所歸此先王制禮立法之本意今人或不然愛其子而不顧兄弟之子尚有因其無父母而兼併財產百端侵害者何以責猶子之孝故猶子亦視其伯叔父如仇讐矣袁氏世範

世之人設罇俎會集賓客雖日費萬錢畧不掛

意至于同胞兄弟分門析戶視若秦越或因
寸土尺地斗粟尺布爭訟不已是誠何心哉
蒙南鄉約
吐谷渾阿柴有子二十人疾病命諸子各獻一
箭取一箭授其弟慕利延使折之利延折之
又取十九箭使折之利延不能折阿柴諭之
曰汝曹知之乎孤則易折衆則難摧戮力同
心○社稷可固○言畢而卒袁紹遣人招張繡繡

欲許之賈翊于綉座上謂紹使曰歸謝袁本初兄弟不能相容而能容天下士乎紹二子譚尚俱未立紹卒二子治兵相攻王修謂譚曰兄弟者手足也辟人將鬭而斷其右臂曰我必勝可乎二子不從卒爲操所滅法昭禪師偈云同氣連枝各自榮些些言語莫傷情一回相見一回老能得幾時爲弟兄古人謂人倫有五而兄弟相處之日最長君臣遇合

朋友會萃久速固難必也父生子妻配夫其蚤者皆以二十歲為率惟兄弟或一二年三四年相繼而生自竹馬遊戲以至駘背鶴髮其相與周旋多至七八十年之久恩意浹洽猜忌不生其樂寧有涯哉乃有不相往來不通耗問遇于途則恥下車閱于牆則思角訟結異姓為弟兄迎讒夫為上客家衆操戈野鬼瞰室此非佛經所謂第一顛倒相者乎讀書

◎

鏡

人家兄弟不和多因爭財產之小利溺婦女之私愛爾不知財產乃身外餘物婦女乃異姓相聚終不如我兄弟至親後漢薛包好學篤行弟子求分財異居包不能止乃中分其財奴婢引其老者曰與我共事久若不能使也田廬取其荒頓者曰我少時所理意所戀也器物取其朽敗者曰我素所服食身口所安

也弟子數破其產輒復賑給隋牛弘爲吏部
尚書弟弼嘗醉射殺弘駕車牛弘還宅妻迎
謂曰叔射殺牛弘無所怪問惟答曰作脯坐
定妻又曰叔射殺牛大是異事弘曰已知顏
色自若讀書不輟如二人者彼于兄弟之愛
豈財產婦女所能奪也　胡師蘇
王龜齡年四十七魁天下以書報其弟夢齡昌
齡曰今日唱名蒙恩賜進士及第惜二親不

見病不可言嫂及聞詩聞禮可以此示之詩禮其二子也于十數字之間上念二親而不以科名爲喜特報二弟而不以妻子爲先孝友之意溢于言外　鶴林玉露

昔太保王祥繼母朱氏御祥無道朱子覽年數歲見祥被楚撻輒涕泣抱持朱屢以非理使祥覽輒與祥俱又虐使祥妻覽妻亦趨而共之其凶虐少止祥喪父之後漸有時譽朱深

疾之密使酖祥覽知取酒祥疑其有毒爭而不與朱遽奪反之自後朱賜祥饌覽先嘗朱計輒阻覽孝友恭恪名亞于祥仕至光祿大夫孝友錄

王侍御復齋公嘗買妾困于妒妻公出按時幽閉一樓上餓且死妻之子毓俊甫八齡紿母曰餓死人人謂不賢不如日食以粥湯一盂令其徐徐自死可緩謗也母從之而後陰以

小布袋藏麵食魚肉乘進粥時食之得不死
逾年生一子侍御潛育于張總兵家及侍御
卒俊撫愛其弟特至 孝友錄
江州朱原虛爲學究有詩名二弟在髫年而父
母死焉原虛匿父所遺綾錦十餘篋又逐二
弟居外流離不振一日隣人降紫姑仙原虛
適在坐乃請曰聞仙姑能詩幸見敎仙姑降
筆曰何處西風夜捲霜鴈行中斷各凄凉哭

綾越錦成私篋不及姜家布被香原虛得詩
惶恐乃召二弟還家與之完聚教之業儒後
二弟俱登科典州郡事原虛如事父焉綠雪亭雜
言

隋蘇瓊除清河太守有百姓普明兄弟爭田積
年牽累至百人瓊召普明兄弟諭之曰天下
難得者兄弟易求者田地假令得田地失兄
弟心何如因而下淚諸證莫不灑泣普明兄

弟叩頭乞外更思遂還同居和好如初灼艾集

唐李勣性友愛其姊病嘗自爲煑粥火燎其鬚姊曰僕妾多矣何爲自苦乃爾勣曰姊今年老勣亦老雖欲數爲姊煑粥其可得乎五倫書

宋弘曰糟糠之妻不下堂貧賤之交不可忘通鑑

劉廷式旣定婚越五年登第歸則此女雙瞽矣女家曰女子巳爲廢人何可奉箕箒廷式竟娶之及倅高密盲女得疾死哀哭良切東坡

時爲守慰諭曰余聞哀生于愛愛生于色子娶盲婦愛從何生廷式曰某所亡者妻所哭者妻而已若緣色生愛緣愛生哀色衰愛絕於義何有今之揚袂倚市目挑心招者皆可使爲妻乎東坡拊其背曰眞丈夫也德慧錄

唐鄭義宗妻盧氏畧涉書史事舅姑甚得婦道嘗夜有盜數十人持杖鼓譟踰垣而入家人悉奔竄惟有姑獨在室盧冒白刃往至姑側

爲賊捶擊幾至于死賊去後家人問何獨不懼盧氏曰人所以異禽獸者以其有仁義也隣里有急尚相赴救況在于姑而可委棄若萬一危禍豈宜獨生其姑每云古人稱歲寒然後知松栢之後凋也吾今乃知盧新婦之心矣温公家範

宋女宗者鮑蘇妻也養姑甚謹鮑蘇去而仕于衛三年娶外妻焉女宗之養姑愈謹因往來

者請問鮑蘇不輟賂遺外妻甚厚女宗之姒謂女宗曰可以去矣女宗曰何故姒曰鮑君既有所好子何留乎女宗曰婦人以專一爲貞以善從爲順貞順者婦人之所寶豈以專夫室之愛爲善哉若抗夫室之好苟以自榮則吾未知其善也夫禮天子妻妾十二諸侯九大夫三士二今吾夫固士也其有二不亦宜乎且婦人有七去而妒則爲首姒不教吾

以居室之理而反使吾爲見棄之行將安用之
此遂不聽宋君聞而美之表其閭號曰女宗

温公家範

高行梁之寡婦也其爲人榮于色而美于行夫死早寡不嫁梁貴人多爭欲娶之者不可得梁王聞之使相聘焉高行乃援鏡持刀以割其鼻曰妾已刑矣所以不死者不忍幼弱之重孤也王之求妾者以其色也今刑餘之人

殆可釋矣于是相以報王王高其行遂尊其號曰高行女範

晉梁緯妻辛氏有美色漢劉曜陷涇陽緯自殺曜見辛氏將欲妻之辛氏大哭曰妾夫巳死義不獨生且一婦人而事二夫明公又安用之曜曰貞女也亦聽其自殺以禮而合葬之

列女傳

魏芒卯之繼妻孟陽氏有三子前妻之子五人

胥不愛繼母遇之甚異猶不愛繼母乃令其三子不得與前妻子齊衣服飲食甚相遠前妻之子猶不愛前妻中子犯魏王令當死繼母憂戚悲哀朝夕勤苦以救其罪人有謂繼母曰子不愛母至甚也何爲勤苦憂懼如此繼母曰其父爲其孤也而使妾爲其繼母爲人母而不能愛其子可謂慈乎親已子而偏人子可謂義乎不慈不義何以立于世彼雖

不愛妾妾自當愛彼魏王聞之高其母乃赦其子自此五子親附繼母繼母以禮義率導八子咸爲魏大夫卿士各成于禮義女範

元秦閏夫繼室柴氏生一子與前妻子俱幼値閏夫死柴氏鞠之無二心時有惡少與張福爲仇愬其事連坐柴氏長子法當誅柴氏引次子詣官泣愬曰往從惡吾次子非長子也次子曰實我之罪勿加于兄鞫之至死不易

言官反疑次子非柴氏所出問之他因始得其情官義柴氏之行爲之斷案曰婦執義而不忘其夫之命子趨死而能成其母之志此天理人情之至也乃爲之將宥其罪女範

張公藝九世同居北齊隋唐皆旌表其門麟德中高宗封泰山過壽張幸其宅召見公藝問所以能睦族之道公藝取紙筆以對乃書忍字百餘以進其意以爲宗族所以不協由尊

長衣食或有不均卑幼禮節或有不備更相責望遂成乖爭苟能相與忍之則家道雍睦矣唐史

古人睦族非止同宗以族服考之父族母族妻族皆是昔晏平仲敝車羸馬桓子以爲隱君之賜晏子曰自臣之貴父族無不乘車者母族無不足于衣食者妻族無凍餒者齊國之士待臣舉火者三百餘人如此而爲隱君之

賜乎彰君之賜乎先父族次母族次妻族而後及疏且遠者是謂以其所愛及其所不愛也晏子可謂善睦族矣今人不明此義故有千金飾裘馬而同氣競錙銖一日食萬錢而宗族不免于饑寒者何可勝道也此其人可與晏子同日語哉厚於人倫者當不若此省之省之胡師蘇

劉漫塘每月朔日必治湯餅會族曰今日之集

非以酒食爲禮也尋常宗族不睦多起于情意間隔今日會飲有善相告有過相規有故相抵牾者彼此相見亦相忘于杯酒間庶乎有補裨爾今人只以酒食爲報施之禮凡相會時言不及義殊無古人睦族之意劉氏族約

范文正公參知政事時告諸子曰吾貧時與汝母養吾親汝母躬執爨而吾親甘旨未嘗充也今得厚祿欲以養親親不待矣汝母亦已

早逝吾所恨者不忍令若曹享富貴之樂也吾宗族甚衆于吾雖有親疎然自吾祖宗視之則均是子孫固無親疎也苟祖宗之意無親疎則饑寒者吾安得而不恤之自祖宗積德百餘年而始發于吾得至大官若獨享富貴而不䘏宗族異日何以見祖宗于地下又何顔入家廟乎于是俸禄之餘均給族人云

諭俗編

范文正公平生好施與擇其親而貧疏而賢者咸施之方貴顯時於其里中買負郭常稔之田千畝號曰義田以養羣族之人日有食歲有衣嫁娶凶葬皆有贍擇族之長而賢者一人主其計而時其出納焉初公之未貴顯也嘗有志于是而力之未逮者二十年既而西帥以至參大政于是始有祿賜之入終其志公既沒後世子孫修其業承其志如公存也

公雖位充祿厚而貧終其身既沒之日身無以爲殮子無以爲喪惟以施貧活族之仁遺其後而已公之忠義滿朝廷事業滿邊鄙功名滿天下後世必有良史書之者可畧也獨高其義因以遺其世云　錢公輔記

國朝陳恭愍倣范文正公置田一百四十畝以充祀先賙族之用號思遠莊及卒族人以公無餘貲舉田還公子戴戴不可曰先人置此

以行義也戴而私之獨無愧乎況治命又嘗俾勿廢人咸謂公有子 孝友錄

毋以小嫌而疎至戚毋以新怨而忘舊恩 許氏家則

子孫有官守者反于家必須謙遜見尊長當執子弟禮不可以富貴加于父兄宗族若自高自大矜己傲物者族長會族人聲罪切責之 王氏家訓

擇交

禮記云君子之交淡如水小人之交甘如醴君子淡以成小人甘以壞交友者最宜詳味愚齋

昭言

泛交則多費多費則多營多營則多求多求則多辱語不云乎以約失之者鮮矣當三復斯言

長者言

與善人居如入芝蘭之室久而不聞其馨即與

之化矣與不善人居如入鮑魚之肆久而不聞其臭亦與之化矣丹之所藏者赤漆之所藏者黑是以君子必愼其所與處焉 家語

范敦夫曰與賢于己者處則自以爲不足與不賢于己者處則自以爲有餘自以爲不足則日益自以爲有餘則日損 蒙南鄉約

與剛直人居心所畏憚故言必擇行必謹初若不相安久而有益多矣與柔善人居意覺和

疢 音疹熱病也

易然而言必于贊過莫于警日相親好積尤悔于身而不自知損孰大焉故美味多生疾疢藥石可以長年 西疇常言

士有爭友則身不離于令名 孝經

曾見賢人君子而歸乃猶然故吾者其識趣可知矣 長者言

陳眉公曰朝廷大奸不可不攻朋友小過不可不容容大奸必亂天下攻小過則無全人 舌華

錄

人之性行雖有所短必有所長與人交游若常見其短不見其長則時刻不可同處若常念其長不顧其短雖終身與人交游可也　袁氏世範

古人之交也取多知其不貪奔北知其不怯聞流言而不信故可終也　胡質

大抵朋友之交以相下爲益或論未合要在從容涵育相感以誠不得動氣求勝長傲遂非

務在黙而成之不言而信其或矜巳之長攻
人之短麄心浮氣矯以沽名訐以爲直挾勝
心而憤嫉圮族敗羣爲志則雖日講時習亦
無益矣 王文成公
凡朋友問難縱有淺近麄疎或露才揚巳皆是
病發當因其病而藥之可也若便懷鄙薄之
念非君子與人爲善之心矣 王文成公
管仲嘗曰吾始困時與鮑叔賈分財利多自與

鮑叔不以我爲貪知我貧也吾嘗與鮑叔謀事而更窮困鮑叔不以我爲愚知我時有利有不利也吾嘗三仕三見逐鮑叔不以我爲不肖知我不遭時也吾嘗三戰三走鮑叔不以我爲怯知我有老母也公子糾敗召忽死之吾幽囚受辱鮑叔不以我爲無恥知我不修小節而恥功名不顯于天下也生我者父母知我者鮑子也管仲相凡內修政事外

連諸侯桓公必質之鮑叔鮑叔曰公必行夷
吾之言公乃行之夫鮑叔之于管仲不惟知
之又從而薦之不惟薦之又從而左右之交
游中感恩知己孰有過于仲者及仲寢疾桓
公往問之曰仲父不幸而不起此疾彼政我
將安移之仲未對公且問鮑叔之爲人對曰
鮑叔君子也千乘之國不以其道予之不受
也雖然其爲人好善而惡惡已甚見一惡終

身不忘不可以爲政鮑叔之待管仲如此管
仲之待鮑叔如彼正所以護鮑叔之短而保
鮑叔之令名也世人但解鮑叔之知管仲而
不解管仲之尤知鮑叔是兩人者乃眞相知
也曹參微時與蕭何善及爲宰相有隙至何
且死所推賢惟參參聞之亦告人趣治行吾
且入相使者果召參參去屬其後相悉遵何
約束無所變更此二人者專雖與管鮑相反

而其相知實相類狂夫之言

漢馬武爲蘇茂周建所敗奔過王霸營大呼求救霸乃閉營堅壁軍吏皆爭之霸曰茂兵精銳其衆又多吾吏士心恐而馬將軍與吾相恃兩軍不一此敗道也今閉營固守示不相援賊必乘勢輕進馬將軍無救其戰自倍如此茂衆疲勞吾乘其疲乃可克也已而果然

鞠詠受知于王化基及王公知杭州詠擢第

知仁和縣公爲吏也將之任先以書及所作詩寄王公以謝乎昔奬進今復爲吏得以文字相樂之意王公不答及至任略不加禮誅其職事甚急鞫大失望于是不復冀其相知而專修吏幹矣其後王公入爲參知政事首以詠薦人或問其故答曰鞫詠之才不患不奮所患者氣俊而驕我故抑之以成其德耳嗟乎此二事爲人最微知己最深悠悠道路

其誰解者　讀書鏡

吳有程普者頗以年長數陵侮周瑜瑜乃折節容下終不之較普後自敬服而親重之乃告人曰與周公瑾交若飲醇醪不覺自醉　江表傳

李德裕貴盛時賓客不敢忤惟杜顗數諫正之及被謫李嘆曰門下愛我皆如杜我豈有今日　芝溪錄

宋韓億李若谷未第俱貧同途赴試京師共有

氊一席一割分之每謁更爲僕李先登第授許州長社縣主簿赴官自控妻驢韓爲負一箱持至長社三十里李謂韓曰恐縣吏至篋中止有錢六百以其半遺韓相持大哭而別後韓亦登第仕皆至參政交友觀

吳司空廷舉平生篤友誼見良士身下之在太學兄事羅玘玘病痢會僕死公爲煮粥負之如厠一晝夜十數返玘病㾗同登進士語人

曰玭四十前生我者父母四十後獻臣生我也賢奕編

荀巨伯遠看友人疾值胡賊攻郡友人語巨伯曰吾今死矣子可去巨伯曰遠來相視子令吾去敗義以求生豈荀巨伯所行耶賊既至謂巨伯曰大軍至一郡盡空汝何男子而敢獨止巨伯曰友人有疾不敢委之寧以我身代友人命賊相謂曰我輩無義之人而入有

義之國遂班軍而還一郡並獲全世說新語

漢范式字巨卿與汝陽張劭爲友劭字元伯並遊太學後告歸謂元伯曰後二年當還將過拜尊親見孺子焉乃共尅期日後期方至元伯具以白母請設饌以候之母曰二年之别千里結言爾何信之審劭曰巨卿信士必不乖違母曰若然當爲爾醞酒至期果到升堂拜飲盡歡而去後元伯寢疾甚篤同郡郅元

章殷子徵晨夜省視之元伯臨終歎曰恨不見我死友子徵曰我與元章盡心於子是非死友耶元伯曰二子吾生友山陽范巨卿死友也尋卒式忽夢見元伯曰巨卿吾以某日死當以某時葬永歸黃泉子未忘我豈能相及式寤泣下便服朋友之服探其葬日往赴之未及期而喪已發將窆而柩不前其母撫之曰元伯豈有望耶遂停柩移時見素車白

馬號哭而來其母望之曰是必范巨卿也既至叩柩言曰行矣元伯死生異路永與此別因執紼而引柩柩乃前式遂留止冢次爲修墳樹然後去交友觀

程思廉與人交有終始或有疾病死喪問遺賙恤往返數百里不憚勞仍爲之經紀家事撫摩其子孫又好汲引人物或者以爲好名思廉曰若避好名之譏人不復敢爲善矣畢相錄

梁禋先生既病語家人曰朋友中惟同年陳汝同可托孤子女梁病篤汝同往視之巳不能言惟指以手左右具述其言汝同垂涕諾焉後梁氏凡居第嫁娶等事皆陳經紀之至冐謗毀始終如一德慧錄

昔陳涉既王其故人嘗與傭耕者叩宮門求見閽吏不肯爲通會涉出遮道而呼乃載歸後宮發舒自恣言涉故情涉怒殺之公孫弘起

家徒步爲丞相故人高賀詣之弘食以脫粟
飯覆以布被賀怒曰何用故人富貴爲脫粟
布被我自有之弘大慙賀告人曰公孫弘內
服貂蟬外服麻枲內廚五鼎外膳一肴豈可
以示天下于是朝廷疑其矯焉弘嘆曰寧逢
惡賓莫逢故人宋向柳與顔竣友善及竣貴
柳猶素情自許不推先之范劇戒柳曰名位
不同禮有異數卿何得作曩時意耶柳曰我

與士遜心期久矣豈可一旦以勢利處之及柳以事繫獄屢密請竣竟不助之柳遂伏法今人富貴忘久要困窮過責望遂使歲寒之盟隕越中路王公高誼剗跡布衣斯亦末世友道之羞也讀書鏡

翟公爲廷尉既罷門可設雀羅乃書門曰一貴一賤交情乃見唐李適之罷相作詩曰避賢初罷相樂聖且銜盃爲問門前客今朝幾箇

來盇炎而附寒而棄從古然矣灌夫不負竇嬰于擯棄之時任安不負衛青于衰落之日徐晦越鄉而别臨賀後山出境而見東坡宜其足以馨千載之齒頰也 鶴林玉露

人有恒言霜降水涸涯涘乃見諺曰若不同床臥安知被裏破盇朋之合簪誰無情誼必要其終然後見君子小人之用心昔東坡謫海南故人巢谷年已七十三矣自蜀往唁之死

諸途子于此見君子交道之眞也伊川編管
涪州或諷其故人邢恕營救之恕曰便斬程頤
萬段恕亦不救子于此見小人反覆之情也

東谷贅言

晉中行文子出亡過于縣邑其從者曰此嗇夫
者公之故人也公奚不舍以待後車乎文
子曰不可我嘗好音矣此人遺我以鳴琴吾
嘗好佩矣此人遺我以玉環是嘗順吾過矣

求容于我者也今恐其以我復求容于人也

奚而可舍齊大果收之六子後車二乘而獻其

君 譚資

路遥知馬力事久識人心 明心寶鑑

施恩于未遇之先結交于貧窮之際 明心寶鑑

人情常似初相識到底終無怨恨心 明心寶鑑

顧司馬益卿云與其結新知不若敦舊好與其

施新恩不若還舊債 眉公秘笈

情不可過會不可數抑情以止慢疎會以增敬
終身守此然後故舊可保陳白沙

勤學

今人姑息自恕不思進學乃謂過今日尚有明日殊不知過一日無一日也可不懼哉省約三書

晉平公問於師曠曰吾年七十欲學恐已暮矣師曠曰何不炳燭乎臣聞之少而好學如日出之陽壯而好學如日中之光老而好學如炳燭之明炳燭之明孰與昧行乎平公曰善哉鶴林玉露

蜀諸葛亮誡子曰夫君子之行靜以修身儉以養德非澹泊無以明志非寧靜無以致遠夫學須靜也才須學也非學無以廣才非志無以成學慆慢則不能勵精險躁則不能治性年與時馳意與歲去遂成枯落悲嘆窮廬將復何及 漢史

黄山谷云弟子諸病皆可醫惟俗不可醫余謂不然醫俗病者獨有書耳 讀書鏡

小兒輩不可以世事分讀書但當以讀書通世事 叢棲幽事

子弟擇師必須敦厚雅學習知禮教者厚其束脩不徒專尚文詞 孫氏家訓

黄魯直云人生須巘生事之半養一佳士教子弟爲十年之計乃有可望求得佳士旣資其衣食温飽又當尊敬之久而不勌乃可以盡君子之心而享其功舜見士大夫家養客畧

與僕使同耳如此何緣得佳士蓺蔴必不能
爲粟也余觀縉紳之家養士多矣生前則桃
李無陰死後則蒺藜入室毋論子弟未得一
士之用而向之譏諂面諛者且悉轉爲下石
衷甲之人矣故座有佳賓家雖貧吾知其必
興門無國士族雖大吾知其必敗　讀書鏡

近世訓蒙者日惟督以何讀課倣責其檢束而
不知導之以禮求其聰明而不知養之以善

鞭撻繩縛若待拘囚彼視學舍如囹獄而不肯入視師長如寇仇而不欲見窺避掩覆以遂其嬉遊詭詐飾詭以肆其頑鄙偷薄庸劣日趨下流是蓋驅之于惡而求其爲善也何可得乎王文成公

生子質敏才儁可憂勿喜便思豫加防簡陶習謙晦沉厚性情禁絶浮誇傲誕者與之游處庶可成遠大之器孫氏家訓

子弟性資拙鈍莫將舉業擔悞早令習練公私百務大都教子只是要渠做好人不必定要渠做好官如農桑本務商賈末業書畫醫卜皆可食力資身人有常業則富不暇爲非貧不至失節但皆不可不學以延讀書種子許氏家則

凡子弟所當痛戒者不一而以不聽父兄師長之言及昵比淫朋爲最若戒是二者自能尋

向上去餘皆不待戒矣衡門錄

凡不可與父兄師友道者不可爲也凡不可與父兄師友爲者不可道也勸學文

讀書須求良友參訂互攷大助性靈譬登山臨水必須結伴與之嘲風弄月則得眺覽之趣又如禪門闡教必須對參與之更端發難則得宗風之趣但求同方合志之徒塤篪和響蘭芷含芳此是三界九埏之間第一極樂藝

彼羣居終日妙舞酣歌如鬧市狂人此復何
益小總清紀
但願温恭直諒之友來此講學論道示以孝友
謙和之行德業相勸過失相規以教訓我子
弟使毋陷于非辟不願狂躁惰慢之徒來此
博奕飲酒長傲飾非導以驕奢淫蕩之事誘
以貪財黷貨之謀冥頑無恥煽惑鼓動以益
我子弟之不肖嗚呼由前之說是謂良士由

後之說是謂凶人我子弟苟遠良士而近凶人是謂逆子戒之戒之客塵私祝

世人有慮子弟血氣未定而酒色博奕之事得以誘其失德破家則拘束之嚴其出入絕其交遊致其無所聞見樸野蠢鄙不近人情殊不知此非良策禁防一弛情竇頓開如火燎原不可撲滅況拘束既久無所用心私下密爲不肖事與外遊何異不若出入程以時候

遊接皆是端人其事之不肖者耳聞目見自
能識破或知愧而不爲即漫爲之亦不至樸
野蠢鄙全爲小人所搖蕩矣　規家日益

後生輩胸中落意氣兩字則交遊定不得力落
騷雅兩字則讀書定不深心　長者言

心地要寬平識見要超卓規模要濶遠踐履要
篤實能是四者可以言學矣　陳白沙

俗情濃釅處淡得下俗情勞擾處閒得下俗情

苦惱處耐得下俗情牽纏處斬得下方見學識超越處也譽而喜毁而慍利則競害則撓汩汩然終身役于物而不悟囿于俗而不能自振猶號于人曰爲學吾恥之矣 耿楚侗

學止于誇多鬬靡不知性靈爲何物變化氣質爲何事人欲日肆天理日消其不陷于禽獸者幾希 陳白沙

變化氣質居常無可見惟當利害經變故遭屈

辱平時忿怒者到此能不忿怒憂惶失措者

能不憂惶失措便是得力處亦便是用力處

王文成公

田鼠化爲鴽雀入大水爲蛤蟲魚且有變化而

人至老不變何哉故善用功者月異而歲不

同時異而日不同 長者言

進取功名易變化氣質難痛須加猛省莫負好

衣冠 蔡虛齋

程子云舉子程文此是一阨人過了此一阨當理會學問　省身錄

王文成公寄諸用明書云得書知邇來學力之長甚喜君子惟患學業之不修科第遲速所不論也況吾平日所望于賢弟固有大于此者不識亦嘗有意于此否聞賢陽諸姪去歲皆出投試非不喜其年少有志然私心竊以爲不然不幸遂至于得志豈不誤却此生耶

凡後生美質須令婉養深厚天道不翕聚則不能發散況人乎花之千葉者無實爲其英華太露耳若不以吾言爲迂濶當自有進步處矣教家類纂

一陽明先生在廣西書示子姪正思等曰近聞爾曹學業有進有司考較獲居前列吾聞之喜而不寐此是家門好消息繼我書香者在爾輩矣勉之勉之吾非徒望爾輩但取青紫

榮身肥家如市俗所尚以誇市井小兒已也須以仁禮存心以孝弟爲本以聖賢自期務在光前裕後斯可矣吾惟幼而失學無師友之助逮今中年未有所成爾輩當鑒我既往及時勉力毋又自貽他日之悔如吾今日也習俗移人如油漬麪雖賢者不免況爾曹初學小子能無溺乎然惟痛懲深創乃爲善變昔人云脫去凡近以遊高明此言良足以警

小子識之 續自警編

王文成公曰謂舉業與聖人之學相戾者非也程子曰心苟不忘則雖應接俗事無非真學無非道也而况于舉業乎謂舉業與聖人之道不相戾者亦非也程子曰心苟忘之則雖終身由之亦是俗事而况于舉業乎忘與不忘之間不容以髮要在深思黙識所指謂不忘者何事耶知此則知學矣 警語類抄

讀書不體貼向自家身心上做工夫雖讀盡古今天下之書無益也　薛文清公

張子韶曰伊川云以富貴驕人固非美事以學問驕人害亦不細此格言也予聞尹彥明從學于伊川聞見日新謝顯道謂之曰公既有所聞盍如服烏頭苟無以制之則藥發而患生矣顯道之言誠可爲淺露者之戒　自警編

學者讀書貴于能用若讀書而不能用則雖博

如書肆辯若懸河猶爲無益孔子所謂雖多
亦奚以爲者也故孔光不識進退字張禹不
識剛正字許敬宗不識忠孝字柳宗元不識
節義字彼蓋一無所得所謂能讀而不能用
者也與未嘗讀書者何以異哉郭登咏蠹魚
詩曰瑣瑣如何也賦形雖無鱗甲有魚名元
來全不知文意枉向書中過一生今之學者
其殆蠹魚之類乎可慨已 新知録

潘良貴字子賤有磨鏡帖行于世言讀書者將以治心養性如用藥以磨鏡也若積藥鏡上而不加磨治未必不反爲鏡累張禹孔光是已其大意如此世以爲名言子賤自號默成居士鶴林玉露

北魏主珪問博士李先曰天下何物最益人神智先曰莫若書籍王荆公詩曰物變有萬殊心思纔一曲讀書謂耶夫着一能讀書之心横

於胸中則錮滯有我其心已與古人天淵懸
隔矣何自而得其活法妙用哉呂東萊解尚
書云書者堯舜禹湯文武周公之精神心術
盡寓其中觀書者不求其心之所在夫何益
然欲求古人之心必先求吾心乃可見古人
之心此論最好真讀書之法也當時趙清獻
公之折荆公曰皐夔稷契何書可讀此亦忿
激求勝之辭未足以服荆公夫自文籍既生

以來便有書皋夔之前三墳亦書也伏羲所畫之卦亦書也太公所稱黃帝顓帝之丹書亦書也孟子所稱放勳曰亦書也豈得謂無書哉特皋夔稷契之所以讀書者當必與荆公不同耳當時答荆公之辭只當曰公若錮於有我之私不能虛心觀理稽衆從人是乃不能讀書也嗚呼荆公往矣後之君子窮而講道明理達而撫世酬物謹無着一能讀書

之心横在胸中也哉　鶴林玉露

凡看經書要取其有益于學而已則千經萬典顛倒縱横皆爲我之所用一涉拘執比擬則多爲所縛雖或特見妙詣開發之益一時不無而意必之見流注潛伏蓋有反爲良知之障蔽而不自覺者矣　王文成公

人多是恥于問人假使今日問于人明日勝于人有何不可蓋聚天下衆人之善者聖人也

此舜所以好問而孔子所以無常師也教家要畧

朱子曰人作差了事須省察悔悟以速改之不可因循含糊若能省察悔悟以改之則後事尚可寡過若不悔改則終身學不長而過失愈多也胡子粹言

漢魏照求入事郭泰供奉灑掃泰曰當精義講書何來相近照曰經師易獲人師難遭欲以素絲之質附近朱藍此語足砭俗學鶴林玉露補

呂獻可嘗言讀書不須多讀得一字行取一字伊川亦嘗言讀得一尺不如行得一寸讀書者當作此觀 眉公秘笈

范質自從仕未嘗釋卷曰嘗有異人言吾當大用苟如是言無學術何以處之讀書者當作此觀 眉公秘笈

沈攸之晚好典冊常曰早知窮達有命恨不十年讀書葉石林云後人但令不斷書種爲鄉

黨善人足矣若夫成否則天也讀書者當作此觀　眉公秘笈

蘇子美客外舅杜祁公家每夕讀書以酒一斗爲率密覘之子美讀漢書張良傳至良與客椎擊秦皇帝撫掌曰惜乎擊之不中遂滿引一大白又讀至良曰始臣起下邳與上會于留此天以授陛下又撫案曰君臣相遇其難如此復舉一大白公笑曰有如此下物一斗

不足多也讀書者當作此觀　眉公秘笈

黄涪翁云擘書覆瓿裂史粘牕誰不惜之士厄窮途陷落寃穽聞者不憐遇者不顧聽其死生是賢紙上之字而佹腹中之文哀哉讀書者當作此觀　眉公秘笈

趙季仁謂羅景綸曰某平生有三願一願識盡世間好人二願讀盡世間好書三願看盡世間好山水羅曰盡則安能但身到處莫放過

耳讀書者當作此觀

倪文節公云松聲澗聲山禽聲夜蟲聲鶴聲琴聲棋子落聲雨滴堦聲雪灑𥦗聲煎茶聲皆聲之至清者也而讀書聲爲最聞他人讀書聲已極喜更聞子弟讀書聲則喜不可勝言者矣又云天下之事利害常相半有全利而無少害者惟書不問貴賤貧富老少觀書一卷則有一卷之益觀書一日則有一日之益

故有全利無少害也讀書者當作此觀眉公秘笈
趙普性深沉剛毅果斷雖多刻忌而能以天下事為巳任少習吏事寡學術太祖勸以讀書遂手不釋卷每歸私闔戶啟篋取書誦之竟日至次日臨政處决如流及卒家人發篋取書視之則論語二十篇也嘗謂帝曰臣有論語一部以半部佐太祖定天下以半部佐陛下致太平後謚忠獻封韓王歷朝正史

曾公希文幼舉動異常兒稍長肄業邑庠攻苦食淡篤志經史雖祁寒盛暑不少休息嘗書咬得菜根則百事可做之語於座右毅然以清操自勵 士範

孫榮僖公交任南京駕部主事時每日散衙後諸僚輩各歸私第或出訪客或携朋儕飲奕賦詩習以爲常公獨退處一室默坐觀書至晚方歸或以爲言則曰對聖賢語不猶愈於

對賓客妻妾乎三原王公時爲大司馬嘉其
有志甚愛之後累官至户部尚書致仕平生
言論恂恂誠慤淸愼恬雅始終一致云南雍劉記
陳公茂烈髫年喪父繼戎役勵志邁俗不與羣
兒伍晝入公署夜歸讀書祖母憐其孱弱亟
止之乃韜燈默誦不少輟年十八慨然嘆曰
善學聖人者莫如顔曾顔之克己曾之日省
豈非學之法歟迺作省克録以自考登進士

時奉使廣東師事白沙語累日甚喜白沙曰學須靜一遂作靜思錄爲御史以母老乞終養力供甘旨短床敝席不辦一蚊帳身治畦一蒼頭給薪水妻子服食粗糲皆人甚不堪者公泰然自足日坐斗室究極五經四書之旨體驗身心隨得隨録常曰儒有向上工夫詩文特土苴耳吾學編

晉戴逵申三復贊曰嗜好深則天機淺名利集

則純白離　淡齋錄

呂正獻公嘗寫古詩一聯於屛風上以自警云好衣不近節士體粱穀似怕腹中書　讀書錄

章文懿嘗言學者奉身不可好華侈苟好華侈必致貪得他日居官決不能清白　皇明寶善錄

張橫渠曰困辱非憂取困辱爲憂榮利非樂忘榮利爲樂有味哉其言之也蓋君子學求爲已者也故憂樂超於所遇之外如此　新知錄

君子之學務求在己而已毀譽榮辱之來非獨不以動其心且資之以爲切磋砥礪之地故君子無入而不得正以其無入而非學也王陽明

士君子不能陶鎔人畢竟學問中火力未透長者言

講道學者得其土苴眞可以治天下但不可專立道學門戶使人望而畏焉嚴君平賣卜與

子言依于孝與臣言依于忠與弟言依于弟雖終日譚學而無講學之名今之士大夫恐不可不味此意也長者言

閉門即是深山讀書隨處淨土長者言

水到渠成瓜熟蒂落此八字受用不盡長者言

蘇東坡與弟書云凡文字少小時須令氣象崢嶸彩色絢爛漸老漸熟乃造平淡其實不是平淡絢爛之極也汝但見父伯而今平淡只

學此樣何不取舊時應舉文字看高下抑揚如龍虵捉不住常當以此爲學趙德麟曰此眞一帖作文之秘學者宜深味之 程課録

西山先生問傅公景仁以作文之法傅云長袖善舞多財善賈子歸取古人書熟讀而精味之則蔚乎其春容薰乎其蘭馥有日矣 蘅齋録

董遇挾經書投閒習誦人從學者不強教之云先讀百篇而義自見欒城云看書如服藥藥

多力自行　眉公秘笈

借人典籍皆須愛護先有缺壞就爲補治亦士君子百行中之一也　顏氏家訓

勉仕

修巳治人本無二道政事雖劇亦皆學問之地
王文成公

天下事雖萬變吾所以應之不出乎喜怒哀樂
四者此爲學之要而爲政亦在其中人在仕
途比之退處山林時其工夫之難十倍非得
良友時時警發砥礪則其平日之所志向鮮
有不潛移默奪弛然日就于頹靡者王文成公

天下國家當大培根本何以以培之曰仁而已薛文清公

劉誠意基家居

高廟詢以天象悉如條答謂霜雪之後必有陽春今國威已立宜稍濟以寬誠意本傳

程子曰一命之士苟存心於愛物於人必有所濟政訓

莊子曰事親者不擇地而安之事君者不擇事

而安之此言甚正左傳曰思其終也思其復也思其反也人每事慮終則必無悔吝之及矣薛文清公

聖祖微行斗門橋避雨一媼家媼奉一茶問兒子何在曰上直軍也家何以生曰吾家蒙皇恩月給米一石二斗能自活有頃飯熟媼又奉一盂曰這人有福此皇家米也比其子還舍識爲天顏怖而逃

上還宮語羣臣曰昨見一媪知感朝廷恩養使士大夫皆然安有不盡心者命兵部擢其子爲百戶　明典雜記

書云木以繩直君以諫正抱朴子云逆斧鉞而敢諫據鼎鑊而盡言此謂忠臣也　明心寶鑑

對人主語言及章疏文字須要温柔敦厚如子瞻詩多於譏玩殊無惻怛愛君之誠荆公在朝論事多不循理惟是爭氣而已豈可以事

君君子之所養要令暴慢邪僻之氣不設於身體　楊龜山

任事者當置身利害之外建言者當設身利害之中此二語其宰相臺諫之藥石哉　長者言

吳芾云與其得罪於百姓不如得罪於上官李衡云與其進而負於君不若退而合於道二公南宋人也合之可作出處銘　長者言

舍己從人方做得天下事　胡敬齋

人有恒言爲治之道必先除弊以悦民心然後
興利以造民福盖除弊以解懸民心即喜興
利便湏用民財勞民力非得其心則民將生
怨故二者當有先後然非眞知利弊之詳確
則是非混淆吾以爲利而興之而不知其爲
害以爲害而除之而不知其爲利或興除之
際未得其法則弊隨生而害又起故又在於
廣詢博訪取決賢知不専一巳之見而求通

輿論之公故古人所謂令人情宜土俗而不失先王之意然後興除各當而德澤及於民矣厲皋錄

去弊當治其本本未治而徒去其末雖衆人之所暫快而賢智之所深慮薛文清公

清心省事居官守身之要薛文清公

無欲則所行自簡薛文清公

爲官者切不可厭煩惡事苟視民之寃抑一切

不理曰我務省事則民之不得其所者多矣

以通下情爲急 薛文清公

居官以清士君子分內事清非難不見其清爲難不恃其清而操切陵轢人爲尤難 小隱清紀

清貴容仁貴斷莫苛刻以傷厚莫曉确以沽名毋借公道遂私情勿施小惠傷大體懲忿徙足損巳文過豈能欺人處忙更當以閒遇急便宜從緩分數明可以省事毀譽忘可以清

心正直可通於神明忠信可行於蠻貊張洪陽

正以立心廉以律巳忠以事君恭以事長信以接物寬以待下敬以處事居官之七要也薛文清公

治獄有四要公則不偏慈則不刻明則能照剛則能斷薛文清公

如問詞訟不可因其應對無成生箇怒心不可因他言詞圓轉生箇喜心不可惡其囑托加

意治之不可因其請求屈意從之不可因自已事務煩冗隨意苟且斷之不可因傍人譖毀羅織隨人意思處之這許多意思皆私 王文成公

固不可假公法以報私讐亦不可假公法以報私德 薛文清公

徐有功與皇甫文備同按獄誣有功縱逆黨久之文備坐事有功出之或曰彼嘗陷君死生

之何也對曰爾所言者私忿我所守者公法不可以私害公德慧錄

先輩見人仕宦而廣求知已戒之曰受恩多則難以立朝最宜詳味雪溪錄

尚書李公擇風度凝遠與人有恩意而遇事强毅不爲苟合初善王荆公荆公當國冀其助而牴之乃力於他人荆公嘗遣雱諭意曰所爭者國事盍少存朋友之義公曰大義滅親

況朋友乎自守益確灼艾集

賈文元公戒子孫文云古人重厚朴直乃能立功立事享悠久之福士人所貴節行爲大軒冕失之有時而復來節行失之終身不可得矣縉紳以爲名言政訓

贈言以名位期人不若以德業勉人薛文清公

科第以致身而恃以爲暴是厲階也高位以行道而據以媒利是盜資也王文成公

蔡虛齋嘗題臥處曰命好德不好王侯同腐草德好命不好顔淵任窮天又曰善愛其身者能以一生爲萬載之業或一日而遺數百年之休不知自愛者以其聰明際盛時操名器徒就一己之私而已所謂如入寶山空手回也省身集要

萬士亨士和舉進士其父古齋公遺書曰願若輩爲好人不願若輩爲好官皇明書

李景讓之母鄭氏曰士不勤而祿則災及其身雖婦人之言可爲居官怠職之戒 薛文清公

明道作縣常書視民如傷四字云顥每日常有愧於此觀其用心應是不到錯決撻了人 性理

士之立朝要以正直忠厚爲本正直則朝廷無過失忠厚則天下無嗟怨二者不可偏也一於正直而不忠厚則漸入於刻一於忠厚而不正直則流入於懦汲黯正直所以闢公孫

弘之阿諛忠厚所以顯張湯之殘刻武帝享國五十五年其臣之賢獨此一人而已豫章粹言

余子俊正不詭俗廉不近名嘗語人曰大臣謀國遇有大利害當以身任之慎勿養交市恩爲遠怨自全之地名臣錄

唐郭子儀竭忠誠以事君故君心無所疑以厚德不露圭角處小人故讒邪莫能害薛文清公

富弼字彥國少有罵者如不聞人曰罵汝彥國

曰恐罵他人又曰呼姓名而罵豈罵他人彥
國曰天下豈無同姓名者乎告者大慙及爲
相嘗語子孫曰恐之一字衆妙之門睦族處
事尤爲先務若清儉之外更加一恐則何事
不便夫朝廷用人專論才德而獨于輔臣又
責以相度二字葢相地道也婦道也地欲耐
物婦欲耐家不然佛氏所謂蝦蟆禪一跳即

倒耳　讀書鏡

李文靖公沆爲相沉正厚重無所𦳝易嘗曰吾爲相無他能惟不改朝廷法度用此以報國耳官箴

蕭何不與曹參相善及何病惠帝自臨視因問曰君即百歲後誰可代君對曰知臣莫如主帝曰曹參何如何頓首曰帝得之矣臣死不恨矣漢書

秦檜嘗語王葆曰檜欲告老如何葆曰此事不

嘗問蒨檜曰他人不敢言以公有直氣故問
爾蒨曰果欲告老不問親讐擇可任國家之
事者使居相位誠天下生民之福檜黙然正
德初關中盛傳朝議欲起三原王端毅公奏
左史汝南强景明晟上詩曰八十耆翁一品
官歸來淸節雪霜寒雖然海内歸心在可奈
君前下拜難鷗鷺恐疑威鳳起風雲長護老
龍蟠三公事業三槐傳留取完名久遠看王

公得詩大悅夫大臣去就出處上係社稷安
危下係士林瞻表故薦得數輩賢才乃可弛
乾坤之負擔養得百年名節方能傲風月之
全身讀書鏡
謝諫議泌最知人平生薦不過數人皆至宰相
每發薦牘必焚香望闕再拜曰老臣又爲陛
下得一人矣德慧錄
楊文定公溥執政時其子自鄉來云道出江陵

獨不爲縣令所禮乃天台范理也文定深重之即薦知德安府再擢貴州左布政或勸當致書范公曰宰相爲朝廷用人非私於理也聞文定卒乃祭而哭之以謝知己畜德錄

司馬温公薦劉元城充館職因謂元城曰知所以相薦否元城曰某獲從公遊舊矣公曰非也某居閑足下時節問訊不絶某位政府足下獨無一書此某之所以相薦也尚論編

張忠定公有清鑒善臧否人物凡所薦辟皆方正恬退之士嘗曰彼奔競者將自得之何假吾舉 灼艾集

王忠肅翱掌銓衡孑孑持公道進退人才必察其實抑僥倖杜請託於恩仇一不介意曰吏部豈報恩復仇之地耶 忠肅行狀

劉忠肅公摯論人才大槩曰性忠實而有才識上也才雖不高而忠實有守次也有才而難

保可借以集事又其次也懷邪觀望隨勢改變此小人終不可用 自警編

虞謙爲大理卿讞獄每加詳慎必得其平嘗謂人曰彼無憾我我無憾矣 莎溪集

新安錢淡成若水爲同州理有富民逸其女奴父母訴於州誣富民父子殺而滅其屍錄事以宿憾因抵以死獄上公獨疑之錄事怒以納賄詆之公笑曰當坐者數人安得不少留

熟察耶密訪得女送於知州知州出示其父母父母喜曰是也相持而泣富民父子因得釋泣謝活命恩知州曰此推府賜也因詣公謝閉門拒曰知州自得之我何與焉不得入乃遶垣而哭傾貲飯僧以爲公壽有欲爲公上聞者公不可曰獄事不冤職耳上聞置錄事何地乎然卒以此顯德政錄

薛文清公瑄擢爲大理左少卿時中貴王振當

權聞公名以同鄉故雅欲見之或邀拜其門公曰安有受爵公朝而拜恩私門耶後遇諸途公違衆不下禮振滋不悅會有民病死三年其妾欲出嫁妻不聽遂誣妻魘魅夫死獄具公辨其寃都御史王文希振意誣公出入人罪繫獄處以死人皆危之公怡然曰辨寃獲咎死何愧焉手持周易誦讀不廢至覆奏將決家人祈代死得免放歸田里名臣言行錄

洎 官至及也又今記由法也

陳洎爲開封府功曹時章獻太后臨朝族人杖殺一卒洎當驗屍太后遣中使十數輩諭旨吏惶懼欲以病死聞洎獨正色曰彼實寃死待我而伸奈何懼罪而驗不以實乎爾曹勿預吾當任咎乃自爲牘以白府尹程琳琳喜曰官人用心如此前程非琳所及亟索馬入奏雖大忤旨而公論歸之旣而太后原其族人洎亦不及罪歷官臺省終于三司副使爲善

陰騭

四川譚啟以查盤使者按晉陵時先都水公爲令譚貪婪異常每縣索例金五百吏訪之各縣以白公公曰吾索之家則家不能給索之官帑何以民膏血博一御史權耶竟弗與譚遂憾公而陰拘庫吏王三綱酷訊之使誣公贓王幾死張目呼曰令止飲武進一户水奈何誣之寧死吏毋死數萬生靈心遂斃於杖

下譚敔乃羅織他事劾奏公時耿楚侗以督學使者至首列公善狀亟白之而御史陳公廷芝張公敔元亦交章言譚敔所論非是廷議直之會士民張學等數百餘人伏闕上書譚敔以舉劾不當落職州判而公事遂白鶴林玉露補

韓韶字仲黄潁川舞陽人也爲嬴長賊聞其賢相戒不入嬴境餘縣多被寇盜廢耕桑其流

人縣界求索衣糧者甚衆韶憫其饑困乃開倉賑之所廩贍萬餘戶主者爭謂不可韶曰長活溝壑之人而以此伏罪含笑入地矣太守素知韶名德竟無所坐以病卒于官同郡李膺陳寔杜密荀淑等爲立碑頌焉爲善陰隲

歲大饑徽里帖木兒議賑之其屬以爲必縣上府府上省然後以聞帖木兒慨然曰民饑死者已衆乃欲拘以常格耶往復累月民存無

幾矣此葢有司畏罪欲歸怨于朝廷吾不爲也大發倉廩賑之乃請專擅之罪文宗聞而悦之（德慧録）

鄒志完浩爲諫官以諫立后事得罪謫新州其友田晝迎諸途浩出涕晝正色責曰使志完隱黙官京師遇寒疾不汗五日死矣豈獨嶺海之外能死人哉又曰願君毋以此舉自滿士所當爲者未止此也此言有助人百尺竿

頭更進之力　自警編

吳文肅公子璟素以堅挺有氣節韓魏公亦稱之及幕府有闕門下有以璟爲賢者公曰此人氣雖壯然包蓄不深發必暴且不中節當以此敗置而不言不踰年璟敗皆如其言杜正獻公有門生爲縣令者公戒之曰子之材器一縣令不足施然切當韜晦無露圭角不然無益於事徒取禍耳門生曰公平生以直

亮忠信取重天下今反誚某以此何也公曰衍歷任多歷年久上爲帝王所知次爲朝野所信故得以伸其志今子爲縣令卷舒休戚係之長吏長吏之賢者固不易得若不見知子烏得以伸其志徒取禍耳予非欲子毀方瓦合蓋欲求和於中也余謂子弟曰此言味做涉世語便是老鄉愿味做用世語便是古大臣　讀書鏡

新昌有士人某者少年負氣藐然峻厲筮仕得巖邑瀕行謁梁石門請教石門曰淸愼勤乃居官三字符也子力行之夫復何言士人曰雖然天德王道之要獨不可聞乎石門微笑而答之曰言忠信行篤敬天德也不傷財不害民王道也士人退而語人曰石門議論平平爾越三年士人以不簡罷官歸里中語人曰吾不敢再見石門先生 綠雪亭雜言

畢文簡公士安端方沉雅有淸識所至以嚴正
稱然性謙退嘗謂人曰僕仕宦無赫赫之譽
但力自規簡庶幾寡過耳　灼艾集
眞西山諭菜云百姓不可一日有此色士大夫
不可一日不知此味余謂百姓之有此色正
緣士大夫不知此味若自一命以上至於公
卿皆得咬菜根之人則當必知其職分之所
在矣百姓何愁無飯喫　鶴林玉露

范忠宣公親族間有子弟請教於公公曰惟儉可以助廉惟恕可以成德其人書於坐隅終身佩服公平生自奉養無重肉不擇滋味麤糲每退自公布衣短褐率以爲常自少至老自小官至達官始終如一　古今藥石

熊恭簡公平生清節一介不取其巡撫雲南平蠻公宴之日乃受金花彩段或者疑焉次年公還京召有司領金花彩段貯庫始知公不

肯以淸病人也不然當日公不受誰敢受此與張乖崖納侍女之事頗相類 東谷贅言

楊震遷東萊太守道過昌邑故所舉荊州茂才王密爲令謁見懷金遺震震曰故人知君君不知故人何也密曰暮夜無知者震曰天知地知子知我知何謂無知密愧而出 漢史

楊伯起性公廉不受私謁子孫嘗蔬食步行故舊長者或勸之開產業公不肯曰使後世爲

淸白吏子孫以此遺之不亦厚乎　碩輔寶鑑

漢太子太傅疏廣乞骸骨歸鄉里天子賜金二十斤太子贈以五十斤廣日令家具設酒食請宗族故舊賓客相與娛樂金費且盡或勸廣買田宅以遺子孫者廣曰吾豈老誖不念子孫哉顧賢而多財則損其志愚而多財則益其過且夫富者衆之怨也吾既無以教化子孫不欲益其過而生怨　温公家範

胡威父質父子清謹武帝謂威曰卿孰與父清對曰臣不如也臣父清恐人知臣清恐人不知帝以威言直而婉謙而順 來清堂録

韓魏公嘗言保初節易保晚節難在北門九日讌諸曹有詩曰莫嫌老圃秋容淡爲愛黄花晚節香李彥平深敬此語嘗大書於壁以爲晚節之規 自警編

昔諸葛孔明爲相惟成都八百桑唐元載爲相

及其敗也籍其家胡椒八百斛嗚呼夫人以百年之身天假以年不過八十九十姑以八十爲率計其得志不過三四十年而已豈有三四十年之間能食胡椒八百斛之理亦愚矣哉自古居相位者何嘗死於饑寒而常死於財貨可笑也 讀書鏡

司馬温公爲相每詢士大夫私計足否人惟而問之公曰倘衣食不足安肯爲朝廷而輕去

就耶內翰賈公廷試第一往謝杜祁公公獨以生事有無爲問賈退謂祁公門下士曰黯以鄙文冠天下而謝于公公不問而獨問生事豈以黯爲不足魁乎公聞而言曰凡人無生事雖爲顯官不能無俯仰依違今賈君名在第一則其學不問可知其爲顯官則又不問可知衍獨懼其生事不足以致進退皆爲廪祿所拘管耳賈爲之歎服唐王起歷省

寺三一任節鎮而昧于理家俸入盡爲僕妾所有耆年寒餒至於伶人分月俸以自給議者曰祿仕之士不能撙節稍豐則飫及狗彘稍歉則困彼妻孥晚節苟得盡棄其平生者多矣以王相國德望名品而有此累人可不思儉以足用乎嗚呼若認作求田問舍則前語醍醐番成毒藥讀書鏡

今人初釋褐作吏虛憍恃氣自負清廉動輿上

官齟齬此與孔氏之訓違孔子曰居下位而不獲乎上民不可得而治矣又往往以後進凌先進齮齕一二尤夾之鄉紳以自鳴其猛此與孟氏之訓違孟子曰爲政不難不得罪于巨室夫諂媚纖趨醜行也而事上亦自有禮搏擊豪强美名也而處同袍亦自有體矜奮之士習氣用事最易蹈之後悔何及沈氏弋說

或問簿佐令者也簿所欲爲令或不從奈何伊

川先生曰當以誠意動之令令與簿不和只是爭私意令是邑之長若能以事父之道事之過則歸己善則唯恐不歸於令積此誠意豈有不動得人　堂廡箴銘

宋錢明逸久在禁林不滿意出爲泰州居常怏怏不事事韓魏公聞之語人曰己雖不足獨不思所部十萬生靈耶吁魏公之言眞宰相之言也然則近臣出補不以民事爲心者豈

非公之罪人乎　鶴林玉露補

昔人有欲之官而惡其地之瘴者或釋之曰瘴

之爲害不特地也仕亦有瘴也急催暴斂剝

下奉上此租賦之瘴深文以逞良惡不白此

刑獄之瘴侵牟民利以實私儲此貨財之瘴

攻金攻木崇飾車服此工役之瘴盛選妾媵

以娛聲色此帷薄之瘴也有一于此無問遠

邇民怨神怒無疾者必有疾而有疾者必死

也昔元城劉先生處瘴而神觀愈强是知地之瘴者未必能死人而能死人者常在乎仕瘴也慮彼而不慮此不亦左乎此可爲授官憚遠避難者之戒（讀書鏡）

唐相李義府專横侍御史王義方欲奏彈之先白其母曰義方爲御史視姧臣不糾則不忠糾之則身危而憂及於親爲不孝二者不能自決奈何母曰昔王陵之母殺身以成子之

名汝能盡忠以事君吾死不恨也温公家範

楊氏者項城縣令李侃妻李希烈陷汴州攻項城急侃不知所爲楊氏曰君縣令也寇至當守力盡則死憒憒乃爾將誰與守侃曰奈兵微財盡何楊氏曰如不守縣且爲賊有倉廩府庫皆其財百姓皆其戰士國家何賴焉亟召吏民於庭而親撫曰縣令誠爾主雖然歳滿罷去非若吏人百姓宗族墳墓在宜相與

死守恐爲賊得耶衆皆泣許乃徇曰以瓦石中賊者與千錢以刀矢中賊者與萬錢得數百人侃率以乘城楊氏親爨以食之無少長必均侃手中飛箭馳歸楊氏責曰君還人誰與守卽死城上不猶愈於家乎侃遂忍痛登城衆爲感奮善射者一發中其帥墜馬死蓋希烈壻也賊失勢遂散走項城得全刺史上侃功獲陞賞楊之力也夫婦人女子奉父母

舅姑和娣姒慈卑幼而能不失其貞賢矣辨行陳明攻守智勇俱備之大臣能有幾列婦人哉若楊者眞可謂女中丈夫矣卓吾勸懲錄

宋趙昴發爲池州通判攝州事繕壁聚糧爲固守計及元兵至昴發知事不濟謂妻雍氏曰城將破我守臣不可去汝先出妻曰君爲命官我爲命婦君爲忠臣我獨不能爲忠臣婦乎昴發笑曰此豈汝所能耶雍請先死昴發

郎書凡上曰國不可背城不可降夫婦同死
節義成雙雍氏遂與夫同縊從容堂節義傳
盛吉字君達爲廷尉決獄無寃滯每至冬罪囚
當斷其妻執燭吉持丹筆夫妻相對垂泣妻
語吉曰君爲天下執法不可使人濫罪殃及
子孫視事十二年天下稱其平恕德慧録
唐中書令崔元暐初爲庫部員外郎母盧氏戒
之曰吾聞辛玄馭云兒子從宦者貧乏不能

自給此此是好消息若財貨充足衣馬輕肥此
是惡消息吾常重其言比見仕宦者多以金
帛獻遺父母父母但知忻悅不問金帛所從
來若以非道得之此乃爲盜而未發者安得
不憂而更喜乎汝今坐食俸祿苟不能忠清
何以戴天履地吾雖食不下咽也元暐卒以
廉謹著名 教家類纂
李審諸爲御史臺中送祿米到宅其母遺量之

賸三石問其故曰御史例不槩又問車脚幾錢答曰御史例不還脚錢母怒遂賸米及脚錢因責審諸他御史皆有慙色李母以一婦人乃能如是足爲世法鶴林玉露補

司馬温公爲西京留臺每出前驅不過三節後官宮祠乘馬或不張蓋自持扇障日程伊川謂曰公出無從騎市人或不識有未便者公曰某惟求人不識耳國朝史良佐南京人爲

御史巡西城而家在東城每出入怒其里人不爲起一日執數輩送東城御史御史詰之其居首者對曰民等總被倪尚書悞却曰倪尚書何如曰尚書亦南京人其在兵部時每肩輿過里門衆或走匿輒使人諭止曰與爾曹同鄉里吾不能過里門下車乃勞爾曹起耶民等愚意史公猶倪公是以無避不虞其怒也御史内善其言悉解遣之倪尚書謂文

毅也大抵居朝廷則爲公卿歸則原是鄉里中一措大耳特以冠服裝成貴態不知其故吾猶在也乃簇擁童僕呵叱父老聞倪文毅司馬溫公之風得無汗顏乎讀書鏡

歐陽文公玄歸于鄉省墓交謁公應接紛紛一日令勒馬入隘巷問某人家訪之乃治履者所居左右驚問公以其人亦嘗謁見故答其意耳江西甘矮梅先生通五經四方從學者

甚衆一日其徒有行臺御史者謁先生于家先生欵語久之求退先生曰能少留蔬食否及設饌惟葱湯麥飯而已先生曰御史豈喫此者第老夫易辦耳口占一詩畀之云葱湯麥飯煖丹田麥飯葱湯也可憐試向城樓高處望人家幾處未炊烟先生之意深矣前輩重風誼而忘貴賤如此吁今亡已夫 讀書鏡

韓魏公每戒其子曰窮達禍福固有定分枉道

以求之徒喪所守慎勿爲也余以孤忠自信未嘗有夤緣憑藉而毎遭人主爲知已今忝三公所恃者公道與神明而已矣焉可誣哉公之自守如此 自警編

羅文莊歸養仲子乞書謁選冀得南缺公曰數字不足惜惜認義命二字不眞生平訓汝謂何乃有是言竟不許 蕎齋録

江東有太守某者文雅風流頗著時名在郡二

年遣吏携數百金入京賂劉瑾求速遷苞苴
旣入矣越數日劉瑾事敗伏誅太守亦以鑽
刺落職矧太守遣賂入京也尋慮事不諧悔
之乃禱紫姑仙以决疑紫姑降筆曰幾樹甘
棠種未成使君何事苦經營雷霆怒擊氷山
碎只恐錢神也不靈噫人之作僞行險而鬼
神之不可欺也如此哉 鶴林玉露補
士之出處當安于義命許魯齋曰世間巧拙俱

相半不許區區智力爭此言宜念 薛文清公
張乖厓自成都召還華山寄陳摶詩云世人大
抵重官榮見我西歸夾路迎應被華山高士
笑天眞喪盡得浮名 侯鯖錄
宋璟治廣廣人爲立遺愛頌璟上言頌所以傳
德載功也臣之治不足紀廣人以臣當國故
爲溢辭徒成諂諛耳今欲釐正之請自臣始
蕎齋錄

眞西山帥長沙郡人爲立生祠一夕有大書一絶
詩於壁間者其辭曰舉世知公不愛名湘人
苦欲置丹青西天又出一活佛南極添成兩
壽星幾百年方鍾間氣八千春願祝修齡不
須更作生祠記四海蒼生户是銘　鶴林玉露
劉忠宣公預作壽藏於東山之陽記曰予嘗見
士大夫家子弟愛其父兄者俟其身後必求
名儒大筆鋪張行業以誌於其墓作史者或

憑而掭之于無從承祖宗世澤竊科甲官祿
前後四十年在家在邦無一事可述者萬一
後人私所親謬言以懊名筆縱可欺人獨不
自愧於地下也耶用是述平生履歷書而勒
諸石付兒祖生等藏之以俟他日其詞雖俚
其事則核于心安焉省身集要

士大夫居家能思居官之時則不至于請把持
而撓時政居官能思居家之時則不至狠復

暴恣而貽人怨每見見任官多稱鄉官之豪
横而鄉官亦多談見任官之不肆皆不怨也
吁可戒哉省躬長語

最樂編卷之三

魏塘廓園魏大中孔時正

鴛湖門人高道淳采菽輯

治家

欲去病湏正本本固則病可攻藥石可以效欲齊家湏正身身端則家可理號令可以行固其本端其身非一朝一夕之事也古今名訓

爲家以正倫理別內外爲本以尊祖睦族爲先

以勉學修身爲次、以樹藝牧畜爲常守、以節儉行以慈讓足己而濟人、習禮而畏法、亦可以寡過矣。方正學集

浦江鄭氏十世同爨子孫馴行家齋兩馬一齒則一爲之不食義浹仁孚和氣充牣過其門者神暢心怡入國朝曰濟曰洧曰濂曰湜皆以行誼聞

高廟召濟湜拜官嘗問治家長久之道曰守祖宗

法不聽婦人言而已　皇明書

人家尊卑大小內外名分固是肅然然中間情意常要流通和暢無所滯礙方好如衣食居處禮儀疾害等事或心有所欲口難直言俱要推心體悉方可久處一家人如一株樹爲根爲榦爲枝爲葉大小固有不同都要氣脉貫通方能長養不然必有枯槁者矣　胡師蘇

萬兩黃金未爲貴一家和氣値錢多　明心寶鑑

司馬溫公曰人言居家久和者本于能忍然知忍而不知處忍之道其失尤多蓋忍或有藏蓄之意人之犯我藏蓄而不發不過一再而巳積之既多其發也如洪流之決不可遏矣不若隨而解之不置胸次曰此其不思爾此其無知爾此其失悞爾此其所見者小爾此利害幾何不使入于吾心雖犯至于十數亦不畧見於色然後見忍之功效爲甚大此所

一謂善處恐者炳燭齋

不啞不聾難作家翁唐代宗

家教寬中有嚴家人一世安然呂新吾小兒語

男女之情天下之至情聖人能適其情故家道正而人倫明薛文清公

夫治家莫如禮男女之別禮之大節也故治家者必以禮爲先男女不雜坐不同椸枷不同巾櫛不親授受嫂叔不通問諸母不漱裳外

言不入於梱内言不出於梱女子許嫁纓非有大故不入其門嫁而反兄弟弗與同席而坐弗與同器而食皆以厚其别也袁氏世範

書曰牝鷄司晨惟家之索詩曰婦有長舌爲鴞爲鴟㚊婦以治内爲職所謂無非無儀惟酒食是議者若干預外政凌駕夫子豈非晨鳴之牝鷄長舌之鴟鴞乎家道亦從而不振矣慎之慎之規家目益

妻雖賢不可使與外事　僕雖能不可使與內事

醒世良言

清晨早起昏晚早睡可防婢僕姦盜婢妾若與主翁親近多挾此私通僕輩有子則以主翁藉口至破家多矣凡有婢妾不可不謹其始而防其終　規家日益

男女有別人之大倫前後管門須擇老實知事者時常看守婢僕不許出入混雜　孫公家訓

毋養幼婦毋贅女壻男十歲勿內宿女七歲勿外出　許氏家則

三姑者尼姑道姑卦姑也六婆者牙婆媒婆師婆虔婆藥婆穩婆也蓋與三刑六害同人家有一于此而不致奸盜者幾希若能謹而遠之如避蛇蝎庶得淨宅之法　輟耕錄

廣積不如教子避禍不如省非　古今名訓

教婦初來教子嬰孩　明心寶鑑

治嬰孩於其始有知不可不使知尊卑長幼之禮若侮詈父母毆擊兄姊父母不加訶禁反笑而奬之彼旣未辨好惡謂禮當然及其旣長性習已成乃怒而禁之不可復制於是父母疾其子子怨其父母殘忍悖逆無所不至葢父母無深識遠慮不能防微杜漸溺於小慈遂養成其惡故如此也諺有云桑條趂小壓旨哉言矣　厚生訓纂

北齊安德王延宗高文襄第五子母陳氏魏廣王
妓也延宗幼爲文宣所養甚愛之年十二猶
騎置腹上令溺巳臍中抱之曰可憐止有此
一個封定州刺史于上大便使人在下張口
承之後爲周武帝見擒誣反以椒塞口而死
宣和間芒山有盜臨刑母來與之訣盜對母
云願如小兒時一吮母乳死且無憾母與之
乳盜囓斷乳頭流血滿地母死盜因告刑者

曰吾少也盜一菜一薪吾母見而喜之以至不簡遂有今日故恨殺之嗚呼異矣夫語教子嬰孩不虛也讀書鏡

侍郎葉公鏜云大司寇方崖趙公大佑乃祖廣德守次山公崇賢訓家甚嚴方崖髫年夜讀懷炭少許欲爲烘足之用乃祖見之叱曰汝少年讀書當習勤苦乃爾不能耐寒耶如霜天雪夜朝臣待漏亦不免于苦寒耳人生未

老而享既老之福則終不老未貴而享已貴之福則終不貴于因思此二語者眞格言也觀此則方崖公之有今日固有所自而前輩家敎雖細事要亦可法者耳厚生訓纂

陳了翁日與家人會食男女各爲一席食已必舉一話頭令家人答一日問曰並坐不橫肱何也其孫女方七歲答曰恐妨同坐者賢奕編

張簡肅公曰父兄勞于官子弟逸于家一逸已

過分況乃事奢華軒軒傲里閭僕僕過形衙不知禍所伏方謂勢可誇勢亦有時歇禍來或無涯不如慎德業庶幾永無譁綠雪亭雜言

泰嫫南鄭楊相妻有四男二女相亡教訓六子動有法矩長子元珍出醉歸十日不見之曰我在爾尚如此我亡何以率羣弟元珍叩頭謝過次日仲珍白母請客旣至無賢者母怒責之仲珍乃革行交友賢人兄弟爲名士泰

嫉之教流于三世此二事最切中人情可爲世法 鶴林玉露補

太子少保李景讓母鄭氏性嚴明早寡家貧親教諸子久雨宅後古墻頽陷得錢滿缸奴婢喜走告鄭鄭焚香祝之曰天蓋以先君餘慶憫妾母子孤貧賜以此錢然妾所願者諸子學業有成他日受俸此錢非所欲也亟命掩之 温公家範

程大中公珦性寬而斷中外相待如賓夫人謙順自牧雖小事必稟而行治家有法不喜笞朴奴婢諸子或加訶責必戒之曰貴賤雖殊人則一也公或有所怒必爲之寬釋惟諸子有過則不掩也曰子之所以不肖以毋蔽其過而父不知耳 賢奕編

壽昌胡彥持家子弟不得自打僕隸婦女不得自打婢妾有過則告之家長爲之行譴婦女

擅打婢僕則撻子弟此賢者之家法也（家教編）

古云養子不教父之過當在兒童時言常教毋誑行常教後長食常教讓美衣常教布素及就傅時智慧日長須防誘溺愼擇嚴正師簡約以灑掃應對進退儀節勿應虛文一皆躬倡俾自有樂然趨命躍然代勞者（貽謀篇）

凡人不能教子女者亦非欲陷其罪惡但不忍訶怒傷其顏色耳不忍楚撻慘其肌膚耳當

以疾病爲愉安得不用湯藥針艾救之哉厚生訓纂

博奕乃貪心發心癡心嗔心之變理也於事雖小害道則大人家不肖子孫墮其窩窖至於敗蕩家業喪失身命者要皆一念貪癡之心有以溺之耳少年之人尤宜警戒故曰世人不省事日日博奕贏得轉頭空何須論高着保命編

黃白之説固有是事乃大福德之人鬼神欲資其了道故以畀之亦非資其富貴也世之碌碌者妄意希冀信丹客虛誑而迷戀不已然不知非求之所可得也況得之未必能享耶借使有之彼丹客者豈不自珍秘而肯輕以與人耶其不可信明矣故俞玉吾席上腐談云破布衣衫破布裙逢人便説會燒銀若還果有燒銀術何不燒些養自身又滁人曾訓

導詩云肯將身後無窮術賣得人間有限錢
吾見世之被此而敗家喪業者不少矣噫保合
編

曹大家女誡曰今之君子徒知訓其男不知訓
其女豈以女可無教哉蓋有夫主之不易事
禮義之不易持與男子等耳須以教男者教
之禮云婦德不必才異也婦言不必辯利也
婦容不必美麗也婦工不必奇巧也清閑貞

靜行已有恥是謂婦德擇詞而說不道惡語
是謂婦言盥浣塵穢服飾鮮潔是謂婦容專
紡績不好戲笑潔酒食以奉賓客是謂婦工
此四者女之大要而不可缺者也苟不學則
不知禮義不知禮義則善惡是非所在皆莫
之識于是乎有身爲暴亂而不知其非者禍
辱將及而不知其危者然則爲人皆不可不
學豈男女之有異哉是故女子在家不可不

讀女孝經女論語列女傳以通大義至于刺繡華巧管弦歌詩皆非女子所宜習也規家日益

天地所生財物固以供人之用然必撙節愛惜若有不得已而後用之之意雖所處有餘常懼不足方能用度相繼倘務奢侈淫縱任意妄費不惟所用易竭而暴殄天物必爲造化所忌安能久享福祿乎胡師蘇

唐肅宗爲太子時嘗侍膳尚食置熟俎有羊臂

臑上顧使太子割肅宗旣割餘汚漫在刃以餠潔之上熟視不懌肅宗徐擧餠啖之上甚悅謂太子曰福當如是愛惜 柳氏舊聞

李若谷爲長社令日懸百錢于壁用盡卽止東坡謫齊安日用不過百五十以竹筒貯不盡者待賓客又嘗云口腹之欲何窮之有每加節儉亦是惜福延壽之道 規家日益

勤儉是良藥於巳聊且完足省許多俛仰人世

省許多設計營心 厚生訓纂

東坡一帖云僕行年五十始知作活大要是慳耳而文以美名謂之儉素然吾儕爲之則不類俗人眞可謂淡而有味者 巖棲幽事

今人飲饌務尚豐腆一筵之設水陸畢具賓客入口無幾祇以饜飫諸僕從爾不知此何益也司馬温公言其先公判羣牧時客至未嘗不置酒或三行或五行不過七行酒沽于市

果止梨栗棗柿殽止脯醢菜羹器用磁漆當時士大夫皆然人不相非也會數而禮勤物薄而情厚近日士夫家食非羅列器非金銀不敢會賓友嘗數日營聚然後敢發書苟或不然人爭非之以爲鄙吝故不隨俗而靡者鮮矣風俗頹敝如是有世道之責者旣不能禁恐助之乎溫公之在洛也與文潞公范忠宣公相約爲眞率會潞公有詩云啜粟盡甘

顏子陋食鮮不愧范郎貧范和之云盡簪旣屢宜從簡爲具雖疎不愧貧公和之云隨家所有自可樂爲具更微誰笑貧諸公節用惜福極力救敝真百世師也今之士大夫盡亦倣而行之圍涂錄

張莊簡公悅歸處舊廬杜門不出見風俗奢靡日甚益崇節儉嘗揭屏間以示人曰客至留饌儉約適情殽隨有而設酒隨量而傾雖新

親不擡飯雖大賓不宰牲匪直戒奢侈而可
久亦將免煩勞以安生 芝溪錄
蘇東坡請客所設不過數品一曰安分以養福
二曰寬胃以養氣三曰省費以養財 則陽錄
凡成家之要有三曰勤曰儉曰多笑若苛刻占
便宜及一切損人利己之事不與焉凡敗家
之故有三曰惰曰侈曰少笑若寬恕周窮乏之
及一切利人損己之事不與焉 衡門錄

聞之先輩云俗言做人家便至箕帚悉錙銖不顧
體面不知此但做了家不曾做得人有一等
局面要好遇事過隆此但做了人不曾做得
家兩者均非至當之法必做人做家兩無損
害為可 保令編

諺有之曰富貴怕見開花此語殊有意味言已
開則謝適可喜正可懼今有方値豐亨便生
驕溢侈達慶賞過飾婚喪伎樂聲容沸騰傾

動僕器服食珍麗齊整勝絕鄉邦光映門戶却是花開矣夫無德富貴謂之不祥宜加省懼何用誇侈子孫有是亟爲斂抑差緩敗傾又若約而爲泰時屈舉贏則旦夕覆亡之道也（西疇編）

治家最忌者奢人皆知之最忌者鄙嗇人多不知也鄙嗇之極必生奢男（小牕清紀）

項見一士大夫其先亦國朝名臣也家甚富而

最吝嗇斗升之粟尺寸之帛必身自出納鎖
而封之晝則佩鑰于身夜則置鑰枕下病甚
將絕子孫竊其鑰開藏室發篋笥取其財其
人後蘇求鑰不得憤怒而卒子孫相與爭匿
其財遂致鬭訟雖其處女亦蒙首執牒自訐
于公庭以爭嫁貲爲鄉黨笑蓋由子孫自幼
及長惟知有利不知有義故也夫生生之資
固人所不能無然弗求多餘多餘鮮不爲累

矣使其子孫果賢耶豈粗糲布褐不能自營

至死于道路乎若其不賢耶雖積金滿堂奚

益哉多藏以遺子孫吾見其愚之甚也 温公家範

觀寢興之早晚可以識人家之替興 景行錄

人家一日不可無常業安閒便易起蕩心 古今名訓

蠶家莫甚冗食家衆勿容懶惰僕婢雖供給使

令者亦有課但視專執者量減分數爾 孫氏家訓

生民之本要當稼穡而食桑麻以衣蔬果之用

取給於園場鷄豚之畜取資於畤圈爰及棟
宇器械樵蘇脂燭之類取足于山林是閉門
而爲生之具已足但無鹽井耳人有事業而
能勤儉節用以贍衣食自能久遠有何不可
惟奢侈者求炫目前圖人誇羡易富易貧多
不逮焉昔人有詩云莫入州衙與縣衙勸君
勤理舊生涯池塘多放聊添稅田地深耕足
養家教子教孫須教義栽桑栽柘勝栽花開

非開是都休管渴飲清泉困飲茶 規家日益

桓範曰若服一縷憶織女之勞若食一粒思農夫之苦 明心寶鑑

諺云若要寬先了官糧差最要早完免致官府比較責辱差人押催反致多費 孫簡肅公

埋沒糧稅利已損人隱匿遺患天怒神譴戒之禁之 孫簡肅公

凡交易必須項項合條乃無後患不可以人情

契密不爲之防或失權成爭端 方子良

如交易取錢未盡及贖產不曾取契之類宜即理會去着或即聞官以絶將來詞訟 保合編

親舊假貸只須量力捐助以盡吾心勿出本圖利以生後隙孤嫠婚喪誣枉困甚者尤必懇惻援濟 許氏家則

凡人之敢於舉債者必謂他日寬餘可以償也不如今日之無他日何爲而有譬如百里之

路分爲兩日行則兩日可辦若以今日之路使明日併行雖勞亦不可至無遠識之人求目前寬餘而那積在後者無不破家也保合編

陶淵明爲彭澤令不以家累自隨送一力給其子書曰汝旦夕之費自給爲難今遣此力助汝薪水之勞此亦人子也可善遇之昭明太子撰傳

楊誠齋公夫人羅氏年七十餘居家寒月黎明即詣廚作粥一釜徧享奴婢然後使之服役

其子東山公啟曰天寒何自苦如此夫人曰我自樂此不知寒也汝爲此言必不能如我矣 省身集

周氏紀言載唐一庵先生與衆友夜話將入寢問此時還有事當料理否衆曰無一庵謂今天盛寒吾輩飲酒樂甚諸從人尚未有寢所衆謝不及所以然者以此時惟欠伸思睡而已而一庵獨體悉於衆情之所弗察眞仁人

之言佛菩薩之慈悲也　蓮池大師

魯文恪公鐸爲舉人時屬遠行遇雪雨泥濘夜止旅舍宿憐馬卒寒苦即令臥之衾下因賦詩云年破青衫弱稚兒馬前怎得浪驅馳凡由父母皆言子小異閭閻我却誰事在世情皆可笑恩從吾幼未難推泥途還藉來朝力伸縮相加莫漫疑今富貴家子弟鞭撻童僕不知輕重恐視骨肉疾苦殆猶秦越獨何心

哉先進遺風

凡奴僕得罪于人者不可恕也得罪於我者可恕也長者言

家中子弟奴僕與外人爭鬬人來告愬只當責備自家子弟奴僕或訪知事情可惡即加懲戒以警其後則家人無生事之擾外人亦諒我無所縱而不怨矣胡師蘇

吳處厚論心相有三十六善焚香讀書一也作

事有剛有柔二也慕善近君子三也安分寡營四也不嗜殺五也爲善不求人知六也耐恐七也不厭人乞假八也喜人規切九也常自知非十也聞事不驚張十一也與人期不失信十二也無作好作惡十三也不談亂十四也夜臥不便睡着馬上不回顧十五也不談閨閫事十六也作事周匝有終始十七也不忘人恩十八也揚善掩惡十九也急難中

濟人寬慰人二十也不助強欺弱二十一也不忘故舊二十二也能損己爲利人事二十三也知人詐僞能含容二十四也能惜福二十五也受享知慚愧二十六也語言有序二十七也當人評次不攙奪二十八也不嫌惡衣食二十九也不面訐人三十也知人饑渴勞苦三十一也不念舊惡三十二也常思退步讓人三十三也盡心爲人謀三十四也受

謗不急自解、三十五也精信因果、三十六也全者福祿令終、未全福祿半之、故相形、不如相心、求人相、不如自己相、青箱雜記

空青先生論陽宅有三十六祥居家尚禮義一也子孫知稼穡二也斗秤平準三也每鬪紡織讀書聲四也少興造五也六婆不入門六也不畜優僕七也和睦隣族八也門多士君子九也早完官稅十也庭除灑掃十一也閨

門嚴肅十二也尊重師傅十三也宴客有節
十四也無長夜飲十五也不延妓女至家十
六也不狼藉用物十七也女人不登山入廟
十八也居喪循禮十九也交易分明二十也
祭祀必恭敬二十一也卑幼凡事禀命家長
二十二也故舊窮親在座二十三也閨人謙
婉二十四也家人多服布衣二十五也不喜
鬬訟二十六也不信禱賽二十七也不聞婦

人聲二十八也不聚坐譁譟二十九也婚娶不慕勢利三十也寢興以時三十一也田宅不求方圓三十二也童稚能供應對三十三也無博奕戲言三十四也舟車什物能借人三十五也婢僕不搬鬭是非三十六也全者鬼神福之子孫保之不然下手速修所謂移門換向趨吉避凶之真訣也 道廣集

梁沈約冠子箴曰敬擇良辰元服肇加咸成德旣

舉童心自化行之則至無謂道貽敦以秋實
食以春華無恥下問乃致高車子孫千億廣
樹厥家　教家類纂

古人謂周人惡媒以其言語反覆紿女家則曰
男富紿男家則曰女美近日尤甚紿女家則
曰彼不責備紿男家則曰彼有厚遺若輕信
其言而成婚則夫婦反目至于仳離者有之
大抵嫁娶固不可無媒而媒者之言豈不可盡

信至于爲婚姻爭告者葢緣議婚之始不立婚書止憑媒言或小禮爲定亦是一大不美事婚姻之家宜謹始可也　規家日益

世俗好于襁褓童稚之時輕許爲婚亦有指腹爲婚者及其既長或不肖無賴或有惡疾或昔富今貧或昔貴今賤遂至負信棄約連年致訟者多矣是以先祖太尉甞曰吾之男女必俟既長然後議婚既通書不數月必成婚

故終身無悔乃子孫所當法也司馬温公

男女議親不可貪其閥閲之高貲產之厚苟人物不相當則子女終身抱恨況又不和而生他事者乎有男雖欲擇婦有女雖欲擇婿又須自量我子女如何如子愚痴庸下若娶美婦豈特不和尚有他事如女醜拙狠妬若嫁美婿不能必和卒爲其棄所係重且大矣爲父母者安可不審世範

虞翻與弟書曰、長子容當爲娶婦遠求小姓、足使生子、天之福人、不在貴族、芝草無根、醴泉無源、古尺牘

娶婦不求良配、而扳豪門之婦、勢必傲其公姑、嫁女不擇賢配、而貪貴室之郎、勢必矜其姻婭、本以求榮、反以招辱、醒世録

古人云娶婦論財[illegible]者、豈非人人之所恥乎、乃有甘心于是者、吾之子孫宜

深戒之只觀得婦財成家者有幾多至放縱不簡弃本家之舊業亦有耗散因而亡其姓命者今酌聘親之禮務有定數不許過多亦不許需索婦家財物 湛氏家規

唐裴坦爲相性儉素其子娶楊收之女資給豐厚器用多犀玉坦見之盛怒命壞之曰殃我家矣收終以賄敗而坦號太平宰相 湛氏家規

范忠宣公娶婦將歸或傳婦以羅爲幃幔者公

聞之不悅曰羅綺豈幃幔之物耶吾家素淸

儉安得亂吾家法敢持至吾家當火于庭月詧

編

許允婦是阮衛尉女德如妹奇醜交禮竟允無

復入理家人深以爲憂會允有客至婦令婢

視之還答曰是桓郎桓郎者桓範也婦云無

憂桓必勸入桓果語許云阮家旣嫁醜女與

卿故當有意卿宜察之許便回入內旣見婦

即欲出婦料其此出無復入理便捉裾停之許因謂曰婦有四德卿有其幾婦曰新婦所乏唯容爾然士有百行君有其幾許云皆備婦曰夫百行以德爲首君好色不好德何謂皆備允有慙色遂相敬重世說新語

婚姻乃夙緣一定自不可改所遇貧富賢愚不一當隨分安之或嫌貧悔盟或恃强奪娶均於天理人情未安倘事質於官徇情曲斷是

所成俱案即爲彼代作離書也最損陰騭必
遭冥譴可不戒哉　胡師蘇
曾子喪妻終身不娶其子元請焉曰高宗以後
妻殺孝巳尹吉甫以後妻殺伯奇吾上不及
高宗中不比吉甫庸知其免於非乎漢王吉
之子駿喪妻不復娶或問之駿曰德非曾參
子非華元亦何敢娶魏管寧妻喪知故勸其
再娶寧曰每省曾參王駿之言意常嘉之豈

違其本心哉予觀今之繼娶多慘酷遺孤甚
至士人之家亦不少矣不讀陶學士載黑心
符乎其畧云講再醮倘繼室既無結髮之情
常有扶筐之志安得福祥免禍幸矣閔家以
蘆絮示薄許氏以鐵杵表酷歷歷可見為夫
者耽少姿入巧言纒愛狃情牢不可拔妻計
日行夫勢日削寒熱饑飽出入起居在彼不
在我有家國則妻擅其家國有天下則妻拈

麾其天下令一縣則小君映簾守一州則夫人並坐論道經邦奮庸熙載則于飛對內殿連理入都堂粉黛判賞罰裙襦執生殺矣甚者殺夫首子禍綿刀鋸冤著市朝祭祀絕而門庭蕪而惟且畏者曾無也萊州右長史于義方黑心符畧黑心者繼婦之名也噫危哉

讀書鏡

經曰孝子之喪親也哭必哀身無容言不文服

美不安聞樂不樂食旨不甘此哀戚之情也
三日而食教民無以死傷生毀不滅性此聖
人之政也喪不過三年示民有終也爲棺椁
衣衾而舉之陳簠簋而哀慼之擗踊哭泣以
送之卜其宅兆而安厝之爲宗廟以鬼享之
春秋祭祀以時思之如此則生事愛敬死事
哀戚生民之本盡矣孝子之事終矣君子之
于親喪固所自盡不可不勉喪禮備在方冊

不可悉載　規家日益

凡孝子居喪不得易凶爲吉赴他人酒席鄉俗有旬七會飲及塟有山頭等酒會皆深爲害義犯者罪之　陳白沙

厚塟固人子之情衣衾棺椁已覺無益況藏奇玩金寶於其中耶鮮有不爲人所竊掘者矣古今前車可鑒者甚多故曰未歸三尺土難保百年身既歸三尺土難保百年墳可味可

味古今名訓
卜其宅兆塋之事也塋乘生氣塋之理也世乃溺於風水可致富貴而百計營求甚至暴露其親以俟善地至終身不塟焉殊不知人固有得地而發福者苟非天與善人或亦地遇其主而然蓋萬中之一也若心慕富貴不加修爲而顓謀人之地思以致之是欲以智力而竊奪造化之權豈理也哉故有詩曰風水

先生慣脫空指南指北指西東山中定有王侯地何不搜尋塋乃翁規家日益

大觀中劍州羅鞏在太學學有神祠甚靈每以前程事默祝一夕夢曰子有罪宜即還鄉鞏曰鞏平生無過願告以得罪之因曰子無他過惟父母久不塟爾鞏曰家有兄弟罪獨歸鞏何也曰以子習禮義爲儒者故任其咎餘子碌碌不足責也鞏既寤悔恨束裝亟歸同

舍者詡之輩以夢告行未及家而卒今人惑於葬師之説惟欲預圖後蔭選期卜地延數十年不葬其親者尚其以羅輩爲鑒哉警世錄

莆田林氏之先字用賓名觀者常遇一異人待之甚謹一日異人語公曰近見一嘉地葬之者公卿等於麻粟慮君福德未足以當奈何公曰吾德則薄但得此地而與我宗人共之豈無一人足當之者異人歎曰即此一念福

德固甚厚矣遂告之處公取族二十四骸與
其親偕塟焉後生子元美登進士爲撫州守
孫瀚曾孫廷棉廷機玄孫㦗俱官至尚書公
累贈光祿大夫太子太保吏工二部尚書令
子孫科第甚衆蓋公念及祖宗以先令緒篤
愛一本全不以彼此爲異同仁孝感孚即累
世顯榮亦理之固然者世有風水窈冥之論
長男中子小房之說斷斷之意已見於得地

之初至求全福有舉其親不塟者觀公此舉

亦可以省矣嘉言便錄

有一士夫怗泥風水博訪數千里外有精青烏之術者力致之使覓一佳地以塟其父動土之日術者夢一神人責之曰是人將有天譴而汝敢爲彼得佳地汝不中止吾殺汝矣術者驚寤遂托言家有急事報而別因私訪其鄉人曰某平生素行如何皆曰里中之謹愿

人也又復訪之則又告曰是人亦無橫但聞彼官某處止爲某一事故其家遂富術者心嘆曰豈鄉里之譽固不足以贖此罪乎然終畏前夢而去去十餘年復來急詢其家則家已無有矣里人語之曰自汝爲彼得地之後汝幸而別去其子隨與土民爭此地誤毆一人死子論重辟家財費盡某亦復以憂死今其居屬之他姓矣嗟乎心田一虧縱得牛眠

馬嘶之地反速降殃召禍之階耳人乃舍心地而談風水乎　嘉言便錄

蜀太子賓客李郿年七十餘享祖考猶親滌器人或代之不從以爲無以達追慕之意此可謂祭則致其嚴矣　溫公家範

葉氏問祭禮古今事體不同行之多窒礙如何朱子曰有何難行但以誠敬爲主其他儀物隨家豐約如一羹一飯皆可自盡其誠　蒙泉鄉約

凡祖宗忌日子孫自有哀慕悽愴之心是日素服不飲酒食肉居宿於外曾祖以上不逮事者服淺淡衣而禮殺之　陳白沙

不孝謾燒千束紙虧心枉爇萬爐香神明本是正直做豈受人間枉法贓　明心寶鑑

趙飛燕讒班婕好好咒詛於成帝婕好曰鬼神有知不受邪佞之訴若其無知訴之何益理明辭辯滌足感人范滂繫獄吏俾祭皋陶滂

曰皐陶賢者知滂無罪將理之於帝如其無知祭之何益詞語與婕妤類後人達此可以廢無益之禱祝矣 極壯錄

或問廷叟曰神可事乎答曰可事曰何神之事曰事其心神不黍稷不犧牲惟不欺之爲用故君子上戴天下履地中函心雖欲欺其可得乎 雲樵錄

應事

古人作事從本上作所以簡要後人作事無本受多少煩碎費盡力作事不得胡敬齋

薛文清公云惟正足以服人又云分外之事一毫不可預善哉是言也衡門錄

君子論事當先去有我之私一動於我則此心已陷於邪僻雖所論盡合於理既亦亡其本矣王文成公

安詳是處事第一法、謙退是保身第一法、涵容是處人第一法、灑脫是養心第一法、書紳要語

處事最當熟思緩處、熟思則得其情、緩處則得其當事最不可輕忽雖至微至易者皆當以愼重處之 薛文清公

或問張無垢曰處事當如何先生曰速不如思便不如當用意不如平心 省身錄

大事難事看擔當逆境順境看襟度臨喜臨怒

看涵養、羣行羣止看識見。書紳要語

天下事斷非意料所能及，費心思何用，惟順理而行，置成敗得失于度外可也。衡門錄

張無垢曰：操守欲正，器局欲大，識見欲遠。自警編

文潞公處大事以嚴，韓魏公處大事以膽，范文正公處大事曲盡人情，三公皆社稷臣也。朱文公論本朝人物，以范文正公爲第一。東谷贅言

膽欲大，見義勇爲；心欲小，文理密察；智欲圓應

物無滯行欲方截然有執 省身錄

大丈夫以正大立心以光明行事終不爲邪暗小人所惑而易其所守 文清要語

凡國家禮文制度法律條例之類皆當熟觀而深考則有以酬應世務而不戾乎時宜 文清公

或問張無垢先生曰倉卒中患難中處事不亂是其才耶是其識耶先生曰未必才識了得必其胸中器局不凡素有定力不然恐胸中

先亂何以臨事古人平日欲鎔養器局正謂此也日益編

莫因事變之來便倉皇失措先定巳之心心定自有區處懍然錄

忙裏要斟酌擔遲不擔錯呂新吾小兒語

雷電風雨參差交動於下而太虛之本體自若萬事萬變紛紜膠擾於外而吾心之本體自如薛文清公

處己於暗處物於明暗能燭明處己於明處物
於暗明於我何有　省身集
聰明多暗昧筭計失便宜　紫虛元君
眞人前莫美假　巖棲幽事
關尹子曰困天下之智者不在智而在愚窮天
下之辯者不在辯而在訥服天下之勇者不
在勇而在怯少言者不爲人所忌少行者不
爲人所短少智者不爲人所勞少能者不爲

人所後清修妙論

人好剛，吾以柔勝之；人用術，吾以誠感之；人使氣，吾以理屈之。天下無難處之事矣。古今藥石

屈己者能處衆，好勝者必遇敵。景行錄

輕財足以聚人，律己足以服人，量寬足以得人，身先足以率人。書紳要語

司馬溫公我箴曰：誠實以啟人之信我，樂易以使人之親我，虛己以聽人之教我，恭己以取

人之散我自簡以杜人之議我自反以息人之罪我容恐以受人之欺我勤儉以補人之侵我警悟以脫人之陷我奮發以破人之量我遜言以免人之詈我危行以銷人之鄙我静定以處人之擾我從容以待人之迫我游藝以徜人之棄我勵操以去人之汙我直道以伸人之屈我洞徹以解人之疑我量力以濟人之求我盡心以報人之任我弊端切須

勿始于我凡事無但知私于我聖賢毋存心于無我天下之事盡其在我教家要畧

或云人情叵測殊難處以予言之人豈眞難處哉但能儉約而有惠庶不爲人所怨慈和而有威庶不爲人所狎簡直而有禮庶不爲人所厭嚴毅而有容庶不爲人所忿渾厚而有斷庶不爲人所欺含蓄而有量庶不爲人所忌故九夷雖陋君子欲居豚魚無知信猶可

爭人豈眞難處哉　省躬長評

昔人謂人世爲塵海仕途爲宦海以喻險也嘗觀雲間顧公剩語爲之三復語曰天下之險有五而至險不存焉一曰塗險二曰山險三曰水險四曰物險五曰兵險五者之險猶可測也惟天下有至險羊腸蜀棧不足以喻其艱太行秦嶺不足以喻其峻呂梁孟門不足以喻其深封狐雄虺不足以喻其毒快簇利

乃不足以喻其害鬼蜮爾形魑魅爾心設機置穽變詐横生蜜尸劍腹貝錦聚蚊笑中有刀膽裏藏兵譖人若潤膚愬切身轉眼敵釁覆背無親嗟哉險乎惟人心之不平可奈何哉雖然嘗讀易而得之需言險在前也習坎言重險也聖人皆以有孚勉之至于中孚又以利涉與之然則吾儕涉世其安身立命之道固有在哉他非所宜計矣 新知錄

接物之要己所不欲勿施於人行有不得反求諸己性理

曾子曰同遊而不見愛者吾必不仁也共交而不見敬者吾必不長也臨財而不見屬者吾必不信也〃益編

涉世應物有以橫逆加我者譬猶行艸莽中荆棘之在衣徐行緩解而已所謂荆棘者亦何心哉如是則方寸不勞而怨可釋林和靖省心錄

凡事若肯讓人一着有無限便宜處 衡門録

蔡虛齋曰處今世亦自有許多當避嫌處不可便以聖賢自擬 吾學編

聖人處末世待人應物有時而委曲其道未嘗不直也若已爲君子而使人爲小人亦非仁人忠恕惻怛之心 王文成公

寧人負我毋我負人此待已之道也天下之善不必自已出此待人之道也 廣善録

疾惡之心固不可無，然當寬心緩思，可否幷審度時宜而處之，斯無悔。切不可聞惡遽怒，先自焚燒，縱使即能去惡，亦已病矣，况傷於急暴而有過中失宜之弊乎？經曰：無忿疾于頑。孔子曰：膚受之愬不行。皆當深味。薛文清公

或問寡怨有道乎？曰：君子不辱人以不堪，不媿人以不知，不傲人以不如，不疑人以不肖。故曰：君子不欲多上人。小窻清紀

誠無悔恕無怨和無讐忍無辱　景行錄

接物大宜寬宏如行曠野而有展布之地不然太狹而無以自容矣故曰長者之懷汪洋而無涯褊人之情刻覈而繁瑣　薛文清公

心誠色温氣和詞婉必能動人若人未已知不可急求其知人未已合不可急求其合覺人之詐不形於言有無限餘味　退思錄

孔子畏大人孟子藐大人畏則不驕藐則不諂

中道也長者言

張子韶謂與小人居常自簡默司馬溫公曰君子所以感人其惟誠乎范文正公曰言欲遜遜免禍行欲嚴嚴遠侮皆當三復力行許氏家則

恭而不近于諛和而不至于流事上處衆之道薛文清公

要當渾厚中有分辯者在乃可薛文清公

處俗而不忤者其和乎其弊也流而無立持身

而不撓者其介乎其弊也厲而多過介以植其內和以應乎外斯庶矣乎　灼艾集

論事不可趨一時之輕重當思其久而遠者有不速之客三人來敬之終吉處橫逆之道也

薛文清公

郭子儀病甚百官造省皆不屏姬妾及盧杞至則屏之隱几而待家人怪問其故子儀曰彼貌陋心險婦女輩見之必笑使後得權吾族

無類矣　唐史

韓持國知潁州時彦以狀元及第判州事毎稱狀元持國怒曰狀元無官耶自是戒呼僉判彦終身啣之馬涓亦以狀元及第判秦州亦呼狀元秦帥呂晉伯曰狀元者及第未除也既爲判官則勿稱之矣涓媿謝之予嘗舉此以問客曰二事絶類而一啣之一謝之何與客曰人品不同耳予曰固然持國厲聲而叱

之故其人多怨晉伯平心以道之故其人多
悅程子曰凡爲人言者理勝則事明氣忿則
招拂此之謂也讀書鏡
世之庸夫俗子不能一槩禮待鄉曲富貴貧賤
設爲高下等級見有貲財有官職者則禮恭
而心敬貲財愈多官職愈高則恭敬又加焉
至視貧者賤者則禮傲而心慢不少顧恤不
知彼之富貴非我之榮彼之貧賤非我之辱

何用分别如此有識君子必不然也袁氏世範

待下固當謙和謙和而無節反納其侮所謂重巽吝也惟和而莊則人自愛而畏薛文清公

與人相處雖貴情意相投形迹相忘然亦不可狎昵太甚如齒有長幼還當序齒分有尊卑還當明分內外男女之間還當有别笑語戲謔之言還當有節勿攻訐人陰私勿觸犯人忌諱斯嫌疑既遠而可與久處矣胡師蘇

每燕會交接之間或人品不齊行簡有玷或相貌不全或令雖尊顯而出身本微或先世昌隆而後裔流落以類推之人所忌諱甚多用心簡點一番切弗犯人所忌令其愧憤亦君子長者之厚道也省身集要

人有求于我力能應則應之如有不能當和顏巽語告以難應之故而辭之固不可疾言怒色拒之太嚴亦不可托故延展令其失望胡師

蘇

甚喜中勿許人物甚怒中勿答人簡 各公訓纂

君子處心寧人負己小人處事常思負人 厚生訓纂

薛文清公曰小人不可與盡言 慎言集

韓非子曰事以密成語以泄敗 慎言集

莫信術中直須防人不仁 明心寶鑑

輕諾必寡信多易必多難 老子

謙美德也過謙者多詐默懿行也過默者藏奸

青紳要語

不可無道心不可泥道貌不可有世情不可忽

世相 長者言

人爲事遂志不可輒喜者不遂志不可遽憂其

中禍福難知故也 省約書

塞上翁馬亡入胡人吊之翁曰安知非福乎後

有駿馬歸人賀之翁曰安知非禍乎其子騎

折髀人吊之翁曰又安知非福乎後兵出丁

壯者戰死其子以折髀得免君子謂塞翁識倚伏也淮南子

常見人尋常事處置得宜者數數爲人言之陋亦甚矣古人功滿天地德冠人羣視之若無者分定故也從政名言

除賊

要做好人全被嗜慾沉溺則嗜慾吾之讐敵也今人以得嗜慾爲快者是所謂借寇兵而資盜糧與 憬然錄

迷于利欲者如醉酒之人人不堪其醜而已不覺也 薛文清公

縱酒色是殺身的利刃弄術數是殺子孫的毒藥 衡門錄

蔡文忠公飲量過人太夫人年高頗憂之賈存道慮其以酒生疾示以詩曰聖君恩重龍頭選慈母年高白髮垂君寵母恩俱未報酒如成病悔何追文忠自是非對親客不飲終身不至醉 日益編

楚子反爲司馬醉而寢楚王欲與晉戰召之辭以心疾王徑入幄聞酒臭曰今日之戰所恃者司馬而醉若此是亡吾國而不恤吾衆也

一射殺之周顗有一故人與之飲酒大醉腐脅而死灌夫酒酣坐罵武帝伏誅故裴月休曰酒之道上爲淫溺所化化爲亡國下爲凶酗所化化爲殺身日益編

凡親友燕會務在必誠必敬不可多虐以酒令其失言喪儀且更有不測之事慎之慎之名公訓纂

王氏家誡曰凡爲主人飲客使有酒客而已毋

使至醉若爲人所强必退席長跪稱父戒以
辭之敬仲辭君而况于人乎 飲食紳言
聲色者敗德之具思慮者殘生之本 景行錄
淫穢一事極能損行瀆倫獲罪最重 感應錄
慈覺禪師云飲食于人日月長精麤隨分塞饑
瘡纔過三寸成何物不用將心細較量若能
如是思省自可省口腹矣務實野夫云皮包
骨肉并屎糞彊作嬌嬈誑惑人千古英雄皆

坐此百年同作一坑塵若能如是思省自可省淫慾矣　讀書鏡

上陽子曰惟婬慾爲諸業之首修行之士先當屛絕世以絕慾爲甚難者皆愚癡之見初學之士試於無人之境獨行獨臥日則以丹經常玩夜則以清淨存心眼前既無亂境一切妄念悉除稍有魔障愈堅其心如此半年一載待其精氣內固自不思慾若慾念未除是

精尚不全更當固之丹經云精全者不思慾
眞名言也　醒迷錄
上蔡云色欲已斷二十年來矣蓋欲有爲必須
强盛方勝任得故斷之也問于勢利如何曰
打透此關十餘年矣　省心詮要
語云傷生之事非一而好色爲甚余亦以爲好
色之禍固大而闞爲尤甚蓋婬娼賤妓塗抹
脂粉倚門獻笑無非陷人鈎餌一入其中雖

甚黠慧亦將膠黏漆瀰而不自知迨其家貲
漸耗囊橐漸傾而此身之棲止漸不能容則
疇昔分梳破鏡剪髮然肌者竟成陌路甚至
染惡瘡耽弱疾使其身爲無禮無義之人而
人皆輕賤之者却由此一念之差耳故色荒
之訓書有之冶容之戒易有之而縞衣綦巾
聊樂我員者詩有之少年子弟亟宜猛省太玄
堂録

高僧篦戒行嚴潔有魔化作美女自稱天仙說偈誘惑篦執意貞確一心無擾曰吾心若死灰勿以革囊見試女乃冉冉而逝嘆曰海水可竭須彌可傾彼上人者秉心堅貞 淨土資糧

明霞可愛瞬眼而輒空流水堪聽過耳而不戀人能以明霞視美色則業障自空人能以流水聽絃歌則性靈何害 婆羅園清語

東陽陳同父資高學奇跌宕不羈嘗與客言昔

有一士鄰於富家貧而屢空每羨其鄰之樂一日衣冠謁而請焉富翁告之曰致富不易也子歸齋沐三日而後予告子以其故士人如言復謁乃命待於屛間設高几納師資之贄始揖而進之曰大凡致富之道當先去其五賊五賊不除富不可致士人請問其目富翁曰即世之所謂仁義禮智信是也士人聞之愕然而退曰如此致富某即死不願也同

父每言及此輒撚髯曰吾儒不爲五賊所制當成何等人耶　桯史

嘉興有一賈人積銀百兩貯以磁甕以金釵二股置其上瘞之地中而出賈于外不虞其子窺見竊發其瘞視甕中惟清水一泓耳以手攪探之無物遂封葢如故比其父歸發甕取金覆其數不減而次置攪亂問其妻曰吾所瘞之物誰曾發耶吾所置金釵在上今顛在

下何耶後其子自言其故衆相駭歎夫以父之財子猶不得而有之況可非分覬耶見聞紀訓

棟塘陳氏曰鄉定四余母黨親也掘地得埋藏銀甚多儘力營造輪奐一新將完木匠偶與其子戲墜地死訟于官官知其得藏貨也重索之殆盡訟始息而新舊房屋回祿又一夕燬之矣蘇東坡曰無故而得千金不有大福必有大禍今以鄉事觀之則薄命之人豈待

千金雖數十金有禍矣吁可妄求乎哉見聞紀訓
人之經營財利偶有得意致富厚者必其命運
亨通造物者陰賜至此其間有不達者欲以
智力求之如販米則加之以水賣鹽則加之
以灰賣漆則加之以油賣藥則雜之以他物
如此等類目下僥倖其心欣然不知造物者
隨即以他事取去終于貧乏之所謂人力不能
勝天大抵轉販經營先存心地凡物貨必真

又須本分不貪厚利任天理如何雖目下所得之薄必無後患矣厚生訓纂

馬援初處田牧閒至有牛馬羊數千頭穀數萬斛既而嘆曰凡殖貨財產貴其能施賑也不則守錢虜耳漢史

石崇被收嘆曰若輩利吾家財收者曰知財致害何不早散之某以為散之不如勿聚之之為愈也齊曹武被收嘆曰諸人知我無異意所

以殺我止欲取我財貨妓女爾但恨令衆輩見之武之嘆卽崇之嘆也噫世之營聚者可以鑒矣 圍涂錄

王符卿公汝訓家世素饒乃父封公尤善經理每晨起握籌課筭至日昃未食故鄉居時虞盜患竟夕或不能寢符卿家食時卽志聖賢之學因諭其父曰天生財以養人人之所重則身與心耳大人為此纖纖者營營兢兢外

累其身内累其心古諸厚積者守財虜不虚也封公輸一日盡招其逋債者裂劵免之夙所積藏視親戚族黨之殺悉捐以散給之里人大悅無煩防守而相翔者息君子以爲符卿純孝哉賢奕編

金帛多只是博得垂死時子孫眼淚少不知其他知有爭而已金帛少只是博得垂死時子孫眼淚多亦不知其他知有親而已長者言

今人爲子孫計或至謀人之業奪人之產日夕營營無所不至昔人謂爲子孫作馬牛然身沒未寒而業屬之他人讐家羣起而報復子孫反受其殃是始爲子孫作蛇蝎也吁可戒哉王陽明

凡田地基址相連處不可遽有吞謀併得之意或人因家貧事故轉售於我亦必以實價與之不可因彼事勢窮蹙故意推托欲其減價

賤售諺云田是主人人是客自天地開闢以來此田此地賣者買者不知曾經幾千百人而後傳至於我我今得之子孫縱賢而能守能必其世世相承千百年而不失乎終亦遞相賣買無定主爾自吾有知識以來見吾鄉華屋腴田迭更數主其在他日可知已故曾文恪公云養兒強如我買田做甚麼養兒不如我買田做甚麼又云財也大産也大後來

子孫禍也大財也少產也少後來子孫禍也

少此先輩確論也彼罄智畢力勞勞役役厚

自封殖其亦未之思乎　胡師蘇

眼前田地休嫌窄退一步自然寬　景行録

貪倂之家恃其豪强見富家子弟昏愚不肖及

有緩急多是將錢强以借與或始借之時設

酒食以媚悅其意或既借之後歷數年而不

索待其息多又設酒食以誘使之轉息倂爲

本錢而又生息更誘勸其將田產折還明條雖倖免天網則不漏諺云富兒更替做迭相報也詩曰十分惺惺使五分且留一半與兒孫倘把惺惺多使盡只恐兒孫不若人又曰一派青山景色幽前人田土後人收後人收得休歡喜還有收人在後頭 厚生訓纂

宋郭進造宅既成以酒席犒工令子弟之席設於諸工之下指工人曰此造宅者指諸子曰

此賣屋者進宛未幾果爲資政殿學士陳彦升所得蘇掖仕至監司家富甚嗇每置產吝不與直爭一文至失色尤喜乘人窘急嘗置別墅與售者反覆甚苦其子在傍曰大人可增少金吾輩他日賣之亦得善價也父愕然自是少悟夫世有如此父子可以免營造 讀書鏡

李德裕平泉山居戒子孫云吾百年之後爲權

勢所奪則以先人所命泣而告之此吾志也
後經世變餘儭竟不能守花卉蕪絕怪石名
品俱爲洛城有力取去記所云者秪足貽達
人笑范文正公在杭州時子弟以公有退志
乘閒請治第洛陽樹園圃以爲逸老地公曰
人苟有道義之樂形骸可外況吾屋也吾今
年踰六十來日無幾乃謀治第樹園顧何時
而居乎吾之所患在位高而難退不患退而

無居也居固易得西都士大夫園林相望爲
主人者莫得常遊而誰獨障吾遊者豈有諸
已而後爲樂耶張叔夏過錢塘西湖慶樂園
賦高陽臺詞序云慶樂園韓平原之南園也
戊寅歲過之但有碑石在荆棘中耳詞云古
木迷鴉虚堂起燕歡遊轉眼驚心南圃東窻
酸風掃盡芳塵鬢貂飛入平原草最可憐渾
是秋陰夜沉沉不信歸魂不到花深吹簫踏

葉幽尋去任船依斷石袖裹寒雲老拄懸香

冊瑚碎擊無聲故園已是愁如許撫殘碑又

却傷今更關情秋水人家斜照西林嘻讀叔

夏詞要知有園者仍未嘗有園讀文正語要

知無園者仍未嘗無園如李衛公平泉痴淚

正不必如霰矣故王珣舍虎丘爲院王維舍

輞川爲寺眞可謂具身後眼者讀書鏡

上元姚三老貲甲閭右嘗買別墅於勞勞亭之

北投書浦之南其中有池有亭有假山皆太湖惟石鉤鬭巧琛奇崛玲瓏又有飛閣曲房綠欄花徑逶迤斗折粧點如畫周遭又有老樹壽藤葱蒨相糾秀色映發魚鳥親人良愜賞心一日狂客王太痴來遊焉留酌池上酒半酣太痴曰樂哉茲墅翁費値幾何三老曰費千金也太痴曰二十年前老夫曾觴詠於此主者告我費且萬金翁何得之易耶三老

曰我謀之久矣其子孫無可奈何只得賤售

太痴曰翁當效贊皇公刻石平泉垂戒子孫

異時無可奈何不宜賤售三老聞其言愀然

不悅既而躍然引觴浮白謝之且曰太痴真

達者之言哉老悖空與兒孫作馬牛矣綠雪亭雜言

潁川有姚尚書墓其神道碑穹窿博厚四面均

焉規制頗類顏魯公所書茅山碑者州人侍

郎其營壽域欲割碑三分之一以刻墓表畏
州守難之乃曲意懇之州守曰吾聞姚尚書
子孫微矣莫有主者况其碑甚厚便割三分
之二有何不可侍郎喜出望外乃命工割之
或問州守曰侍郎割尚書之碑子不能禁又
從而過許之何也州守曰吾意欲使後人割
侍郎之碑者猶得中分爾侍郎聞之慚悔無
地遂不割碑古今藥石

粵中有梁參議周御史先後在告里居豪橫皆爲讐家賊殺之越數年金堂有小吏往時嘗遨遊二公間一日過銅梁月夜獨行至小溪上秋木蕭蕭突然見二公在焉吏驚怖莫知所措二公慰安之相與佇立已而梁顧吏曰過家煩語吾兒不可爲惡吾在冥司徒有悔心而已周獨悵然無語吏曰何以見教周曰過吾鄉煩語鄰人張七公先人墓在南原麥

飯無壬歲時幸爲吾訶護樵牧則冥感無極
矣俄有黑風蓬蓬而來二公忽不見此亭聞
之方伯羅循舉者 綠雪亭雜言

慈湖先生曰先君一日閒步到蔬園頗謂園僕
曰吾蔬間爲盜者竊取汝有何計防閑園僕
有余姓者曰須捹一分與盜者乃可先公因
忻然頗其曰余僕吾師也吾意釋然 自警編

嘗觀古人有云目所可見者漫爾經營目所不

及見者不須置之謀慮此有識君子之語也
胸中何如寬泰　許氏家訓
青天白日和風慶雲不特人多喜色即鳥鵲且
有好音若暴風怒雨疾雷閃電鳥亦投林人
亦閉戶乖戾之感至於此乎故君子以太和
元氣爲主　長者言
入鳥不亂行入獸不亂羣和之至也人乃同類
而多乖睽何與故朱子云執拗乖戾者薄命

之人也　長者言

塵生便掃莫論是否百年偶聚何苦煩惱太虛之内無物不有萬事從寛其福自厚　忿怒箴

愚濁生嗔怒皆因理不通休添心上焰只作耳邊風長短家家有炎凉處處同是非無實相悟却總成空　明心寶鑑

忍是身之寶不忍身之殃舌柔常在口齒折只爲剛片時不能忍煩惱日月長　一葦集

少陵詩云忍過事堪喜此迺切於事理爲世大法非空言也 政訓

休與小人爲仇小人自有對頭 呂新吾小兒語

受人凌辱畏其勢而忍之者不足爲忍無可畏之勢而能忍之者眞爲忍也 書紳要語

人欺未必是辱人怕未必是福 書紳要語

見人忍默偏欺忍默不是呆的 呂新吾小兒語

自家認了不是人再不好說你自家倒在地下

人再不好跌你　呂新吾小兒語

生事事生省事事省柔弱護身之本剛强惹禍之因　景行錄

會做快活人凡事莫生事會做快活人省事莫惹事會做快活人大事化小事會做快活人小事化無事　清修妙論

令人不忍一言之忿或爭銖兩之利遂相搆訟夫我欲求勝於彼則彼亦欲求勝于我譬

相報遂至破家蕩產禍遺子孫豈若含忍退
讓使鄉里稱爲善人長者子孫亦蒙其庇乎

王陽明

凡人有好爭訟者此不可曉萬一必不得已被
人殘賊欺害告狀固是正事其中有小事間
氣往往爭告累年不以是非爲曲直惟以勝
負爲强弱甚至牽累至死破產殆盡傷情害
義而不傾不息者此愚人之極也昔有詩曰

些小爭差莫若休不經府縣與經州費心喫

打陪茶酒贏得猫兒失了牛最可念誦厚生訓纂

事無大小只當以理爲主然理雖在我所遇之

人愚者不知理强者不畏理奸猾者故意不

循理則理又有難行處便當審度事勢何如

從容處之事小便舍忍過去寧我讓人可也

事大則質之官府告之親友辯白曲直終越

理不得自然輸服若恃我有理悻悻生忿直

要儘力作到十分不肯退步容忍則愚者終不明强者終不屈好者必百計求勝或有理翻成無理矣古人謂事到七八分即已如張弓然過滿則折此亦處事者之法　胡師蘇

先祿卿王守和未嘗與人有爭嘗于几案間大書忍字至于幃幌之屬以繡畫爲之明皇知其姓字非時引對問曰卿名守和已知不爭好書忍字尤見用心守和曰臣聞堅則必斷

剛則必折萬事之中忍字爲上帝曰善賜帛以旌之開元遺事

劉伶嘗醉與俗人相忤其人攘臂奮拳而往伶曰雞肋不足以當尊拳其人笑而止世說新語

徐文貞當海蔡時鄉民多踵其門詈之者公對人云愼毋報復譬如犬嚙人人亦嚙犬耶口占一絶云昔年天子毋稱卿今日煩君罵姓名呼馬呼牛俱是幻黄花白酒且陶情觀此

則常人于橫逆之來可無憾矣　西樓襍著

管幼安在遼東隣人有牛暴幼安田幼安牽牛着涼處自與飲食過于牛主牛主得牛大慙若犯嚴刑　警語類抄

韓魏公與同僚處一日有卒悍厲衆皆怒之惟韓不顧徐曰無忿疾于頑惟頑能致人忿故也

昔張忠定公爲崇陽令有一錢斬吏之事此却是過當處正不能不忿疾于頑也　鶴林玉露補

臨江胡秘校與客圍棋忽有村民惡聲相加問之則云來筴簿公曰少待其人直前推局大罵客不堪怒公徐解之曰想爾畢租務欲勾簿乎曰然公卽取簿勾之仍與斗米遣歸其人至半途遇其妻抱子號哭而來問何以不死卽言其故抵家而氣絕葢以討服毒來也公不含忍禍立見矣日省錄

武林沈慎齋云有李棊者星家言其棊月日值

難星當有奇禍李某至期閉門靜息偶步過
外氏纔隔數廛耳忽有肩柴者突過鈎破李
某新衣李某庥怒欲齕齬之已而念星家之
言遽霽色舍去肩柴者感其德歸語其室云
藉令逢異人吾柴不堪賠而背不堪箠矣時
酷暑渴甚飲水過多暴下而死李某遂免於
搆世言恐敵災星觀此良然 續見聞紀訓

唐李文公翱問藥山禪師曰如何是黑風吹船

飄落鬼國師曰李翔小子問此何爲文公怫然怒形於色師笑曰發此瞋恚心便是黑風吹船飄落鬼國也　蟠心編

積德

漢東平王顯宗毋弟也上問處家何樂對曰爲善最樂及薨肅宗東巡幸其宮追感謂其子曰思其人至其鄉其處在其人亡爲之大慟 漢書

作德日休爲善最樂黃山谷嘗手書此八大字以訓示子孫 積自警編

識些道理不做好人天地鬼神亦深惡之葢不

識好惡如童稚如醉人雖有罪可赦若知而
故犯不可宥也　厚生訓纂

天之生人其耳目口鼻四肢百骸無富貴貧賤一也世間之饑而不得食寒而不得衣甚至終身不識有室家之樂者吾不知其幾矣富貴之人豈惟無饑且肥甘足於口豈惟無寒且輕煖足於體華堂峻宇妾媵滿前靡有求而弗得靡有欲而弗遂天之厚我不越庸人

萬萬哉故雖日行方便猶不能補報天之萬
一而乃或任其饕餮之性恃勢淩人則天其
喜我乎惡我乎子孫其受福乎此理甚明不
待細思而可曉也　衡門錄
太尉韋儁爲領軍于忠所害歎曰吾一生爲善
未嘗善報常不爲惡今爲惡終又宋詹事劉
湛以義康黨被收謂弟素曰相勸爲惡惡不
可爲相勸爲善正見今日此即范滂臨刑時

語其子之言也惟陸務觀云爲善自是士人常事今乃邀身後福報若市道吾實恥之吁二子聞此言可以瞑目矣 讀書鏡

人若能幹好事纔爲有用人 衡門錄

晦翁云天地一無所爲只以生萬物爲事人念念在利濟便是天地了也故曰宰相日日有可行的善事乞丐日日有可行的善事只是當面蹉過耳 長者言

深以刻薄爲戒每事當從忠厚　薛文清公

富貴家宜勸他寛聰明人宜勸他厚　長者言

吾本薄福人宜行厚德事吾本薄德人宜行惜福事　長者言

薄福者必刻薄刻薄則福益薄矣厚福者必寛厚寛厚則福益厚矣　長者言

有穿麻服白衣者道遇吉祥喜事相與牽而避之勿使相值其事雖小其心則厚　長者言

游定夫錄云有客來相訪如何是治生但存方寸地留與子孫耕 明心寶鑑

以忠孝遺子孫者昌以智術遺子孫者亡以讓接物者强以善自衛者良 景行錄

積金以遺子孫子孫未必能守積書以遺子孫子孫未必能讀不如積陰德於冥冥之中以爲子孫常久之計 司馬温公

聰明本是陰騭助陰騭引入聰明路不行陰騭

使聰明聰明反被聰明悞 立身類腴

風水人間不可無全憑陰騭兩相扶富貴若從

風水得再生郭璞也難圖 立身類腴

有心無相相逐心生有相無心相從心滅 神相編

但存心裏正不用問前程若要有前程莫做沒

前程 明心寶鑑

作福不如遠罪避禍不如省非 明心寶鑑

無求勝布施謹口勝持齋 明心寶鑑

看經未爲善作福未爲願莫若當權時與人行方便　立身類腴

爲善之人非獨其宗族親戚愛之朋友鄉黨敬之雖鬼神亦陰相之爲惡之人非獨其宗族親戚叛之朋友鄉黨怨之雖鬼神亦陰殛之故積善之家必有餘慶積不善之家必有餘殃　王陽明

凡人有勢不可倚盡有福不可享盡貧困不可

一歎盡此三者乃天地循環週而復始故行善者福雖未至禍自遠矣行惡者禍雖未至福自遠矣行善之人如春園之草不見其長日有所增行惡之人如磨刀之石不見其損日有所虧損人利己切宜戒之 應驗錄

一念之善吉神隨之一念之惡厲鬼隨之知此可以役使鬼神 長者言

世間第一好事莫如救難憐貧人若不遭大禍

捨濟能費幾文 呂新吾小兒語

日費千金爲一瞬之樂孰若散而活凍餓者幾千百人處眇軀以廣廈何如庇寒士以一席之地乎 省心詮要

龍舒曰予徧覽藏經無陰府寄庫之説奉勸世人以寄庫所費之貲周窮濟急廣行善事則往生淨土若不爲淨土功德而爲陰府寄庫則是志在陰府死必入陰府矣譬如有人不

爲君子之行以結交賢人君子乃寄錢于司理院獄子處待其下獄則用錢免罪豈不謬哉一葦集

儒家言報施佛家言布施其實一也佛言欲得穀食當勤耕種欲得智慧當勤學問欲得長壽當勤戒殺欲得富貴當勤布施布施有四一曰財施二曰法施三曰無畏施四曰心施財施者以財惠人法施者以善道教人無畏

施者謂衆生恐懼時吾安慰之或教以脫離使無畏心施者力雖不能濟物常存濟物之心或孝養父母或忠誠事上或仁慈安衆凡一言一語一動一止必期有益勿使有所損害乃布施也所為如此存心又如此後世豈不獲富貴之報　勸善集

杜祁公衍性好施張瓌曰公之好施人所能及也其不妄施人之所不能及也吁今之施者

半及于沙門弟子止矣余以爲此不惟施之
三寶而當並施之三教不惟施之三教而當
首施之三族 讀書鏡

宋虞愿爲散騎常侍明帝起湘宮寺費極奢侈
又起莊嚴刹十層不可立分爲兩刹各五層
帝曰卿至湘宮寺未我起此寺是大功德愿
曰陛下起此寺皆是百姓賣兒販婦之資佛
若有知當悲哭哀愍罪高浮屠何有功德 事文

類聚

鄧豁渠自訟云爲僧者幹自己事帶累十方施主委實難消誠哉言乎夫僧人爲自己生死猶士人爲自己科名也爲科名故累諸隣里親戚供給所需成名則足以報之名不成則所負多矣不解此義而唯嫌信施不廣豈不大錯　蓮池大師

人有患難不能濟困苦無所訴貧乏不自存而

其人樸訥懷愧不能自言於人者吾雖無餘
亦當隨力周助若其人本非貧乏乃挾揮押
噬佞之術而適謁貴人富人之門有所得則
以爲已能而恣其浪費無所得則以爲人鄙
而肆其詈言正當以不卹不顧待之豈可割
吾之不敢用以資他之不當用 世範

鄭氏曰橋圯路滹子孫倘有餘貲當助修治以
便行客或遇隆暑又當於通衢設著一二處

以濟渴者宜隨力隨助不可謂捨財不見獲福而不爲雲翁漫錄

人有料率錢物造橋修路及造渡船宜隨力助之不可謂捨財不見獲福而不爲且如道路橋船既成吾晨出暮回過橋乘渡無有疎虞皆所獲福也厚生訓纂

趙閱道嘗知越州值歲大歉公召州之富民畢集勸諭以賑濟之義即自解所腰間金帶置庭

下於是施者雲集所全活十數萬人曾子固作救災記備述其事遯齋集

蘇長公卜居陽羨以五百緡買一宅將入居之偶夜行聞有老婦哭者而哀公問其故嫗言舊居相傳百年一旦移去所以泣也問其居何在正五百緡所買者即取屋券焚之不受原直而自陽羨還毘陵勿徙宅矣勸善錄

趙清獻公抃寬厚長者與物無忤家於三衢所

居甚隘弟姪有欲悅公意者以厚直易鄰翁之居期廣公第公聞之不樂曰吾與此翁三世爲鄰矣恐棄之乎命亟還翁居而不追其直自警編

林積南劍人少時入京師息蔡邸覺床第間有物視之見一布囊中有錦囊實以北珠數百顆明日詢主人曰前夕何人宿此主人告以一巨商也林大榜于室曰某年月日劒浦林

積假館遂行商至京取珠無有急沿故道物
色至邸見其榜即還訪林悉以歸之商欲中
分林不受曰使積欲之前日已爲已有矣商
不能強以數百千就佛寺爲林祈福 德慧錄
程瓊休寧人寓州北門外開鋪賣飯宿客畜馬
驟送行然其人雖居市井而輕利重義有安
宗定者携銀百兩來州買絲絲未出復歸飯
于程鋪就催其馬下梅溪置銀于布囊縛之

鞍後至中途墜地不覺也跟馬僮拾之匿于路旁竹園內宗至榔溪解所囊不見初不意僮也迺馳回程舖查訪且榜諸途曰得銀者願平分程視僮面色可疑遂密誘之得實亟押僮至其所取銀還之宗以其半爲謝堅辭不受臧至二十兩亦不受然程之拾遺而還非止一次此其多者耳見聞紀訓

南陽李文達公之祖故商也家種棉花載貨湖

湘閒停于邸舍有臨江二商議値三百兩交易訖舍傍火發延燒無遺二商大慟曰本竭歸不得矣非死則行乞耳李聞而呼之曰汝等貨未及舟尚爲我貨物失價存我當還汝亦理所宜汝失貨本無以爲生我尚能力業歸可再至乃以三百金還之而自垂槖歸德慧錄

解開繒父也貲鉅富親故婚喪力瘠者輒以財

穀濟之有告急者蹈湯火赴援不顧或多爲鄉里所負開曰人孰不欲厚積而肯輕捐所有以與人哉夫富者怨之府也吾但知種善以貽子孫而暇金玉乎哉 德慧錄

泰州儲仲文嘗中鹽遼陽載布數車至則値虜騎圍城雨雪浹旬日饑凍者道相屬仲文日坐逆旅戶外搮槖中布散之不問誰某衆商止之曰商本以求利顧幷以本棄之不可仲

文曰此何時尚計利耶　德慧錄

瞿嗣興常熟人陰行其德邇工王氏大雪來餓不能起嗣興憫之携錢二十緡潛擲隙而去歎歲有窶人來糴粟受其錢五千陽忘曰汝十千耶倍與之粟凡負販者必多償其直家人惟間之嗣興曰彼胼胝手足求升合利吾忍與較耶　德慧錄

范文正公守邠州暇日帥僚屬登樓置酒未發

觴見襍經數人營理喪具者公亟令詢之乃寄居士人卒於郊將出殯賵斂棺椁皆所未具憮然卽徹宴席厚賻給之使畢其事坐客感嘆有泣下者 日益編

李約爲兵部員外郎嘗舟行與一商吳姓者舟楫相次吳忽病革邀約相見旣至乃以二夜光珠遺約且以二女爲託女絕色明日吳死財寶數萬一舟之人莫不窺覬約乃悉籍其

數寄之於官二女並爲擇配乃殮當殮之時復以所得夜光含之人無見者後吳屬來理財約請官發視夜光在焉時人莫不稱嘆勸懲錄

李凝居金陵家素貧獨好周人急金華范景淳爲吏京師得疾慕義踵門凝即汛除一室使寢息其中躬爲煮糜煉藥旦暮問所嗜兼親滌景淳流涕曰無以報厚德橐有黃白在

舊旅邸願君取之不然終爲他人得耳疑遂
邀其鄉人偕往携以歸籍其數封識之數日
景淳竟死疑出私財買棺殯于城南召其二
子至按籍還之平陽耿子廉械逮至京師其
妻孕將育衆拒門不納疑謂婦曰人命至重
吾寧舍之而受禍不悔也俾邀以歸產一男
子命婦事之如疑事景淳踰月辭去德慧錄
曹武惠初克成都有獲婦女者悉閉于一第竅

以度食且戒左右曰是將進御當密衛之消
事罷訪其親還之無親者備禮嫁竟無所染

德慧錄

王荆公知制誥吳夫人爲買一妾荆公見之曰
汝誰氏曰妾之夫爲軍大將部米運失舟家
貲盡沒猶不足賣妾以償公慨然曰夫人用
錢幾何曰九十萬公呼其夫令爲夫婦如初
盡以錢賜之 德慧錄

張文節在政府國封時節入見莊獻見其二婢陋甚命爲別置少者國封如戒文節一見乃指二老婢謂曰此皆久在左右若逐出之無所歸矣如二姝者皆未笄嫁與少年前程未可量使守一老翁何益於事即日面奏嫁之

德慧錄

葉侍郎贊居官清苦謝政後雍雍里門有長厚名偶有人傳云某鄉士夫孫女爲娼家買去

公惻然曰此此縉紳所共恥也遲之則此女一失身終難補矣亟呼婿朱文祥以銀若干贖歸復以銀米助民家養爲婦卒得其所勸善錄

袁州分宜縣見嚴介谿相公所修石橋一座其長逾百丈跨江橫截石皆堅緻光麗所濟甚博而遠討當日費貲不下數十萬及由分宜而南凡境內橋數十座皆介谿夫人歐陽氏施造蓋皆有利行者夫介谿一生相業爲世

訴譏而犒之濟物功德殊不可泯又歐陽夫
人當日好施如此亦可謂具慈惻性者余故
記之見士君子能行一善有利于世論者自
不忍以人廢也雪濤小書
曹州于令儀市井人也長厚晩年家頗豐一夕
盜入諸子擒之乃鄰舍子也令儀曰爾素寡
過何苦爲盜因詰所欲遂予十千以資衣食
又恐爲邏者所獲留至明使去盜感愧卒爲

良民君子以善服人不如以善養人養人至于盜賊使之改過眞是一具大洪爐也讀書鏡

太丘長陳寔平心率物鄉閭有爭訟輒求判正譬曉曲直退無怨者且云寧爲刑罰所加不爲陳君所短嘗有盜入止梁上寔夜起自整呼子孫訓之曰人不可不自勉不善者未必本惡皆由習壞取咎梁上君子是矣盜大驚投地請罪寔復徐譬之遺絹二疋令其省改

自此一邑盜風頓息後累徵三府不起旣沒海内赴弔者三萬餘人制衰麻者以百數（勸善錄）

孝豐吳封君南山公之父諱珏（公）厚德長者也一日自外歸過其別墅望見栗園中有人正在樹偷栗趣亟勸馬轉迂路三四里抵家語其故且曰設我過而彼見之必倉皇墜地非死則重傷矣今恣其所取損我能幾何哉卽是

一端其仁厚類可想見見聞紀訓
曹彬知徐州有吏犯罪立案逾年杖之人皆不測曰吾聞此人新娶婦若杖之舅姑必以婦爲不利朝夕詬罵使不能自存吾故緩其事而法亦不赦也德慧錄
庾公亮乘馬有的盧或語令賣去庾云賣之必有買者即復害其主寧可不安已而移于宅人哉昔孫叔敖殺兩頭蛇以爲後人之美談

效之不亦達乎　世說新語

應俊云所謂陰德者非獨富貴有力者能之尋常之人皆可爲也世有樂施者施棺砌井修橋整路此皆陽德也惟能推廣善心務行方便不阻人之善不成人之惡不揚人之過人有窘乏吾濟之人有患難吾救之人有仇讐吾解之不大斗秤以倍利不滐機穽以陷物隨力行之如耳之鳴惟己自知人無知者此

所謂陰德也　孫氏家訓

佛之設教也無非欲人向善而滅惡故念佛者念念體佛之謂非徒口誦之謂耳世有一等不明人口雖誦佛而念實違之是名瀆佛非名念佛佛必深罪何以邀福昔有一夫人性甚刻薄而又甚佞佛每朝虔誠長跪佛前誦佛千聲一日其夫從後呼之曰夫人不應再呼之亦不應連呼三次夫人大怒曰我一心

念佛汝何亂我夫曰汝呼佛佛無數佛不汝罪我呼汝三聲汝即罪我乎
病餘錄

蓮池大師云夫學佛者豈在莊嚴形迹止貴真實修行在家居士不必定要緇衣道巾帶髮之人自可常服念佛不必定要敲魚擊鼓好靜之人自可寂嘿念佛不必定要成羣做會怕事之人自可閉門念佛不必定要入寺聽經識字之人自可依教念佛千里燒香不如

安坐家堂念佛供奉邪師不如孝順父母念佛廣交魔友不如獨身清淨念佛寄庫來生不如現在作福念佛許願保禳不如悔過自新念佛習學外道文書不如一字不識念佛無知妄談禪理不如老實持戒念佛希求妖鬼靈通不如正信因果念佛以要言之端心滅惡如是念佛號曰善人攝心除散如是念佛號曰賢人悟心斷惑如是念佛號曰聖人

勸人念佛文

余嘗得東坡所書司馬温公解禪偈其精義深粹眞足以得儒釋之同特表其語而出之偈之言曰文中子以佛爲西方之聖人信如文中子之言則佛之心可知也今之言禪者好爲隱語以相迷大言以相勝使學者倀倀然益入于迷妄故余廣文中子之言而解之作解禪偈六首若其果然則雖中國行矣何必

西方若其不然則非余之所知也忿氣如烈
火利欲如鋸鋒終朝常戚戚是名阿鼻獄顏
回安陋巷孟軻養浩然富貴如浮雲是名極
樂國孝弟通神明忠信行蠻貊積善來百祥
是名作因果仁人之安宅義人之正路行之
誠且久是名光明藏言爲百代師行爲天下
法久久不可掩是名不壞身道義修一身功
德被萬物爲賢爲大聖是名菩薩佛嗚呼妄

者以虛辭岐實理以外慕易內修滔滔皆是也豈若是偈之坦明無隱乎盍反而觀之鶴林玉露補

凡貧賤人爲善難爲惡亦難何者勢不足以濟也富貴人爲善易爲惡亦易何者力足以遂其願也假令堯舜桀紂俱匹夫縱仁暴之極祗戚屬受之必不能遍被于鄉閭況國與天下乎近世宰官慕大雄之教輒脫屣齋居作

老衲獃子竊笑之夫我等爲窮措大則無如
之何耳幸而適籍縮符如應龍之乘風雲微
霖大霈相時以援枯槁咸待澤焉視桔槔之
取潤于江河者勞逸鉅細懸矣何必作區別
見而謂仕宦非淨業乎其所着烏帽即毘盧
冠也鞭笞即痛棒也呵怒即熱喝也見冤抑
而隱之即是慈悲道場之死而致生之即是
方便道場窘迫于上官而爲民受屈柔其氣

以奉之即是忍辱道場簿書錢穀晝夜不休無須臾之暇眞若世人爲兒孫作馬牛者即是精進道場飲氷之操終始不渝暮夜之金不入即是淸淨道場巨猾望之而斂跡無扞網干憲之奸即是降魔道場吾願士大夫以宰官身作佛事孔孟之眞脈其在茲乎侫佛之誚免矣沈氏弋說

道淸老師曰欲修仙道先修人道人道不修仙

道遠矣 明心寶鑑

雷府辛君曰心頭不善念經無益違法欺公修身無益不善取財布施無益不明自性問禪無益不惜元氣服藥無益心高氣傲廣學無益時運不通枉求無益無心出世學道無益生不孝親死祭無益不斷生殺戒葷無益 一葦集

東嶽聖帝曰心不光明點甚燈意不公平看甚

經大秤小斗喫甚素不孝父母齋甚僧外
難醫寃業病橫財不富命窮人人惡人怕天
不怕人善人人欺天不欺說話莫談他人短自
短何曾說與人生事事生君莫怨害人人害
汝休嗔臨危若不行方便念盡彌陀總是空
諸經纂訓